d

Seraina Kobler

Tiefes, dunkles Blau

Ein Zürich-Krimi

ROMAN

Diogenes

Covermotiv: Foto von Elham Hoxhalli
Copyright © Elham Hoxhalli

Die Arbeit an diesem Roman wurde durch einen Werkbeitrag der
C. und A. Kupper-Stiftung sowie durch ein Covid-19-Stipendium
der Fachstelle Kultur der Stadt Zürich und einen Beitrag des
Bundesamtes für Kultur unterstützt. Die Autorin dankt herzlich.

Alle Rechte vorbehalten
Copyright © 2022
Diogenes Verlag AG Zürich
www.diogenes.ch
80/22/852/2
ISBN 978 3 257 30091 8

*Für R.
Gestern. Heute. Morgen.
Immer.*

»Lasst uns Menschen machen … uns ähnlich!
Sie sollen walten über die Fische des Meeres
und die Vögel des Himmels.«
Genesis 1, 26

Von Weitem klangen die Kormorane wie meckernde Ziegen. Er konnte ihre metallisch glänzenden Köpfe sehen, die dort auftauchten, wo er die Reusen im Wasser versenkt hatte. Am Hafen blinkten noch immer orange Sturmlichter. Die verdammten Biester hatten seine Verspätung ausgenutzt. Der Fischer begann, in seinen Bart zu fluchen. Früher hatten die Vögel hier auf ihrer Reise in den Süden nur kurz Rast gemacht. Seit einigen Jahren aber blieb die Kolonie sesshaft. Oft waren nur noch zwei, drei angeknabberte Egli in den Netzen, wenn er sie hochzog. Er öffnete die Kiste mit Ladykrachern, Knallfröschen und Monsterheulern und zündete gleich mehrere. Den fauligen Schwefelgeruch würde er für den Rest seines Lebens mit den Vögeln in Verbindung bringen. Mit leeren Netzen und dem ungläubigen Gesichtsausdruck des Mitarbeiters, den er nach zwanzig gemeinsamen Jahren hatte entlassen müssen. Während er die Reuse einholte, sprach er einem befreundeten Jäger aufs Band, dem er Kopfgeld für jeden geschossenen Vogel zahlte. Das Rattern der Winde wurde immer langsamer – sie war blockiert, der Fischer zog Handschuhe über seine schwieligen Hände. Das Seil fühlte sich an, als hätte er dennoch guten Fang gemacht, gespannt leuchtete er in die Tiefe. Die Lampe wäre ihm beinahe aus der Hand gefallen, als ein Segeltuchschuh auftauchte, der an einem nackten Fuß steckte. Dort, wo die helle Hose aufhörte, quoll weiches Fleisch hervor, blauviolett schimmernd. Er hatte schon einmal eine verweste Leiche im Wald gesehen, viele Jahre war das her. Das skelettierte Gesicht, an dem noch Hautfetzen hingen, hatte sich lange in seine Träume geschlichen. Ihn fröstelte. Schnell wählte er den Notruf und war erleichtert, eine menschliche Stimme zu hören.

I
Zehn Tage zuvor

Es heißt, die schönsten Städte der Schweiz liegen an einem Fluss und an einem See zugleich. Umspült vom Wasser, das von der schneereinen Gebirgskette herkommend durch ein offenes Tal strömt, vorbei an dicht besiedelten Ufern. Bis zuletzt die Stadt selbst aus dem Blau aufsteigt wie ein Traum. Und dort, am nördlichen Rand des Seebeckens, neben der noch jungen Limmat, beginnt die mittelalterliche Altstadt von Zürich.

Im *Chez Manon*, schräg gegenüber von der Predigerkirche, nahm die Kaffeemaschine zischend ihren Dienst auf. Noch müde Gesichter verschwanden hinter Tageszeitungen, die in Holzklammern steckten, bis Manon dickflüssigen Espresso in vorgewärmten Tassen servierte. Ein verschworener Moment der Einkehr, bevor die Geschäfte öffneten und Touristen die engen Gassen verstopften. Ganz in der Nähe erhob sich in einem geschlossenen Innenhof eine Esche. Erst auf Höhe der Dächer breitete sie ihre mächtigen Arme aus. Zu ihren Füßen lag ein Häuschen mit schiefergrauen Fensterrahmen. Eine Frau stand davor. Sie hatte ein Handtuch um die nassen Haare geschlungen, dazu trug sie einen Seidenkimono, der ihr jedes Mal über die Schulter rutschte, wenn sie sich bückte. Ihre Füße steckten in erdverkrusteten Garten-Clogs, wie man sie in den Baumärkten auf dem Land kaufen konnte. Rosa Zambrano knipste einen Zweig Verbene ab und war ganz zufrieden mit sich und der Welt. Denn die Welt, das waren rotbackige Radieschen, die versteckt zwischen Sommerkürbissen und dicken Bohnen wuchsen, oder in der Morgensonne ruhende Zucchini, deren safrangelbe Blüten schon sehr bald perfekt wären …

Statt wie sonst an ihrem freien Tag eine Runde auf dem Zürichsee zu rudern, musste sich Rosa heute beeilen. Sie ging ins Haus, legte den Eisenkrautzweig auf den Holztisch und stieg die knarrende Treppe hinauf. Die letzte Spritze hatte einen Bluterguss am Bauch hinterlassen. Sie suchte ein locker geschnittenes Sommerkleid aus dem Wandschrank. So wäre sie hinterher schnell wieder angezogen. Ein plötzliches Pfeifen rief sie zu ihrem morgendlichen Ritual. Sie eilte hinunter. Mit der einen Hand nahm sie den Wasserkessel von der Gasflamme, mit der anderen griff sie nach der gusseisernen Kanne für den Sencha. Ein Geschenk ihres Exfreundes. Sie hielt mitten in der Bewegung inne und schob stattdessen einen Tritthocker vor das Regal. Im obersten Fach gab es eine nagelneue Glaskanne. Rosa stellte sie vorsichtig auf die Anrichte und zupfte Kräuter ab, bis nur noch lila überhauchte Blüten übrig waren. Nachdem sie kochendes Wasser in die Kanne gegossen hatte, funkelte der Inhalt bald schon wie geschmolzenes Gold. Zuletzt holte sie eine leere Eiswürfelform und verteilte die Blüten darin, füllte mit Wasser auf und stellte sie ins Eisfach. Dann sammelte sie die übrig gebliebenen Stiele ein. Auch sie würden ihren Platz finden: auf dem Kompost.

Rosa ging ins Bad, das sich in einer Ecke der Küche befand. Eigentlich hatte sie sich schon lange vorgenommen, den Schuppen auszubauen, wo Spinnen und Kellerasseln zwischen geschichtetem Brennholz aus dem Stadtwald hausten. Aber es war wohl auch so, dass sie es nicht übers Herz brachte, die freistehende Badewanne mit den lackierten Füßchen aus der Küche zu verbannen. Sie stand in direkter Blicklinie zum Schwedenofen, sodass man während des Badens in knisternde Flammen schauen konnte. Wie fast alles in dem Häuschen hatte Rosa auch den Spiegel selbst montiert, vor den sie nun trat. Eine mit Silberfäden durchwirkte Strähne kringelte sich aus dem Frotteeturban. Sie verzog das Gesicht, glättete die Miene wieder und rieb Schwarzdornblütenöl auf Wangen und Hals. Anschließend öffnete sie, mehr aus Gewohnheit, den Kühlschrank und stieß die Tür gleich wieder zu: Auch wenn sie nicht die strikte Anweisung erhalten hätte, nüchtern zu erscheinen, hätte sie wohl keinen Bissen herunterbekommen. Im Garten stellte sie die dampfende Teeschale auf den Beistelltisch und setzte sich in den Liegestuhl unter der Esche. Rosa lehnte sich zurück. Zwischen den Ästen schien die Sonne durch und zeichnete flüchtige Muster auf ihr Gesicht.

2

Die Praxis lag etwas außerhalb. In einer der Gemeinden an der Seeküste, die nach der Farbe des Lichts benannt war, das abends die ausladenden Villen überzog. Als Rosa stadtauswärts radelte, standen beim Fußgängerstreifen am Bahnhof Tiefenbrunnen bereits erste Mütter und Väter auf dem Weg ins nahe Strandbad. Die Schiebegriffe der Kinderwagen waren so schwer beladen, dass die Gefährte wohl augenblicklich nach hinten gekippt wären ohne die als Gegengewicht festgeschnallten Kinder. Kühltüten. Klapp-, Liegestühle. Zusammensteckbare Strandmuscheln. Rosa fragte sich, ob das alles wirklich nötig war. Und sie wusste es nicht. Wie denn auch? Auf der Verkehrsinsel wiegten sich die Pappeln in der Brise. Ebenso wie die Masten der Segelschiffe, die im Hafen neben dem Betonwerk ankerten und Rosa an Essstäbchen denken ließen. Kurz darauf leuchteten die Plastiktische vor dem Klubhaus ihres Fischereivereins durch das Laubwerk. Doch ein Blick auf die Uhr ließ sie kräftiger in die Pedale treten. Jenseits der Stadtgrenze begann sich die Gegend zu verändern. Die blickdichten Zäune und Hecken wurden höher, nur durch schwere Eisentore unterbrochen. Auf geharkten Kiesplätzen standen Limousinen und Geländewagen mit niedrigen Zahlen auf den Nummernschildern, die regelmäßig versteigert wurden, was jedes Mal einige Millionen in die Stadtkasse spülte. Vor einem Anwesen mit Säulen aus Marmor schloss Rosa ihr Rennrad ab und löste den Stoff des Kleides, das sie für die Fahrt über den Knien zusammengeknotet hatte. Neben dem Empfangstresen thronte ein lebensgroßer Buddha.

»Haben Sie einen Termin?« Die schrille Stimme passte so gar nicht zum Plätschern des Zierbrunnens auf dem Tresen. Die Praxisassistentin schob ihre sorgfältig maniküre Hand über die Muschel des Telefonhörers.

Rosa riss sich vom Anblick des Buddhas los, dessen Hände, locker im Schoß ruhend, zu einer Schale gefaltet waren. »Ich bin etwas knapp dran. Entschuldigung.« Sie räusperte sich. Dann blickte sie wie beiläufig in Richtung Wartezimmer, um sich zu vergewissern, dass auch niemand mithörte.

»Ihr Name?«, schrillte es erneut. Die Tür war geschlossen. Rosa antwortete nun mit fester Stimme: »Ich heiße Zambrano.«

Fingernägel flogen wie Pfeilspitzen über die vollgeschriebenen Seiten des Kalenders. »Da haben wir es: Zambrano. Sie kommen zur Kryokonservierung?«

Rosa zuckte zusammen.

Die Assistentin strich den Eintrag durch. »Doktor Jansen braucht noch einen Moment. Aber das Untersuchungszimmer ist bereits frei.« Sie zeigte auf eine angelehnte Tür am Ende des Flurs, bevor sie den Telefonhörer wieder aufnahm.

Als Rosa sich an den geräumigen Tisch setzte, fasste sie sich an die Ohren. Die glühten und waren bestimmt tiefrot.

Sie schüttelte ihre Locken darüber. Noch immer glaubte sie, sich rechtfertigen zu müssen. Ihre mittlere Schwester Valentina war schon Mutter. Und Alba, die Jüngste, würde es in wenigen Tagen ebenfalls werden. Es war nicht so, dass sie ihre kleine Nichte und ihren Neffen nicht mochte. Im Gegenteil: Sie bekochte ihre Familie regelmäßig. Oder zumindest sooft es der Dienstplan zuließ. Trotzdem erinnerten sie die Marmeladen- und Saucenflecken, von speckigen Händlein hinterlassen, jedes Mal an die Leerstelle in ihrem Leben. Alba war zwar altersmäßig weiter von ihr entfernt als Valentina, doch je länger sie erwachsen waren, desto unwichtiger wurde dieser Abstand. Und sie war es schließlich auch, die Rosa bestärkt hatte.

»Jetzt hör mal! Du kannst dich doch auch als Singlefrau befruchten lassen. Wenn du niemanden findest, dann gehst du in zwei Jahren einfach in eine Klinik ins Ausland. Dort kannst du alles machen lassen. Alles!« Ihre jüngste Schwester musste es ja wissen. Um schwanger zu werden, hatte sich ihre Partnerin vor einigen Monaten ebenfalls in Behandlung begeben. Erfolgreich, wie der kugelrunde Neunmonatsbauch zeigte, den Katrin vor sich herschob wie eine lebende Trophäe. Rosa wurde regelmäßig ungefragt mit Bildbeweisen überhäuft. Oder Rezepten, um die Plazenta nach der Geburt zu trocknen. *Bloß nicht zu viel denken jetzt!* Sie schloss die Augen. Versuchte es mit einer Atemübung. Nach zwei Durchgängen gab sie auf. Rosa bezweifelte, dass sie je lernen würde, sich beim absoluten Nichtstun zu entspannen. Lieber konzentrierte sie sich auf die großflächigen Drucke an der Wand. Die Tür öffnete sich, als sie gerade die Struktur einer Sanddüne studierte und darüber nachdachte, ob es für oder gegen die Erfolgsquote einer Kinderwunschpraxis sprach, wenn eine unfruchtbare Landschaft das Behandlungszimmer zierte.

Doktor Jansens Haare waren einen Tick zu lang, um zum Rest seiner Erscheinung im weißen Arztkittel zu passen. Wobei auch die modischen Segeltuchschuhe irritierten, die man barfuß trug. Sie erinnerten Rosa an den Skipper, bei dem sie Stunden für den Hochseeschein nahm. Auch Jansen hatte die Schwelle zum mittleren Alter bereits überschritten, was ihn aber eher noch attraktiver machte. Der Amorbogen seiner Oberlippe war geschwungen, dunkle Bartschatten drückten trotz gründlicher Rasur durch. Er schien zu jener Art Mensch zu gehören, für die es keine Probleme gab, sondern nur Lösungen. Zumindest war das Rosa bei ihrem ersten Termin vor einigen Wochen so vorgekommen, als er sie beruhigte: *Dann verschaffen wir Ihnen mal die Zeit, die Sie brauchen.* Und ihr zeigte, wie sie die Hautfalte am Bauch am besten dehnte, um sich die Hormone selbst zu spritzen.

»Bleiben Sie nur«, sagte er jetzt. Routiniert rieb er seine Hände mit Desinfektionsmittel ein, dessen Duft sich über sein Aftershave legte. Er grüßte im Vorbeigehen, ohne ihr die Hand zu schütteln. Setzte sich und klapperte mit der Tastatur seines Rechners. Da sie es selbst gar nicht mochte, wenn ihr jemand beim Schreiben auf die Finger schaute, wandte sich Rosa ab. Sie bemerkte, dass der Fotorahmen mit dezentem Goldrand verschwunden war. Er hatte sie bei den Vorbereitungsterminen irritiert, weil er nicht auf den Sitzplatz des Arztes ausgerichtet war, sondern leicht schräg stand. Als sollte jeder sehen können, wie er seine langen

Arme um die Taille einer Frau schlang, während sich ihr rotes Kleid im Wind bauschte. Sie hatte so ein Lächeln … So eines, das bestimmt auf allen Bildern immer gleich aussah. Flankiert wurde das Paar von zwei nicht weniger perfekten Zwillingsjungs, die stolz Zahnlücke zeigten. Eine Bilderbuchfamilie, hatte Rosa gedacht. Während sich ihre rationale Seite kurz darüber wunderte, warum sie das so sehr abstieß wie anzog, auch nach all den Jahren noch.

»Ich habe noch zwei, drei Fragen. Dann kann es losgehen«, wandte sich Jansen ihr abrupt zu. »Wir können die Kinderfrage etwas hinauszögern …« Sein Adamsapfel hüpfte auf und ab. »Aber eine hundertprozentige Garantie gibt es natürlich nicht.«

Jetzt wollte er sich also doch noch absichern. Insgeheim war Rosa froh. Das relativierte den leicht überheblichen Eindruck, den er auf sie gemacht hatte. Auch wenn das nichts an den Tatsachen änderte: Ihre Fruchtbarkeit nahm mit jedem Tag, jeder Stunde, jeder Sekunde ab, mit der sie auf ihren 38. Geburtstag zuraste. Und nicht nur ihre Fruchtbarkeit: Bereits mit Ende zwanzig hatte der Großteil ihrer Körperfunktionen den Höhepunkt überschritten. Seit ihrem dreißigsten Lebensjahr verdoppelte sich die Wahrscheinlichkeit, demnächst zu sterben, alle acht Jahre. Bald schon würden ihre Zellen die Fähigkeit verlieren, Mutationen rückgängig zu machen. Kurz gesagt: Sie hätte eigentlich den nächstbesten Mann anspringen müssen! Stattdessen saß sie hier und ließ ihre eigenen Eizellen für viel Geld einfrieren. Rosa schielte auf die Uhr. Doch der Arzt schien keine Eile zu haben.

»Sie sind seit mindestens sechs Stunden nüchtern?«

Rosa nickte. Der homöopathische Schluck Kräutertee schien ihr ewig her.

»Hatten Sie schon einmal eine Vollnarkose?«

Wieder nickte sie. Und strich über die Stelle oberhalb des Knies. Vor einigen Jahren war dort abgestorbenes Gewebe durch ein dünnes Hauttransplantat vom Rücken ersetzt worden. Rosa spürte die Narbe kaum noch. Nur manchmal, wenn das Wetter wechselte, juckte der blasse, wulstige Hautfleck. Plötzlich fühlte sie sich, als wäre alle Kraft aus ihr herausgesaugt worden.

»Prima. Dann wollen wir mal sehen, ob der *trigger shot* erfolgreich war.« Jansen rollte auf seinem Lederhocker zum Untersuchungsstuhl. »Schon im Mutterleib enthalten weibliche Eierstöcke über 400 000 Eizellen. Faszinierend, nicht?« Er drückte einen Knopf, und der Raum verdunkelte sich summend. »Bis zur Pubertät sterben aber die meisten ab. Nur etwa 500 erreichen im Laufe eines Lebens den Eisprung.«

Wie die anderen Male zuvor verschwand Rosa hinter dem Paravent und zog ihren Slip aus. Anschließend setzte sie sich in den Stuhl, der ihre Beine weit auseinanderspreizte. Der Arzt führte den Schallkopf in ihr Inneres ein. Auf dem Bildschirm leuchtete eine Struktur auf. Sie sah aus wie eine quer halbierte Knoblauchknolle.

»Da sind sie ja schon.« Er drückte noch etwas fester und zeigte nicht ohne Stolz auf die zehenförmigen Kammern. »Sieben prächtige Exemplare auf einmal.«

Bald darauf lag Rosa im Operationszimmer auf einer sterilen Liege, während ihr die Assistentin eine Papierserviette unter das Kinn schob.

Als sie wieder zu sich kam, verkrustete Speichel ihren Mund. Der Hals fühlte sich wund an, als hätte sie seit Tagen nichts getrunken. Sie wusste nicht, wo sie war. Wollte es gar nicht wissen. Mit dem Wellenrauschen im Ohr, das durch das gekippte Fenster drang, sank sie zurück in einen watteweichen Ozean. Als sie das nächste Mal aufwachte, ging es ihr besser. Der Zugang zur Dosierung des Propofols klebte noch immer an ihrem Arm. Rosa zog die freie Hand unter der Decke hervor und legte sie auf den Bauch. Dabei dachte sie an die fehlenden Eizellen, die nun schockgefroren bei minus 196 Grad lagerten. Und fragte sich, ob ein Kind erst entsteht, wenn eine davon befruchtet wird. Oder schon früher, nämlich bereits dann, wenn es von jemandem herbeigesehnt wurde.

»Ich kann Sie unmöglich in diesem Zustand fahren lassen.« Die Assistentin blickte vorwurfsvoll auf den Fahrradhelm, den Rosa gerade aufsetzen wollte.

Tatsächlich fühlte sie sich unsicher auf den Beinen. Dann würde sie das Rad halt schieben. Doch die Frau wollte partout nicht nachgeben. Eine halbe Stunde später rumpelte der Transporter auf den Vorplatz, mit dem Stella auf die Märkte im Umland fuhr, wenn sie ihre Keramik feilbot. Rosa nahm auf dem Beifahrersitz Platz, während Stella das Fahrrad in den Kofferraum lud. Am Rückspiegel baumelte ein Duftbäumchen neben einem Mini-Traumfänger. Rosa wurde übel.

»Fahren wir, ich kann Suki nicht zu lange alleine lassen«, sagte Stella, während sie den leeren Hundekorb neben das Fahrrad schob. »Du bist ganz schön bleich.« Sie ging um den Wagen herum. Und streckte Rosa eine Tüte Ingwerbonbons hin.

»Alba hat nicht abgenommen«, nuschelte Rosa, während sie eines der Bonbons in den Mund schob. Das Papier knisterte, als sie es zwischen den schweißnassen Handflächen zerknüllte und zu einer Kugel formte. Ihre Freundin war zwar nur ein knappes Jahr älter, doch sie hatte schon immer gewusst, dass sie keine Kinder wollte. Denn diese schafften für sie in erster Linie eines: Abhängigkeiten. Auf dem Weg zurück in die Stadt erzählte Rosa, was sich nun nicht mehr geheim halten ließ. Und hoffte, dass es nicht zu viel Unruhe mit sich bringen würde. Danach wollte sie nur noch eines: sich ins Bett legen und sehr, sehr lange schlafen. Ein Glück, dass sie die nächsten Tage vorsorglich freigenommen hatte.

3
Eine Woche später

Er hätte sich ein anderes Ende gewünscht. Eine finale Fassung mit einer Liebe, leuchtend wie Perseidenströme am Augusthimmel. Eine Liebe wie eine Sommernacht, in der das Leben explodiert – und alles stärker, schwerer und wärmer ist. Doch er schaffte es nicht. Obwohl er noch am Sterbebett daran arbeitete, hinterließ Giacomo Puccini, Schöpfer der berühmtesten Opern seiner Zeit, bei seinem Tod nichts als einen Stapel Notizen, die kein Ganzes ergaben: *Turandot* sollte Fragment bleiben.

Jetzt donnerte eine der Arien aus den mannshohen Boxen, die links und rechts der riesigen Leinwand unter Stoffbahnen versteckt waren. *Nessun dorma!* Nacht der Entscheidung. »Niemand schlafe«, befahl die mordlüsterne Prinzessin Turandot. Die jeden ihrer Verehrer auf eine Probe stellte. Und hinrichten ließ, wer nicht bestand. Moritz Jansen atmete mit der anschwellenden Stimme des Tenors ein, als sei es ihm so möglich, all dies für immer in sich aufzusaugen. Die Sonne, die im steinernen Parkett aus uraltem Quarzit gespeichert war. Und das Glück, das ihm, in Form von Alinas karmesinrot lackierten Zehen, über die Beine kitzelte. Sie saßen mitten auf dem weitläufigen Platz, der sich am Rande der Altstadt zwischen

Bellevue, See und Theaterstraße aufspannt. Auf der Decke lagen noch Überreste des Picknicks, das aus gefüllten Weinblättern, Ziegenkäse und einer Baguette bestanden hatte. Vor ihnen erhob sich das Opernhaus im Licht der Scheinwerfer, die an diesem Abend für alle leuchteten. Auf dem Dach wachten Engel mit ausgebreiteten Flügeln, dazu Gottheiten in wallenden Gewändern, mit Schwertern und Schwänen. Unter ihnen auf dem Platz saßen lauter Menschen auf mitgebrachten Campingstühlen, noch feuchten Handtüchern oder einfach direkt auf dem Boden. Alina füllte den schäumenden Rest Rosé-Champagner in die beiden Kelche aus Kristallglas. Sie hatte sie auf dem Flohmarkt erstanden, ebenso wie das fliederfarbene Seidenkleid, das ein wenig so aussah, wie man sich ein Kleid für die Oper vorstellte, wenn man noch nie in der Oper war. Das rührte ihn. Außerdem sah sie hinreißend darin aus. Wenn sie sich sonst trafen, trug sie meistens Turnschuhe, locker geschnittene Jeans, die in geringelten Socken steckten, und irgendein Oberteil, das unter dem Laborkittel nicht störte. Mit spitzen Fingern öffnete sie ihre henkellose Tasche. Eine Clutch sei bei schulterfreien Kleidern unverzichtbar, hatte Alinas Mitbewohnerin erklärt und ihr kurz entschlossen ihre eigene in die Hände gedrückt. Alinas Gesicht leuchtete im Schein der Leinwand, als sie die – für diesen Zweck fein gemahlenen – MDMA-Kristalle in den Champagner streute, der unterdessen warm geworden war.

»Schmeckt bestimmt eklig.« Sie prostete ihm zu. »Macht dafür lustig.« Dann schwenkte sie ihr Glas, langsam und mit Bedacht, bis sich auch die Flüssigkeit im Kreis drehte. Und nippte daran. Jansen kippte den bitteren Satz auf dem

Grund in einem Zug hinunter. Es war nicht das erste Mal, dass sie zusammen etwas nahmen. Aber das erste Mal, dass sie dabei nicht allein waren. Wobei er sich gerade nichts sehnlicher wünschte, als sie in kühle Laken zu legen. Er beugte sich zu Alina, so nahe, dass er die empfindliche Stelle an ihrem Hals berührte, und fragte, ob sie gehen wollten. Er liebte ihren Geruch. Zitrusschale mit einer Note von grünem Holz, darüber sauberer Schweiß. Auf den Rest des dritten Akts konnte er gut verzichten; geschrieben von einem ehemaligen Schüler des Maestros, der die hinterlassenen Notizen mit zuckrigem Pomp aneinandergeklebt hatte. Zu viel Alfano. Zu wenig Puccini.

Er stellte die hochhackigen Schuhe ordentlich vor Alina hin. Sie hatten etwas entfernt gelegen, wo sie von ihrer Trägerin zwei Stunden zuvor dankbar abgestreift worden waren. Dann schüttelte er die Brotkrumen aus der Decke und legte sie Alina um die nackten Schultern. Hand in Hand überquerten sie bei der Ampel die stark befahrene Seestraße und spazierten auf der Promenade in Richtung Utoquai, stadtauswärts. An den Absperrgittern entlang, die bereits für den Halbtriathlon am nächsten Tag aufgestellt waren. Es fühlte sich gut an, mit seiner heimlichen Freundin, die nun nicht mehr heimlich sein würde, durch die Nacht zu gehen. Und am kommenden Montag schon würden sie einige Tage zusammen in die Berge fahren.

Von immer weiter weg hörten sie den Schlussapplaus der *Oper für alle*, die Sopranistinnen, Tenöre und der Chor verneigten sich nun auf der strahlenden Balustrade über der Menge. Auf Jansens Oberlippe hatte sich ein salziger Schweißfilm gebildet. Alles war weich und flauschig, verschmolzen mit der Musik, die ihn erfüllte. Zusammen mit dem mitreißenden Gefühl, das einen überkommt, wenn man von einer Welt in eine andere übertritt und merkt, dass der innere Zustand und die äußere Umgebung endlich übereinstimmen. Wie das nur möglich ist, wenn man sich genau zum richtigen Zeitpunkt am richtigen Ort befindet – und in der richtigen Gesellschaft. Lachen wehte durch die Luft, leicht und rund. Sein eigenes oder das der anderen, alles war eins. Wellen schoben sich vor und zurück, nicht nur am nahen Ufer, sondern auch in Jansens Ohren. *Es war gar nicht möglich,* schoss ihm ein Gedanke durch den Kopf.

»Puccini hätte das Ende gar nie finden können«, sagte er. Es knackste, als er die sich ankündigende Kiefersperre mit einem gezielten Ruck löste. »Es wäre nicht möglich gewesen, die Oper zu beenden. Nicht, solange er selbst – wie der Prinz in seiner Geschichte – die falsche Frau wollte«, fügte er hinzu. Er fasste an die Stelle, wo noch bis vor Kurzem der Ehering an seinem Finger gewesen war.

Alina blickte auf den See hinaus. »Hast du noch mal mit deinem Anwalt gesprochen?«

Weiter draußen schaukelten Schiffe mit brennenden Laternen, wie Glühwürmchen. Jansen glaubte für einen Moment, ein ihm nur zu gut bekanntes Motorboot entdeckt zu haben. Am Nachmittag hatte er dort zwei Stunden Lebenszeit verschwendet. Er ärgerte sich, aber nur kurz. Darauf war er gar nicht mehr angewiesen. Auf ihre Machtspiele. Und auf sie schon gar nicht. Dann schob sich die *Panta Rhei* vor den Schatten. Und die mit kaltblauen Lichtlinien umschlossene Reling des größten Ausflugsschiffs auf dem

See wischte ihn einfach weg. Jansen drückte Alinas Hand noch fester. Sie fühlte sich seltsam heiß und kalt zugleich an. Zumindest die Sache mit seiner Noch-Ehefrau würde er hoffentlich regeln können. Auch wenn Alina daran zweifelte, dass sich zwanzig Jahre Ehe mal eben so in einen gütlichen Vertrag pressen ließen. Zu Beginn ihrer Beziehung war sie überzeugt gewesen, dass er eines Tages wieder verschwinden und zu seiner Frau zurückgehen würde. Seither gab er sich Mühe, sie vom Gegenteil zu überzeugen.

»Moritz? Hörst du mich?«

»Der Anwalt … Sicher, ich ruf ihn an«, antwortete er. Woraufhin sich der Druck im Kiefer sogleich wieder aufbaute. »Aber erst, wenn wir wieder aus den Bergen zurück sind.«

Am Rand der Quaimauer saßen Menschen, unter Bäumen und auf Bänken. In Gruppen versammelt um portable Lautsprecher, aus denen Musik schallte. Viele verschiedene Stile und dennoch: alle gleich gemacht und kommerziell. Doch das störte Jansen nicht, heute nicht. Jemand sprang mit einem tiefen Schrei vom Steg, es platschte. Sie lagen auf dem Rücken im Gras. Neben ihnen standen vor Kälte beschlagene Plastikbecher mit Eistee. Wenn sich ihre Münder zu trocken anfühlten, rollten sie über den feuchten Tau zur Seite. Tranken in langen Zügen und genossen die Gänsehaut, die sich über den ganzen Körper ausbreitete: *cutis anserina*, eines der aufregendsten Beispiele für die schon in der embryonalen Entwicklung angelegte Verbindung des zentralen Nervensystems mit der Haut. Er hörte, wie Alina die schmelzenden Eiswürfel zwischen den Zähnen knackte. Der Bildschirm seines Telefons war noch immer schwarz.

Keine Nachricht. Als Alina ihren Kopf in die Kuhle auf seiner Schulter legte, spürte er ihre Brustwarzen durch den Stoff hindurch und merkte, wie er eine Erektion bekam.

Alles drehte sich, als Jansen kurz darauf aufstand. Er strich sich die Haare aus dem Gesicht, die er nicht mehr hatte schneiden lassen, seit sie zusammen waren. Dann klopfte er sein Jackett aus, wobei er als Allererstes nach der Speicherkarte tastete, die tief in der Innentasche verborgen war. Bereit für die Öffentlichkeit. Bereit für den Journalisten, den er kontaktieren würde, sobald sie aus den Bergen zurück wären. Bis dahin konnte er die Karte in Alinas Zimmer verstecken, da wäre sie sicher. Kurz darauf lösten sich die Umrisse einer Villa aus dem Schatten hoher Buchen. Mehrere Erker, eine Fassade aus behauenen Sandsteinquadern und turmartig aufragende Kamine verliehen dem Gebäude etwas Mysteriöses. Bei den aufziehenden Wolken erst recht. Baumwipfel strichen unruhig über die Szenerie. Fensterläden schlugen zu. Irgendwo klirrte Glas. Weiter hinten zuckte es, dort, wo sich über dem See die Alpen auffalteten und an schönen Abenden das Vrenelisgärtli glühte.

»Ich glaube, die schlafen schon alle.« Alina war, in die Picknickdecke gewickelt, dabei, das eiserne Eingangstor aufzuschließen – was ihr allerdings nicht auf Anhieb gelang. Sie presste einen Zeigefinger auf die Lippen. Kichernd betraten sie die imposante Halle, die sich zum Garten öffnete, von Zedern und Eiben verdunkelt. Drinnen schwebte noch die Hitze des Tages. Es roch nach Schnittblumen, die in hohen Vasen auf einem Tischchen am Eingang standen. Dahlien. Hortensien. Astern. Der Ballettsaal mit den gewienerten Böden lag still. Zuerst hatte Alina hier nur Tanzstunden genommen, um ihre Haltung zu verbessern, die unter dem vielen Stehen im Labor litt. Dann hatte sich die Möglichkeit ergeben, ein befristetes Zimmer in der Groß-WG zu mieten. Es befand sich am oberen Ende der gewundenen Freitreppe, die sie nun hinaufschlichen. Eine buschige Katze lag auf dem Sofa und hob gleichmütig den Kopf, als sie leise die Tür öffneten. Straßenlicht schien durch die bunt verglasten Scheiben und übertrug deren florale Muster auf die hellen Stoffkissen. »Raus mit dir!« Alina mochte keine Haustiere. Vielleicht merkte das die Katze. Vielleicht wollte sie ihr aber auch nur zeigen, dass sie schon länger da war. Ohne Eile spazierte die Katze über den Flokatiteppich in Richtung Ausgang und rieb sich im Vorbeigehen provokativ an Jansens Wadenbein.

»Scotch?« Alina zündete einige Kerzen an. Jansen schlang von hinten seine Arme um ihre Taille. Biss in ihr Ohrläppchen, fühlte, wie erneut Begehren in ihm aufstieg. Sie löste sich sanft und ging zum Barwagen, der vor einer Wand voller Bilder stand. Petersburger Hängung, hatte sie ihm erklärt, als er zum ersten Mal hier war. Verschiedenste Rahmen dicht an dicht, rund und eckig, von winzig bis spiegelgroß. Es gab naturwissenschaftliche Skizzen von Tieren, ein Riesenalk war da, Schmetterlinge, der Schädel eines Nashorns. Dazwischen Schnappschüsse: Mutter, Vater, Tochter und Sohn – in wechselnder Konstellation und Chronologie. Denkmäler der Erinnerung, wie sie in allen Familienalben vorkommen, mit denen man sich der eigenen Existenz vergewissert. Doch am wichtigsten schien Alina ein Bild zu sein, das in der Mitte platziert war. Es zeigte die Erde im Weltraum schwebend. Eine grünblaue Halbkugel, von Wolken umschleiert, die hinter dem Mond aufgeht. Aufgenommen von einem Astronauten der Apollo 8, dessen Mission es war, den Mond zu suchen – und der dabei die Erde fand.

Eiswürfel klackerten, als Alina die Gläser mit dem dicken Boden auf den Überseekoffer stellte, der als Couchtisch diente. »*Earthrise*«, sagte sie, seinem Blick folgend. »Das mag pathetisch klingen. Aber das Bild soll mich jeden Morgen beim Aufstehen und jeden Abend beim Einschlafen daran erinnern, dass wir nur Gast auf einer verschwindend kleinen kosmischen Oase sind. Mitten in der Unendlichkeit.«

»Ich frage mich eher«, sagte Jansen und zog sie wieder zu sich, »warum wir uns nicht schon viel früher begegnet sind.«

Alina legte ihren nackten Schenkel auf seinen Schoß und erwiderte: »Weil ich dann noch ein halbes Baby gewesen wäre?«

Er stöhnte gespielt auf. Dann ließ er seine Hand über die Innenseite ihres Beines hinaufgleiten.

»Im Ernst …«, sagte Alina. »Nur hundert Jahre, bevor das Bild entstand, schrieb Jules Verne über drei Abenteurer, die sich mit Kanonen auf den Mond schießen ließen – und mit Fallschirmen zurück auf die Erde kamen. Pure Science-Fiction, damals.«

Jansen lehnte sich tiefer in das Sofa hinein, er genoss den Geschmack nach rauchigem Torf, der ihm die Kehle hinunterbrannte.

»Das ist etwa so«, fuhr Alina fort, »wie wenn wir uns

heute vorstellen, in ein anderes Sonnensystem reisen zu können.«

Er ahnte, worauf sie hinauswollte: »Oder dass unsere Spezies damit beginnt, sich nach eigenen Regeln weiterzuentwickeln. In seiner heutigen Fassung wäre der Homo sapiens nicht mehr als ein Zwischenstopp auf einer unaufhörlichen Reise zu einem vollendeten Dasein.«

»Sex hätte dann nur noch eine entspannende Funktion…«, sagte Alina. Sie stellte sein Glas weg und zog dann sein Hemd aus. In ihren weit geöffneten Augen sah er sich selbst. Seine Lippen streiften die ihren zuerst nur, saugten sich aber bald fest. Wanderten über Achselhöhle und Bauchnabel, hinab zu den Fußsohlen. Jansen wurde unvermittelt klar, dass er, so wie er früher gewesen war, diese Art von Sexualität gar nie hätte praktizieren können. Doch nun passte alles auf eine geradezu vollkommene Weise zusammen. Alina spreizte die Beine, als er sie auf die Kissen bettete. Ohne ihren Blick zu verlieren, sank er auf den Teppich. Als er mit seiner Zunge ihre Klitoris suchte, begann sie, langsam ihr Becken zu bewegen. Er führte zwei Finger in sie ein, so wie sie es mochte, wobei sie seinen Rhythmus übernahm…

Als sie zum Orgasmus kam, durchflutete ihn eine Liebe und Lebendigkeit, die Körper und Seele auflösten, ja vielleicht sogar die Zeit.

4

Die ausfahrbaren Bürsten des Putzwagens der städtischen Reinigung dröhnten viel zu laut für ein Gefährt, das kaum länger war als ein Fahrrad. Das Dröhnen wurde immer lauter. Immer unangenehmer. Schließlich ohrenbetäubend. Rosa wich aus und fuhr quer über die Straße, bis zum Flussufer. Am Bellevue öffnete sich der Blick zum See, in dem sich ein glühender Morgen spiegelte, der einen weiteren brütend heißen Tag ankündigte. Eigentlich liebte Rosa diese Zeit im Sommer, wenn es schon hell war, aber die Bewohner der Stadt noch in tiefem Schlaf lagen. Nur der Gestank, der ihr in die Nase stieg, passte nicht so recht dazu: Stechender Uringeruch mischte sich mit dem von verschüttetem Bier. Auf den Stufen der Riviera, einer lang gezogenen Treppe, die das Ufer der Limmat vor der Quaibrücke säumte, lagen zertretene Bierdosen und halb leere Schnapsflaschen mit nikotingelb verfärbtem Inhalt. Ein angebissener Kebab trocknete in einer Lache aus Cocktailsauce. Normalerweise war die Stadt um diese Tageszeit so sauber, dass man barfuß hätte gehen können. Doch in den letzten Nächten war das Thermometer nicht unter zwanzig Grad gefallen. Mehrmals war die Situation rund um das Seebecken eskaliert. Messerstechereien, Raubdelikte und Auseinandersetzungen zwischen alkoholisierten Gruppen.

Deshalb filmten nun Kameras an neuralgischen Punkten, worauf Schilder aufmerksam machten. Am Abend zuvor hatte außerdem eine Aufführung der *Oper für alle* Tausende hergelockt. Der Anlass war Teil einer breit angelegten Offensive, um das Zürcher Opernhaus im Bewusstsein der Bevölkerung zu verankern.

Als Rosa gehört hatte, dass *Turandot* aufgeführt wurde, wollte sie eigentlich unbedingt hin. Vielleicht, weil die Fußballweltmeisterschaft, welche die Oper weltberühmt gemacht hatte, zu ihren besten Kindheitserinnerungen überhaupt gehörte. Sie waren damals mitten in der Nacht nach Südfrankreich aufgebrochen, zu ihrer Großmutter mütterlicherseits. In Decken eingewickelt lag Rosa im Kofferraum, das leise Atmen ihrer jüngeren Schwestern wurde vom gleichmäßigen Brummen des Motors übertönt. In diesem Sommer aß sie zum ersten Mal Artischocken. Sie tunkte die harten Blätter in Mayonnaise und zog sie durch die Ritze zwischen ihren Zahnreihen. Anschließend badete sie ihre Finger in einer Schüssel mit lauwarmem Wasser, in dem Zitronenschnitze schwammen. Abends raunte und jubelte es überall in den Straßen, in Bars und Gärten, wo die Spiele auf flimmernden Fernsehapparaten übertragen wurden. Und über allem schwebte, dickflüssig wie Vanilleeis, das aus der Waffel tropft: *Nessun dorma*. Luciano Pavarotti eröffnete damit nicht nur das Turnier, er war auch der Erste, der die Hochkultur der Oper mit Popmusik zusammenbrachte – und damit die Hitparaden stürmte. Das Stück lief im Autoradio rauf und runter, wenn sie mit offenen Fenstern an den Stränden entlangfuhren und dabei ihre Hände in die backofenheiße Luft hielten …

Obwohl Rosa die Festivalatmosphäre auf dem Sechseläutenplatz mochte, hatte sie sich am Abend der Aufführung nicht mehr überwinden können, unter Leute zu gehen. Doch das war auch gar nicht nötig – wie beinahe alle großen Ereignisse in der Innenstadt trug der Schall auch *Turandot* in angenehmer Lautstärke bis in den Schwarzen Garten, wo sie bei einem Campari Orange mit hochgelegten Beinen gelauscht hatte.

Der See lag im Morgenlicht, sanft und weit. Für manche war es einzig und allein er, der der Bankenstadt so etwas wie Tiefgründigkeit verlieh. Denn auf dem Grund des Sees war die Stadt vom Stadtsein befreit, und an seiner tiefsten Stelle übertraf er selbst ihren höchsten Büroturm noch immer um siebzehn Meter. Gleißende Flecken glitten über die Seeoberfläche, die unter einem wolkenlosen Himmel lag. Noch leicht außer Puste von der schnellen Fahrt und dem noch schnelleren Umziehen, rieb Rosa kurz darauf die Innenseite ihrer Schwimmbrille mit etwas Spucke aus. Wellen gab es kaum. Wenn kein Wind ging, kamen die erst mit den Schiffen, den Turbinen und den Motoren. Es zwickte noch ein wenig im Unterleib. Aber die Krämpfe der ersten Tage nach dem Eingriff hatten rasch nachgelassen. Erleichtert, ihr Training wieder aufnehmen zu können, ging Rosa zum Ufer. Sie brauchte die Bewegung unter freiem Himmel. »Es passiert etwas mit dir, wenn der Raum, in dem du dich aufhältst, unendlich ist«, sagte ihr Vater immer. Er hatte das zum Kompass für alle seine Entscheidungen gemacht, seit er in Rente war, noch viel radikaler. Die meiste Zeit über lebte er in einer unbeheizten Waldhütte auf dem Uetliberg.

Ihre Mutter hingegen wollte davon nichts hören. Sie fand, genau das habe Vinzenz, neben vielen anderen Dingen, zu einem grauenvollen Ehemann gemacht. Rosa hingegen konnte ihn sehr gut verstehen. Ihre eigene bescheidene Perspektive auf die Welt weitete sich mit jedem Tag ein kleines Stück, den sie draußen verbrachte. Das war auch ein Grund gewesen, warum sie – kaum hatte sie damit begonnen – als junge Geschichtslehrerin aufgehört hatte zu unterrichten. Eines der vielen Dinge, die ihre Mutter nicht verstehen konnte. Oder wollte.

Schon nach ein paar Schwimmzügen verschmolz Rosas Körper mit dem Wasser, das in Ufernähe klar und durchsichtig war. Der See hatte nicht die *eine* Farbe, er hatte *viele* Farben. Es gab das aufgewühlte Flaschengrün nach lang anhaltenden Sommerregenfällen. Es gab das hellschäumende Schieferblau bei Platzregen im Frühling. Und ein stumpfes Schiefergrau an Hochnebeltagen im November. Es gab das Azurblau unter einem strahlend blauen Herbsthimmel, wenn auch rundherum alle Farben satter und voller waren als sonst. Und es gab noch viele, viele mehr. Unter anderem diesen Schimmer von Türkisblau, wenn sich die Algen im Sommer in die tieferen Schichten zurückzogen. Rosa konnte wogende Fischschwärme vor dem mit Sandwellen bedeckten Grund erkennen, vielleicht Rotfedern oder auch Egli. Die gleichmäßigen, sich wiederholenden Bewegungen ihres vom Wasser getragenen Körpers verlangsamten den Gedankenstrom in ihrem Kopf. Ein Zustand, wie sie ihn auch beim Kochen erlebte oder auf Spaziergängen und Wanderungen, wenn sich die Gedanken wie von allein zu ordnen begannen. Sie dachte an Richi.

»Er ist komplett anders als alle, die mir bisher begegnet sind«, hatte er vor einigen Tagen über die Wäscheleinen hinweg geschwärmt. Rosa hoffte, dass er diesmal nicht enttäuscht wurde. Wobei sie es als Zeichen von Ernsthaftigkeit nahm, dass Richi es geschafft hatte, seine Romanze so lange für sich zu behalten. Sie könnte vielleicht eine Tarte Tatin backen, wenn die beiden heute mit Stella zum Abendessen kamen. Sauerrahmeis lag noch im Gefrierfach …

Bald schon war Rosa ganz im Rhythmus ihres eigenen Atmens versunken. Doch die Ruhe des Sees war trügerisch. Unter seiner Oberfläche wurde jeden Tag aufs Neue getötet. Nur wenige Schwimmstöße entfernt von den Spaziergängern und Badegästen, die das Arboretum bald bevölkern würden. Unbeweglich lauerte die Welsdame im Flachwasser. Um ihre Beute zu finden, brauchte sie weder Licht noch Augen, die sensiblen Barteln reichten vollends aus. Als sich das Blesshuhn in der richtigen Position befand, schnellte sie hoch und durchbrach die Haut des Wassers mit breit geöffnetem Maul.

5

Moritz Jansen stand auf dem Balkon des Zimmers, in dem seine Geliebte schlief. *Bitte entschuldige wegen gestern. Mir ist etwas dazwischengekommen, etwas Wichtiges.* Wenn er ganz ehrlich zu sich war, hatte er auf die Nachricht gewartet. Herunterbrennendes Papier knisterte leise, als er den Rauch inhalierte. Am Himmel verblasste ein Dreiviertelmond. Es vibrierte erneut zweimal kurz hintereinander. *Ich weiß jetzt, wie wir uns einig werden. Doch es eilt. Können wir uns treffen? Bin auf dem Boot.* Er legte das Telefon weg – nur um es gleich darauf wieder in die Hand zu nehmen. Die Batterieanzeige blinkte, obwohl er nur noch über das verschlüsselte Programm kommunizierte. *Komm zu den Bojen vor dem Bootshaus,* tippte er und schaltete ganz aus. Es würde nicht lange dauern. Eine Stunde vielleicht, höchstens zwei …

Auf leisen Sohlen sammelte er seine Kleidungsstücke ein, die rund um das Boxspringbett auf dem Boden verteilt lagen. Alinas Augenlider flatterten ein wenig, aber sie erwachte nicht, als er sie zum Abschied küsste. Dann tastete er nochmals die Rückseite des Bilderrahmens ab – und vergewisserte sich, dass die Wölbung des Kartons sein Versteck nicht verriet. Erst im Badezimmer traute er sich, Licht zu machen. Während er sein weißes Hemd zuknöpfte, das nach dem Intermezzo auf der Wiese nicht mehr ganz so weiß war, sah er in den Spiegel. Noch hatte die Nacht keine Spuren in seinem Gesicht hinterlassen. Im Gegenteil: Es leuchtete. Alina hatte eine Welt, die er für unverrückbar gehalten hatte, einfach umprogrammiert, sie stieß Gesetzmäßigkeiten um mit der gleichen Leichtigkeit, mit der sie in ihren Performances, unter einem Himmel von tanzenden Lichtpunkten, zu sphärischer Musik aus selbst aufgenommenen Tönen Molekularbiologie und Aktionskunst zusammenbrachte. Er hoffte, dass er zurück wäre, ehe sie den Zettel entdeckte, den er auf dem Kopfkissen hinterlassen hatte, für alle Fälle. Sie würde denken, er wäre nur kurz in der Praxis, was ja in gewisser Weise auch stimmte. Dann zog er leise die Tür zu und stieg ins Taxi, das bereits vor dem Haus auf ihn wartete.

Das Anwesen mit Seezugang war von Ziegelmauern umschlossen. Jansen bezahlte den Fahrer, der von einer scheppernden Stimme schon wieder zur nächsten Adresse gerufen wurde und hastig den hingestreckten Geldschein entgegennahm, der den geschuldeten Betrag großzügig aufrundete. Die Marmorsäulen, zuvor vom fahlen Morgenlicht verschluckt, blitzten hell auf, als der Bewegungsmelder Jansen erfasste. Weiter draußen waren die Umrisse einer Motoryacht zu erkennen. Sie glitt beinahe lautlos heran. Sollte er direkt hinunter ins Bootshaus gehen? Bis zur Boje waren es gut zweihundert Meter. Eine Runde Schwimmen würde seinem Kreislauf bestimmt nicht schaden. Doch da erinnerte er sich: Seit Tagen breiteten sich giftige Blaualgen aus, direkt vor dem Ufer. Sie wollte ja etwas von ihm.

Er kam zum Schluss, dass er sich ruhig Zeit lassen konnte. Jansen steuerte direkt den Eingang der Praxis an, um noch einen Kaffee zu trinken und sich umzuziehen, bevor er hinauspaddelte.

Oben angekommen, ließ er sich auf die Corbusier-Liege fallen. Als er den Kopf in den Nacken legte, merkte er erst, wie müde er war. Alina bezog die Kristalle von einem pensionierten Chemiker. Beste Ware. Eigentlich zu rein. Jetzt nur nicht schwach werden. Weitermachen wie bisher war kein Thema. Seine Entscheidung unumkehrbar. Beruflich genauso wie privat. Mit seiner Noch-Ehefrau hatte er bereits vor Wochen reinen Tisch gemacht. Wobei sie das wohl anders sah. Dafür sprach zumindest das Schreiben des Bezirksgerichts, das noch immer ungeöffnet auf dem USM-Haller-Möbel in der Diele lag. »Du hast aus meinem Leben einen Irrtum gemacht«, hatte Ellie am Ende der – offensichtlich gescheiterten – Mediation gesagt. Daraufhin war er in das ausgebaute Studio unter dem Dach der Praxis gezogen; die Küchenzeile war noch immer unbenutzt. Nur die Espressomaschine, die der Putzdienst jede Woche auf Hochglanz polierte, war regelmäßig in Betrieb. Essen ließ er sich entweder vom thailändischen Lieferdienst bringen, oder er nahm eine Kleinigkeit auf der Terrasse des Hotels Sonne ein, das nicht weit entfernt lag. Aus dem Familienhaushalt hatte er nicht viel in seinen Weekender gepackt: ein paar Bücher über Zen-Buddhismus, eine Statuette aus Ebenholz und seine Kleider. Einmal entschlossen, hatte er dafür keine dreißig Minuten benötigt. Diplome und Fotografien hingen sowieso schon in seinem Arbeitszimmer in der Praxis. Jeden Sonntag sah er seine Söhne, wenn sie nicht gerade im Ferienlager waren wie jetzt. Sie gingen zusammen ins Kino oder fuhren mit einem gemieteten Pedalo raus, er kaufte Eiscreme, Popcorn und Süßgetränke, dann brachte er sie wieder zurück zu ihrer Mutter. Er dachte an das Angebot für seine Aktienanteile am Start-up in Zug. Wenn er gut pokerte, wäre Geld kein Thema. Zumindest noch nicht.

Eine Viertelstunde später verließ Jansen nach einer raschen Dusche das Dachstudio. Er trug nun saubere Leinenhosen, ein frisches Hemd und einen blau melierten Strickpullover, den er um die Schultern gebunden hatte. Der Warteraum der Praxis war nur vom blassen Schein des Aquariums erhellt. Guppys mit neonblauen und feuerroten Schwanzflossen schwebten im Wasser. Die kinderlosen Paare, die zu ihm kamen, hatten oft einen langen Leidensweg hinter sich. Die unzertrennlich wirkenden Pärchenkonstellationen, in denen die Fische umherschwammen, schienen sie zu ermutigen. Unnötig, ihnen zu sagen, dass es Fische desselben Geschlechts waren, die jeden Morgen wieder zusammenfanden. Ein Verhalten, das bei Menschen als Freundschaft bezeichnet wurde.

Beim Steg unter der Blutbuche ließ er das winzige Beiboot hinab, stieg hinein und nahm das Paddel zur Hand. Auf dem Wasser herrschte die Stille eines frühen Sommermorgens. Sie hatten sich oft draußen auf dem See getroffen, das ermöglichte Diskretion. Jansen konnte sich vorstellen, was kommen würde. Doch sein Entschluss stand fest. Wind raschelte im Schilf. Er sah reflexartig zurück zum Ufer, was ihn kurz aus dem Gleichgewicht brachte. Doch er paddelte weiter, obwohl der Plastikboden, auf dem er kniete, zu schwanken begann. Die Speicherkarte war sicher in der Villa versteckt. Später würde er sie Alina zusammen mit einem Frühstückstablett ans Bett bringen: frisch gepresster Orangensaft, Kaffee, eine Tüte mit noch warmen Croissants vom Bäcker – und dazu: den Code des Lebens. Er hatte die Chance, ihn den Menschen zugänglich zu machen. Allen Menschen! Nicht nur denen, die waren wie er. Was für eine Welt sie erschaffen konnten …

Jansen merkte nicht, wie das Beiboot kenterte. Das Wasser war kaum kälter als der Schweiß, der ihm auf der Stirn gestanden hatte. Er verlor die Orientierung. Schwamm hinab. Machte eine Rolle zurück, dorthin, wo erste Sonnenstrahlen durch die Wasseroberfläche schienen. Verhedderte sich in einem dichten Teppich aus Seegras, wobei sein Telefon aus der Tasche glitt. Als er durch das blaugrüne Wasser emporblickte, sah er eine Gestalt in einem dunklen Anzug auf sich zukommen. Sie bewegte sich eher wie ein Fisch als wie ein Mensch. Ihre Füße waren in einer einzigen breiten Flosse verschwunden. Eine verspiegelte Taucherbrille mit breitem Sichtfeld bedeckte die obere Hälfte ihres Gesichts. Er geriet in Panik. Sie tauchte hinter ihm her. Ein Stich im Bein. Noch einer. Neopren-Hände an den Fußgelenken. Schwere zog ihn nach unten. Seine Sinne verschwammen. Er sah die Sonne, nackt, hell und gleißend. Als er die Augen schloss, erschien ihm Alina. Ihre erste Begegnung auf der Tanzfläche, das unwirkliche Licht der Stroboskope und ihre Gestalt: eine vollendete Melodie. Dann flirrten die Bilder nur so, ein ganzes Leben in wenige Sekunden gepresst. Höhen und Tiefen, verbunden durch die Erinnerung, die frei und leicht durch Zeit und Raum schwebt. Die zerknautschten Gesichter der Zwillinge, nach der Geburt auf seiner nackten Brust dösend, seine Finger von ihren winzigen Händchen umschlossen. Die rauen Hände seiner eigenen Mutter, die sich auf seine nasse Stirn legen, als hätte er Fieber. Dann atmete er aus. Seine Lunge fühlte sich leer an. Wasser floss durch seinen Gehörgang, bildete einen Widerstand gegen das Trommelfell.

Das Letzte, was Moritz Jansen hörte, war der Rhythmus seines Herzens, wie eine ferne Vibration, die langsam verebbte.

6

Rosas nasse Badesachen tropften auf den Boden der Umkleidekabine. Ihr Chef hatte sie extra einbauen lassen, als Rosa vor einigen Jahren, als erste Frau überhaupt, am Forellensteig den Dienst antrat. Und das, obwohl chronischer Platzmangel in dem schlichten Pavillon herrschte, der vor über achtzig Jahren als Provisorium neben die Bootshalle gebaut worden war. Bei Hochwasser wurden Teile des unteren Stockwerks regelmäßig geflutet. Trotzdem zog Rosa die verwitterte Wache jedem Neubau vor. Die gewienerten Holzböden erinnerten sie an Schiffsplanken, und wenn sie allein in der Einsatzzentrale saß, fühlte sie sich wie auf der Kommandobrücke eines Hochseedampfers. Um das Gebäude zog sich ein Schilfgürtel, aus dem es jetzt im Juli trillerte und zirpte wie im Dschungel. Seit Tagen warteten sie schon darauf, dass Georgina zum Laichen kam. In der Dämmerung hätte man die 1,80 Meter lange Welsdame auch für einen kleinen Hai halten können. Mit dem Unterschied, dass sie nur stumpfe Platten zur Verfügung hatte, um ihre Beute, hauptsächlich Fische, aber auch Tauben oder mal eine Ente, zu zermalmen. Es gab zwar Gruselgeschichten von einem gefressenen Dackel. Doch das musste schon ein sehr, sehr kleiner Dackel gewesen sein … Das stürmische Vorspiel, bei dem Georgina von ihrem Partner in wilden Umschlingungen um das Nest getrieben wurde, war atemberaubend. Es konnte Stunden andauern. Bis sich Georgina befreite, um ein letztes Mal hinabzusinken und die Eier zu hinterlassen, ehe sie verschwand. Es hieß, dass sie unter der Terrasse des historischen Holzbades am Utoquai nächtigte – und sich deshalb kaum mehr Fische dorthin wagten.

Aus der Dienstküche duftete es nach frisch gebrühtem Filterkaffee. Rosa beeilte sich und fädelte die Halterungen an ihren Uniformgurt, um daran Dienstwaffe, Taschenlampe, Funkgerät, Taschenmesser und Handschellen zu befestigen. Sie gönnte sich den Luxus, ihre Arbeitskleidung von einem spezialisierten Dienst waschen und bügeln zu lassen. So hatte sie zu Hause mehr Platz für anderes. Aber das war nicht der einzige Grund. Immer wieder waren uniformierte Kollegen auf dem Weg zum Dienst bespuckt, beschimpft und bedroht worden. Die Reaktionen spiegelten die Schwierigkeit des Berufs: Polizistinnen und Polizisten mussten an Ort und Stelle, meist innert Sekunden, entscheiden, ohne sich wie Politiker oder Richter tage- oder wochenlang beraten zu können. Ihre Aufgaben hatten meist eine direkte grundrechtliche Bedeutung, was nicht unbedingt zur Beliebtheit des Berufsstandes beitrug, auch wenn die Seepolizei etwas mehr Sympathien genoss.

Es war schon beinahe sechs Uhr, als Rosa in die Zentrale eilte, mit einem bedauernden Blick in Richtung Dienstküche, wo der Kaffee noch eine Weile warten musste. Fred war ein Chef alter Schule. Er hatte so etwas wie einen inneren Betriebsplan mit einigen wenigen Regeln. Die aber waren strikte einzuhalten. Die wichtigste hieß: Bei Sitzungen mussten alle pünktlich sein, sommers wie winters, egal, wie sehr es stürmte oder regnete. Die zweitwichtigste hieß: Loyalität. Nach innen und nach außen. Und so schwierig und so einfach war das auch schon. Rosa schnappte sich ihr Tablet und traf gerade noch rechtzeitig ein. Tom hatte Nachtschicht gehabt. Er schob ihr einen Becher mit heißem Kaffee herüber, den sie dankbar entgegennahm. Die Anzeige wies eine Wassertemperatur von 21,2 Grad aus. Bis zum Abend würde sie auf 22 Grad steigen, leichter Wind aus Nordost: beinahe perfekte Verhältnisse für Georgina.

Auf Rosas Schreibtisch türmten sich etliche Berichte, die sie in den letzten Tagen immer wieder aufgeschoben hatte. Das lag nicht etwa daran, dass Rosa ungern schrieb. Im Gegenteil. Doch sie befürchtete, dass die formalisierte Sprache, in der sie ihre Protokolle verfassen musste, auch den letzten Rest Stil, der ihr nach dem Studium und dem wissenschaftlichen Schreiben noch geblieben war, zunichtemachte. Wenn sie motiviert war, versuchte sie, ihren Berichten innerhalb des eng gesteckten Rahmens eine persönliche Note zu geben. Und ihre Motivation ließ sich in der Regel mit heißem Kaffee steigern. Eine gute Stunde blieb ihr, bevor die ersten Triathleten rund ums Seebecken starteten. Eine Gruppe aus sportbegeisterten Amateuren hatte den *Ironpeople* vor einigen Jahren ins Leben gerufen, nachdem der *Ironman* von Zürich ins Berner Oberland umgezogen war. Die verkürzte *Ironpeople*-Strecke, viel einfacher zu bewältigen, lockte jedes Jahr mehr Leute an.

»Schiff verlandet«, hallte Freds Stimme durch die Gänge. Er hatte das Cockpit von Tom übernommen: »Möglichkeit einer vermissten Person.« Mehr brauchte er nicht zu sagen. Rosa rannte zu dem dunkelblauen Metallgestell, in dem Sporttaschen und Plastikkisten lagerten. Vor dem Schild mit ihrem Namen blieb sie stehen. Niemals gab man bei der Seepolizei die eigene Tauchausrüstung weiter: Sie war so etwas wie eine Lebensversicherung. Obwohl Karim heute im Dienstplan als Froschmann eingetragen war, mussten sie beide jederzeit tauchfähig sein. Wenige Augenblicke später bestieg Rosa die *Principessa,* an deren Heck das Wasser schäumend wirbelte. Die Seepolizei rückte immer wieder wegen führerloser Schiffe aus. Meist waren die Gründe dafür harmlos. Ein Fehler beim Vertäuen im Hafen. Unruhiges Gewässer. Doch der Anruf des Stehpaddlers, der sich auf Höhe der Schokoladenfabrik befand, hatte besorgniserregend geklungen.

Karim drosselte den Motor und ließ die *Principessa* mit dem letzten Schwung nahe an die mit Teakholz verkleidete Yacht treiben. Rosa gelang es, die beiden Schiffe aneinander festzumachen. Etwas weiter entfernt saß ein älterer Herr mit sportlicher Sonnenbrille und Waschbrettbauch auf seinem Board.

»Sieben Minuten. Gar nicht mal so schlecht«, sagte er mit Blick auf die nicht vorhandene Uhr an seinem Handgelenk und drehte den wasserfesten Beutel zu, in dem er seine Wertsachen mitführte. »Wissen Sie, ich fahre hier jeden Tag durch. Auf meiner Morgenrunde kurz nach sechs war da noch nichts. Hier stimmt doch was nicht.« Er zeigte auf das Heck des Bootes, das mit *Venus* angeschrieben war. Die Lounge mit Sitzkissen und zerknäulten Decken lag im Schatten des hochgespannten Verdecks. Eine Flasche Champagner steckte umgekehrt in einem Eiskübel, daneben zwei benutzte Gläser. Abgeschnittene Strohhalme, eine halb verwischte Linie.

»Ich geh jetzt rüber«, sagte Rosa und zog Latexhandschuhe an. Die Motoryacht schwankte im aufkommenden Wellengang des ersten Kursschiffes, das in Richtung Bürkliplatz unterwegs war. Die Elektronik der Armaturen leuchtete. Vor allem aber lief der Motor noch immer im Leerlauf, was auch den Stehpaddler stutzig gemacht hatte, der sich offenbar für die Ordnung auf dem See mitverantwortlich fühlte. Während Rosa auf der *Venus* den Zündschlüssel zog, hörte sie Karim das Kennzeichen der Yacht ins Funkgerät diktieren, ehe er sich für den Tauchgang bereit machte. Doch sie ahnten beide, es würde schwierig werden, hier an der tiefsten Stelle des Sees. Auf dem Tischgestell lag ein fast leeres Minigrip, das Rosa zur Untersuchung in eine Tüte packte, bevor es noch vom Wind davongetragen wurde. Sie drehte eine Plastikkarte um, die allem Anschein nach dazu benutzt worden war, das Pulver zu zerkleinern. Doch es war nicht wie erhofft eine persönliche Kreditkarte, sondern nur eine Gutscheinkarte für ein Multiplex-Kino.

»Wir müssen versuchen, die Fläche einzugrenzen«, sagte Karim und zeigte auf den leeren Pilotensessel und den blau melierten Herrenpullover, der sich an der Badeleiter verfangen hatte und halb im Wasser hing. Rasch funkten sie in die Zentrale und forderten Verstärkung an. Rosa wusste, dass sie sich von der lauschigen Morgenstimmung nicht täuschen lassen durften. Die meisten Menschen ertrinken weder unter Rufen noch Strampeln, sondern still, beinahe heimlich. Ihre Lungen füllen sich mit Flüssigkeit. Die Konzentration der Wassermoleküle steigt und steigt, immer schneller, bis sie höher ist als die der umliegenden Zellen. Dann dringen die Wassermoleküle in die roten Blutkörperchen ein, mehr und immer mehr davon, bis sie platzen.

Tatsächlich war der See an dieser Stelle zu tief, als dass es Rosa und Karim bis zum Grund schafften. Nach vierzig Metern mussten sie umkehren. Es war ihnen nichts anderes übrig geblieben, als in verschiedenen Wassertiefen Proben zu nehmen. Sie wussten noch nicht, ob sie es mit einem Tatort zu tun hatten. Aber falls doch, musste die Spurensicherung zeitnah erfolgen. Die Yacht lag nun in der Werft am Forellensteig, wo sie von einem Forensiker in Schutzkleidung untersucht wurde. Zwar bargen die meisten Tatorte unzählige DNA-Spuren, doch gehörte längst nicht jeder genetische Fingerabdruck auch zur Täterschaft. Die Kunst bestand darin, die relevanten Spuren zu erkennen. Zwei Champagnergläser, eines davon mit Lippenstiftabdruck, legten nahe, dass sich zumindest für eine gewisse Zeit mehr als eine Person auf der *Venus* befunden hatte. Die Kantonspolizei war bereits auf dem Weg zum Besitzer der kleinen Motoryacht, der am Telefon überaus lebendig geklungen hatte. Und überdies kein Schiff vermisste. Seit dem Mittag kreisten Helikopter der Rettungsflugwacht über ihren Köpfen. Rosa wischte sich Schweißperlen von der Stirn, wobei sie den Monitor nicht aus den Augen ließ. Anders als versunkene Fahrzeuge oder Schiffe war eine ertrunkene

Person oftmals nur als ein schwaches Echo zu erkennen. Dank der Kombination von Wärmebildkamera und Echolot war es dennoch möglich, den Seeboden systematisch abzutasten. Rosa hatte veranlasst, dass alle Fischernetze im Umkreis eingezogen wurden. Erfolglos. Sie suchten die sprichwörtliche Nadel im Heuhaufen.

Ein Donnergrollen durchschnitt die mit Hitze aufgeladene Luft über dem Seebecken. Seit Tagen zogen am späten Nachmittag Gewitter auf, aber bisher war es immer bei ein paar fernen Blitzen geblieben. So oder so würden sie die Suchaktion spätestens bei Einbruch der Dunkelheit abbrechen müssen. Rosa dachte an Romeo und Julia, wie sie das ältere Ehepaar nannten. Die beiden waren abends noch schwimmen gewesen. Was zu ihren festen Gewohnheiten gehörte, wie Nachbarn und ihre Kinder später übereinstimmend aussagten. Der Krampf im Bein traf die Frau komplett unerwartet. Ihr Mann sah, wie sie erschrocken mit den Armen ruderte – und wollte sie retten. Dabei ertrank er selbst. Woraufhin sie wiederum, kaum an Land und wieder halbwegs bei Kräften, einen Herzinfarkt erlitt. Romeo blieb spurlos verschwunden. Monatelang hatten sie in jeder freien Stunde nach Romeo getaucht. Rasterförmig die Gegend abgesucht.

Der See hatte für Rosa eigentlich eine große tröstende Kraft. Denn in jeder seiner Wellen war die Einsicht verborgen, dass wir uns nur ein kurzes Leben lang gegen die Unendlichkeit erheben – um in einer sanften Woge wieder abzuebben. Und in einer Welt aufzugehen, in der keine Materie jemals verloren geht, sondern nur ihre Form verändert. Wenn die Tiefe aber einfach so einen Menschen verschluckte, verlor dieses Bild seinen Trost.

Irgendwann fanden sie Romeo tatsächlich. An einer ganz anderen Stelle des Sees. Und auch nur zufällig, wegen eines abrupten Wetterwechsels. Doch Rosa würde die Dankbarkeit nie vergessen, die in den Augen seiner Kinder gestanden hatte. Sie waren nur etwas älter als sie selbst. In den Monaten nach dem Unglück hatten sie es nicht übers Herz gebracht, die Urne der Mutter allein beizusetzen. Ihre Eltern waren über fünfzig Jahre lang unzertrennlich gewesen. Und in der lähmenden Wartezeit war auch in ihnen etwas erstarrt, das sich erst löste, nachdem sie wussten, dass die beiden vereint zur letzten Ruhe gebettet werden konnten. Seit diesem Erlebnis hatte Rosa einen beinahe liebevollen Blick auf die Toten im See. Sie sahen zwar entstellt aus, wenn man sie aus der Tiefe barg. Aber sie waren ihr dennoch tausendmal lieber als die Leichen, die man sonst im Polizeidienst antraf.

7

Der Weg zurück in die Innenstadt war wie eine Schleuse. Mit jedem Meter, den Rosa im Schatten der Bäume durch die Parkanlagen fuhr, kehrte sie zurück in die Normalität. Wo Leute vor dem Eiswagen Schlange standen, der Duft von Bratwürsten die Luft durchzog und Jugendliche auf der Rentenwiese zu Reggae-Beschallung im Kreis saßen. An den Trambahnen flatterten noch die Feiertagsfähnchen des *Ironpeople* und der *Oper für alle* nebeneinander, die Stadtreinigung indes hatte die letzten Überreste der beiden Großveranstaltungen bereits beseitigt. Rosa war immer wieder beeindruckt, wie schnell der Abbau vonstattenging. Doch verglichen mit dem, was in ein paar Wochen los sein würde, wenn die Street Parade um den See wummerte, war das hier nur eine Fingerübung.

Die Mauern des Mietshauses am Rindermarkt waren dick wie die eines Klosters. Sie kühlten im Sommer und isolierten im Winter. Einige amerikanische Touristen standen entzückt davor, um sich gegenseitig mit der Jahreszahl zu fotografieren, die über den Eingang gemeißelt war. Anschließend fassten sie an den Sandstein des Türsturzes, als müssten sie sich davon überzeugen, dass er wirklich echt war. Die Vorstellung, dass das Gebäude bereits hier gestanden hatte, ehe ihr Kontinent überhaupt auf den Weltkarten erschien, beeindruckte sie sichtlich. Rosa lächelte und schloss die Tür auf. Sie sog dankbar den dezenten Duft ein, der ihr entgegenschlug. Egal, um welche Tageszeit man das Haus betrat, es roch immer nach derselben Mischung aus Schmierseife, Bienenwachspolitur und den Farben des Antik-Möbelschreiners, der im Parterre ein kleines Ladenlokal betrieb. Er verkaufte aber nicht einfach nur Möbel, er erzählte Geschichten. Das Schaufenster diente ihm dabei als Bühne, die er so bespielte, wie er den Laden führte: mal lustig, mal politisch, aber immer liebevoll und mit einem gewissen Schalk. Die Kulissen wechselten alle paar Tage. Eines seiner berühmtesten Fenster bestand aus fünfzig weißen Osterhasen und einem braunen, der in die andere Richtung blickte. Viele im Viertel schauten extra vorbei, um sich von den restaurierten Liebhaberobjekten, manche davon mit Geheimfach, inspirieren zu lassen, auch wenn sich deren Reparatur im Grunde gar nicht lohnte – es sei denn, man maß Gefühlen auch einen Wert bei.

Statt die Holztreppe in die oberen Geschosse zu nehmen, ging Rosa bis zum Ende des Flurs. Dort fiel Tageslicht durch die mit kunstvollem Schmiedewerk gesicherte Scheibe, die in eine massive Eichentür eingelassen war. Noch immer machte ihr Herz einen Sprung, wenn sie über die Steinstufen hinab in den Schwarzen Garten trat. Der Trubel vor den Fassaden der mittelalterlichen Häuserzeile vertiefte noch die Ruhe des geschützten Hinterhofs. Der Kies schmatzte unter ihren Schritten. Ein Geräusch, das genauso zu dem Hof gehörte wie das gotische Fenster am Eingang und die unebenen Dachterrassen auf den umliegenden Häusern. Die Spuren der Zeit hatten sich hier so lange überlagert und wieder neu zusammengesetzt, dass sie eine eigentümliche Patina bildeten. Vor einem Stahltisch ließ Rosa die Tasche zu Boden sinken, setzte sich und streifte die Schuhe von den geschwollenen Füßen. Aus der Tarte Tatin würde heute nichts werden. Es war sowieso schon zu heiß zum Essen, geschweige denn zum Einheizen des Ofens. Stattdessen würde sie die bereits gebeizten Felchen räuchern, dazu Salat aus Brunnenkresse und Zwiebel-Himbeer-Marmelade auftischen. Und als Vorspeise hausgemachtes Roggenknäckebrot mit gesalzener Butter und eine kalte Suppe nach Art ihrer Großmutter. Eine Kugel Eis zum Schluss. Sollte danach noch jemand Hunger verspüren, gab es Weichkäse und Feigenchutney im Kühlschrank …

Wenig später stand sie barfuß auf dem terrakottafarbenen Küchenboden. Rosa und Leo hatten die Platten aus dem Urlaub in der Provence mitgebracht und eigenhändig verlegt. Zwischen den Sichtbalken an der Decke war eine Schnur gespannt, an der Sträußchen mit Kamille, Beifuß und Baldrian zum Trocknen hingen. Die Balken und das ganze Häuschen stammten aus dem Spätmittelalter, wie ein Kupferstich aus jener Zeit bewies. Rosa war zufällig im Stadtarchiv darauf gestoßen, als Nelly noch lebte – lange, bevor sie selbst hier eingezogen war. Sie hatte für eine Seminararbeit das Verhältnis der Reformatoren zur Hexerei untersucht. Die Quellen ließen nicht darauf schließen, dass sich Zwingli und seine protestantischen Mitstreiter besonders viele Gedanken zu Schadenszauber und Hexensabbat gemacht hatten. Doch Nelly – immer mehrere Bücher gleichzeitig lesend und voll kindlicher Neugier, bis zuletzt – hatte sich sehr über die Reproduktion des Kupferstichs gefreut und ihn über die Garderobe gehängt, wo er noch heute zu finden war. Auch wenn das Häuschen mittlerweile komplett anders aussah.

Als es klingelte, war Rosa gerade dabei, fein geschnittene Zwiebelringe und Zucker mit Rotwein abzulöschen. Sie strich die Hände an der Bistroschürze ab, die sie um die Hüfte gebunden trug. Dann drückte sie den Summer für die Eingangstür auf der anderen Seite der Häuserzeile. Absätze klackerten auf Steinplatten, im Gleichklang mit dem Kratzen von Pfoten. Dank der Beagle-Hündin Suki hörte man Stella kommen, lange, bevor man sie sah, denn das Tier verfügte über eine beeindruckende Palette an unterschiedlichsten Schnüffel- und Schnalzlauten.

»Wir waren schon in der Nähe. Sollen wir noch eine Runde drehen?« Ohne Rosas Antwort abzuwarten, kam Stella ihr entgegen. Dabei flatterten die geblümten Lagen ihres Rocks, zu dem sie ein Shirt mit Leopardenmuster und mehrere Holzperlenketten übereinander trug. Egal, was Stella anhatte, es wirkte stets so, als hätte sie die Sachen einfach aufs Geratewohl aus dem Schrank gezogen. Dennoch harmonierten die Kombinationen der Muster immer in einer Art, dass man sich fragte, warum sie nicht alle trugen. Wobei das wohl eher an Stella lag als an den Prints. So auffallend ihre sonstige Erscheinung, so schlicht ihr Gesicht, an das sie nur Wasser und Seife ließ. Kein Puder. Kein Lidschatten. Nicht einmal Wimperntusche.

»Ganz bestimmt nicht, kommt rein.« Rosa schob ihre Freundin sanft in Richtung des Küchensofas. Für Suki stellte sie einen Napf mit Wasser auf den Boden und warf ihr eine der Weintrauben zu, die sie für diesen Zweck besorgt hatte. Die Hündin schnappte ihre Leibspeise mit flatternden Ohren aus der Luft und dankte es Rosa mit einem Blick, der übersetzt hieß: du und ich für immer. Zumindest bis zur nächsten Weintraube. Rosa holte die Flasche Räuschling aus dem Tiefkühlfach, die sie vor ein paar Tagen in der Bodega gekauft hatte.

»Beinahe perfekt«, sagte Rosa, als sie den Wein mit einem trockenen Plopp entkorkte.

»Hast du mal was von ihm gehört?« Stella deutete auf die gusseiserne Teekanne, die weit abseits im Regal stand. Leo hatte sie Rosa damals während ihres gemeinsamen Japan-Semesters geschenkt.

»Er hat die Stelle im Außendepartement angenommen. Ich glaube, im Moment ist er in der Botschaft in Algier. Aber so genau weiß ich es nicht.« Rosa reckte ihr Kinn, worauf sich feine Furchen bildeten, die aber sogleich wieder verschwanden, als würden die Nervenbahnen ein Tauziehen um die Kontrolle über ihr Gesicht veranstalten.

»Jetzt hätte ich es fast vergessen«, sagte Stella und stellte ein Päckchen auf den Tisch. Es raschelte, als Rosa das Zeitungspapier aufschlug, was Suki veranlasste, ihre nasse Schnauze erwartungsvoll an Rosas Beinen zu reiben. Zum Vorschein kamen zwei handgefertigte Matcha-Schalen.

»Du hast es tatsächlich geschafft.« Rosa hielt eine der Schalen in die Höhe und bewunderte den Farbverlauf, der von rotem Jaspis zu Mattschwarz wechselte. Stella erzählte ihr, wie beim ersten Brennversuch der Alarm losgegangen war und plötzlich zwei Feuerwehrleute in voller Montur vor ihr gestanden hatten. Denn anders als bei normaler Keramik entwickelte sich bei der japanischen Raku-Technik starker Rauch, wenn die glutheißen Stücke, mit einer Zange direkt aus dem Ofen geholt, in Heu gewendet wurden. Rosa umarmte ihre Freundin. Eigentlich war alles in Rosas Küche entweder von Stella gefertigt oder von Reisen mitgebracht. Alles außer einer unförmigen Schüssel. Rosas erster und letzter Versuch an der Drehscheibe in Stellas Töpferatelier. Sie nutzte das Ungetüm trotzdem und sammelte darin Steine, die sie aus den Beeten klaubte. Quasi als tägliche Notiz an sich selbst, dass sie lieber wenige Dinge machen sollte. Diese dafür richtig.

»Hast du dich gut von dem Eingriff erholt?« Stella nagte den Kern einer Olive sauber ab und hob mitleidig die dichten Brauen, die ihr einen Hauch Frida Kahlo verliehen.

Rosa dachte an das abnehmende Ziehen im Bauch und winkte ab. »Nicht der Rede wert. Die Suchaktion von heute beschäftigt mich gerade viel mehr.«

»Hab ich gesehen, als ich mit Suki spazieren war. Immer noch nichts?«

»Eben nicht. Und am Abend mussten wir die Suche vorläufig einstellen.«

Stella spießte noch eine fleischige Olive auf, die mit fein geschnittenen Salzzitronen gewürzt war. »*Completely off topic* – aber ist da Wermut drin?«

»Ein Spritzer Noilly Prat nur«, sagte Rosa.

Stella rollte begeistert mit den Augen. Dann fuhr sie fort: »Etwas gruselig ist das ja schon. Ich meine, theoretisch kann die Leiche jederzeit irgendwo angeschwemmt werden.«

Wie schon so oft kämpfte Rosa mit dem Wunsch, sich ihrer Freundin anzuvertrauen, und dem Zwang ihrer dienstlichen Schweigepflicht. Suki schob ihre Schlappohren nach vorne und legte den Kopf schief. Dann begann sie, mit dem Schwanz zu wedeln. Richi konnte nicht mehr weit sein. Tatsächlich standen kurz darauf zwei Männer im Garten. Ihre Haare schimmerten, als hätten sie gerade geduscht. Rosa dachte, dass ihnen die Hitze definitiv besser stand als ihr selbst.

»Hier riecht es köstlich.« Richi streckte Rosa, die ihnen entgegengelaufen kam, einen Topf entgegen. Zwischen dunkelgrünen Blättern wippten zitronengelbe Früchte. Er wusste, dass sie mit einem ausgewachsenen *Aji-Lemon-Drop-Chili* der Schärfe acht mehr anfangen konnte als mit einem Strauß Schnittblumen.

»*Capsicum baccatum*! Richi! Wie bist du nur an so ein seltenes Exemplar gekommen?«

»Ehrlich gesagt hat Erik sie besorgt.« Damit trat Richi zur Seite und stellte sie einander vor. Anschließend ging er in die Küche, wo er von Suki und Stella lautstark begrüßt wurde. Erik zog den Kopf ein, als er hinter ihm eintrat.

»Wenn man mal drin ist, geht es.« Rosa zeigte an die Küchendecke. »Früher war das hier das Waschhaus des Quartiers. Aber es gibt nur zwei Räume, Küche inklusive.« Sie füllte weitere Gläser mit Weißwein und Blüten-Eiswürfeln und reichte sie den Neuankömmlingen, die so vertraut miteinander wirkten, als würden sie sich schon viel länger kennen als bloß ein paar Wochen. Rosa wusste nur, dass Erik lange im Ausland gearbeitet und nun im Universitätsspital eine leitende Stelle angenommen hatte. Richi wirkte neben ihm so gelöst, als wäre er aus einer Schonhaltung befreit worden. Wer weiß, vielleicht war Erik ja genau der Mann, den sich Rosa für ihren besten Freund gewünscht hatte.

Sie waren gemeinsam in der Altstadt aufgewachsen. Das klang idyllisch, doch beide hatten sie ein sorgfältig gehütetes Gefühl von Fremdheit in sich getragen, das zu ihrer Kindheit gehörte wie auf dem Kopfsteinpflaster aufgeschürfte Knie. Damals gab es im Niederdorf noch viel mehr Kinder als heute. Eine ganze Bande, die sich morgens am Nike-Brunnen traf. Das imposante Schulhaus am Hirschengraben hätte mit seinen Verzierungen und den Türmchen direkt einem Fantasy-Epos entsprungen sein können. Hoch oben an den Wänden der getäfelten Aula gab es faltige Gesichter und kunstvoll geschnitzte Holzfiguren mit hervorquellenden Augäpfeln und Nasenringen. »Rassifizierte Köpfe«, wie eine Historikerin später in einem von der Stadt in Auftrag gegebenen Bericht schreiben würde: stereotype Gesichtszüge, die von den dazugehörigen Fellmützen und Schmuck unterstrichen wurden. Damals hatte sich niemand die Mühe gemacht, die Zeugen einer Zeit, in der Menschen und andere Lebewesen durch Klassifizierung beherrscht wurden, zu reflektieren. Nur der Hauswart Herr Greco stieg einmal im Jahr auf eine hohe Leiter und reinigte die Gesichter, zuerst mit einem feuchten Lappen, dann mit einem trockenen. Schon früh spürte Richi eine Distanz zu den anderen Kindern, für die er keine Worte fand, bis eines ganz unverblümt fragte, warum Herr Greco ihn nicht auch abwischte.

Kürzlich hatte Rosa eine brasilianische Künstlerin entdeckt, die fest daran glaubte, dass Schwarz und Weiß nicht existierten; sie hatte es sich zum Ziel gemacht, die wahren Farben der Menschheit in einem Katalog zu dokumentieren. Nach ihrem System war Richis Haut nicht *Karamell* oder *Milchschokolade,* sondern schlicht: Pantone 66–3C. Wobei das nicht ganz stimmte, denn die feinen Sommersprossen, die seine Nase und Wangen bedeckten, waren eine Nuance dunkler.

8

Die Frau mit der Sporttasche auf dem Rücken kam in der Dämmerung. Fledermäuse schwirrten in der Luft, den Insekten hinterherjagend. Über dem See türmte sich eine schwarzgraue Wolkenwand auf, viel Zeit würde nicht bleiben. Sie drosselte das Tempo und stellte das Rennrad neben der gelb gefleckten Wiese ab. Helm und Handschuhe behielt sie an. Ihre schnellen Schritte kratzten auf dem sandigen Gehweg. Ein paar Jugendliche kifften auf dem Steg, doch am hinteren Ende des Parks, bei der Trauerweide, war es ruhig. Sie schaute sich um. Mehrmals. Dann duckte sie sich unter den Ästen durch. Die sattgrüne Höhle war beinahe blickdicht. Und reichte gut fünf Meter aufs Wasser hinaus. Sie atmete erleichtert auf, als sie die Tüte am Baumstamm baumeln sah. Routiniert löste sie das Seil. Und packte alles in die Sporttasche. Wellen klatschten ans Ufer. Sie sah hinaus. Ein kleines Boot mit Außenmotor näherte sich. Rasch drückte sie sich an den breiten Stamm. Doch es tuckerte an ihr vorbei, in Richtung des Hafens. Dann schulterte sie die Tasche – und ging zurück. Vor der Tauchschule brannten Feuerschalen, wie jeden Samstag nach dem Training. Jemand klimperte auf einer Gitarre. Auf den Tischen gab es Windschutzgläser mit Kerzen. Von der Schokoladenfabrik her zog allzu süßer Vanilleduft herüber. Irgendwo spielten ein paar Kinder laut kreischend Verstecken. Es war die Gelegenheit, auf die sie gewartet hatte. Durch eine Hintertür neben den Toiletten schlüpfte sie hinein. Im Kursraum war niemand mehr, lautlos schlich sie zu einer Regalwand, in der das Tauchmaterial der Schule lagerte. Es surrte, als sie den Reißverschluss der Sporttasche öffnete. Dann stellte sie die Monoflosse zurück. Plötzlich näherten sich Stimmen von draußen. Zwei Männer mit Muschelketten um den Hals, Abzeichen für das eben bestandene Brevet, gingen am Kursraum vorbei in die Küche. Bierflaschen schlugen beim Öffnen des Kühlschranks aneinander. »Da war doch irgendwo ein Flaschenöffner …«, sagte der eine. Schubladen wurden aufgerissen und wieder zugeschlagen. »Warte … Ich schau mal im Kursraum nach.« Schritte erklangen im Flur. Sie erstarrte. »Schon gut, Alter. Da ist ein Feuerzeug«, rief es im letzten Moment aus der Küche. »Das geht genauso gut!« Kronkorken knackten. Die Schritte machten kehrt. Wenige Augenblicke später schwang sich die Frau mit der Sporttasche auf ihr Rennrad, unter dessen Sattel ein kleines Schild klemmte mit einer Nummer und dem Logo des *Ironpeople*.

9

Für den Aperitif bugsierte Rosa ihre Gäste nach draußen. Auf dem Tisch, den sie zuvor mit einem dunklen Tuch und getrockneten Lavendelsträußchen dekoriert hatte, standen Schalen mit Oliven und halb getrockneten Tomaten, mariniertem Fetakäse sowie Rauchmandeln. »Ihr müsst unbedingt die Tomaten probieren, die wachsen gleich hier drüben an der Hauswand«, sagte Rosa und zog sich in die Küche zurück.

Die Marmelade im Topf glänzte in der Farbe von roten Rüben, die Kerne der Himbeeren knackten leicht zwischen den Zähnen, und das Ganze hatte eine ausgewogene Süße mit leichtem Veilchenaroma, die Rosa durch die Zugabe einer Prise Salz verfeinerte, bevor sie die lauwarme Masse in ein Weckglas füllte. Anschließend holte sie das große Bambusbrett und das Messer – nicht irgendein Messer, sondern ein Miyako-Messer mit handgeschmiedeter Klinge aus Stahl. Sie hatte es in einer japanischen Manufaktur in Seki erstanden, wo neben Samuraischwertern bereits vor siebenhundert Jahren Messer hergestellt wurden. Zu Beginn hatte Rosa um ihre Finger gefürchtet, wenn sie Würfel schneiden musste. Mittlerweile beherrschte sie auch die dünnen, streichholzartigen Stifte, die praktisch für den Wok waren. Da sie die Gazpacho bereits am Vortag zubereitet hatte, brauchte sie für die kalte Suppe nach dem Rezept ihrer Yaya nur noch Paprikaschoten, etwas Gurke sowie Tomaten als Einlage zu hacken. Anschließend holte sie die filetierten Felchen aus dem Kühlschrank. Während Rosa zwei große Töpfe auf den Herd stellte und das Rauchgut, eine trockene Mischung aus Wacholderbeeren und Schwarztee, auf dem Pfannenboden verteilte, lauschte sie durch die offenen Fenster in den Garten.

Stella gab sich Mühe, Erik nicht mit den üblichen »Was machst denn du so?«-Fragen zu löchern. Stattdessen verwickelte sie ihn in ein Gespräch über die Mühen, in der Stadt eine Wohnung zu finden. Dabei stellte sie sich so geschickt an, dass sie doch einiges über ihn erfuhr. Dass er derzeit in einer Pension über einem angesagten Kaffeehaus im Kreis 4 wohnte, etwa. Und in einer deutschen Kleinstadt nahe der Grenze aufgewachsen war. Vorsichtig platzierte Rosa die in Zucker und Salz gebeizten Filetstücke auf den beiden Dampfeinsätzen und schaltete auf mittlere Flamme.

Als der Geruch von geräuchertem Schwarztee durch die Küche zog, goss Rosa die Gazpacho in die Suppenterrine mit dem gewölbten Deckel und den dunkelblauen Ornamenten. Bereits fertige Portionen auf Tellern anzurichten machte Rosa nur noch selten. Einerseits empfand sie es bis zu einem gewissen Grad als kulinarische Bevormundung, wenn sie über das Verhältnis der verschiedenen Geschmäcker bestimmte; andererseits wollte sie nicht, dass jemand sich aus Höflichkeit gezwungen sah, etwas Bestimmtes zu essen. Außerdem hasste sie es, wenn genießbare Reste im Müll landeten. Als alle Platten und

Schälchen gefüllt waren, trug sie das Tablett hinaus in den Garten und wurde mit freudigen Ausrufen empfangen.

»Hast du ein eigenes Boot, oder fährst du gar nicht raus zum Angeln?« Erik tupfte sich mit der Stoffserviette die Mundwinkel, die eigentlich bereits sauber waren. Die Geste wirkte auf Rosa eher so, als wolle er signalisieren, dass seine volle Aufmerksamkeit nun ihr galt.

»Leider nein. Wobei das Boot nicht einmal das Problem wäre …« Während sie sprach, folgte sie Richis Blick – und reichte ihm die Fischplatte. »Es ist nur so, dass es beinahe unmöglich ist, innerhalb der Spanne eines Lebens an einen der Liegeplätze in Stadtnähe zu kommen.«

»Nicht mal, wenn man bei der Seepolizei ist?«

»Nicht mal dann.« Zwischen den Ästen der Esche hindurch erklang ein seltsames Summen. Leiser zwar als die Suchhelikopter, die den ganzen Tag über in Rosas Ohren gerattert hatten, aber dennoch irritierend. Wolken waren aufgezogen, doch die schwüle Wärme klebte noch immer ihre Oberschenkel am Stuhl fest.

»Aber ich habe Glück …«, fuhr Rosa fort. »Ein Freund meines Vaters überlässt mir gelegentlich seine Jolle. Sag mal, hört ihr das auch?«

»Ich hasse die Dinger!« Stella zeigte über die Dachterrasse der Wohnung, die schräg über dem Waschhaus lag. Dort schwirrte eine Drohne in Richtung Zürichberg. »Was meint ihr, filmen die uns?« Stella griff zum Weißweinglas. Sie war eine Person, die immer etwas mehr hörte, sah und fühlte, als sie verarbeiten konnte. Manchmal reichte schon ein zu lautes Gespräch am Nachbartisch. Verstieß die Ursache der Störung dann auch noch gegen ihre Prinzipien, verlor sie rasch die Fassung.

»Wenn mich nicht alles täuscht, ist das ein medizinischer Transport«, sagte Erik. Er berichtete von einem Modellversuch der Universität, bei dem Gewebe- und Zellproben durch die Luft verschickt wurden. Ein Donnerschlag ließ die Hauswände erzittern und setzte dem Gespräch ein abruptes Ende. Als der mattgraue Himmel kurz darauf von Blitzen zerschnitten wurde, saßen sie in Rosas Küche und löffelten Sauerrahmeis mit Pfefferminze. Durch die offene Haustüre wehte der würzige Geruch von Sommerregen.

»Ob diese Drohne auch gewitterfest war? Wer weiß, was die transportiert hat. Da muss ich gleich an diesen durchgeknallten Typen denken.« Stella verteilte den letzten Räuschling auf die Gläser, wobei sie Rosa, die eine abwehrende Geste machte, ausließ. »Habt ihr davon gehört? Er hat Menschenherzen in Affen gezüchtet. Nun will er sie als Spenderorgane verwenden. Total abartig.«

»Hydra. Typhon. Chimära. Kinder der Unterwelt.« Richi setzte den Bariton seiner vom Theater geschulten Stimme – genau wie sein Bühnendeutsch – gerne ein, wenn sich ein Konflikt abzeichnete. Oder er sich schützen wollte.

»Ich meine es ernst!« Stella stand auf. Sie begann scheppernd, Geschirr abzutragen. Es wäre nicht das erste Mal, dass sich die beiden nach ein paar Gläsern Wein in die Haare gerieten. Interessanterweise verstanden sie sich blendend, sobald sie allein waren. Manchmal kam es Rosa vor, als würden die beiden nur streiten, um zu sehen, für wen sie Partei ergriff.

»Ach komm … Das ist eine komfortable Position, aus

der du da sprichst.« Richi stand auf und half ihr, die Maschine einzuräumen. »Du wärst doch auch dankbar um ein Spenderorgan, wenn du auf eines angewiesen wärst. Oder würdest du lieber sterben?«

Suki verkroch sich hinter der Badewanne, als Stella aufgebracht erwiderte: »Wir werden sterben, irgendwann. Du, ich, er, sie, es – wir alle. *That's part of the game.* Mit welchem Recht nehmen sich Menschen heraus, Schicksal spielen zu wollen?«

Rosa zeichnete mit dem Löffel Muster in die Eispfütze auf ihrem Tellerboden, dann blickte sie auf: »Du meinst, so wie ich das getan habe?« Sie nahm vorweg, was sowieso jeden Moment aus Stella herausgeplatzt wäre. So erfuhr es Richi wenigstens von ihr selbst.

»Ach komm, das ist doch etwas *ganz* anderes.«

»Warum? Ich verschaffe mir ja auch künstlich Möglichkeiten.«

»Sag mal, *was* hast du?« Ein verletzter Unterton lag in Richis Stimme. Rosa dachte an den Pakt, den sie vor über zwei Jahrzehnten geschlossen hatten, beide das erste Mal so richtig von Liebeskummer durchgeschüttelt. Wenn sie bis vierzig noch immer allein wären, hatten sie sich damals geschworen, würden sie einfach zusammen eine Familie gründen.

»Das muss Rosa dir selbst erzählen!«, sagte Stella und warf das Küchenhandtuch auf die Anrichte. Dann setzte sie sich zu Suki auf den Boden, lehnte an den Rand der Badewanne und ließ die Holzperlen ihrer Kette durch die Finger gleiten, als würde sie einen Rosenkranz beten.

»Können wir uns darauf einigen, dass wir das bilateral

klären?«, fragte Rosa und rückte mit ihrem Stuhl nach hinten, als wolle sie sich aus einer unsichtbaren Schusslinie nehmen. Dann lehnte sie den Kopf an die Wand.

»Man kann es ja auch so sehen:«, sagte Erik diplomatisch. »Im Grunde genommen ist ja alles – vom Faustkeil über Kupferbeile bis hin zur In-vitro-Fertilisation – ein Eingriff in die Natur. Vom Moment an, als unsere Vorfahren zum ersten Mal Werkzeug in die Hand nahmen, forderten Menschen die Natur heraus. Und tun das bis heute.« Es blieb still, als er nach der Wasserkaraffe griff und ihre Gläser füllte. »Man könnte aber auch sagen, dass Menschen, ihre Werkzeuge oder In-vitro-Fertilisation genauso zur Natur gehören wie Vögel und ihre Nester, Ameisen und ihre Hügel, Füchse und ihre Höhlen und so weiter. Warum also – warum um Himmels willen – sollten wir nicht nach Verbesserungen unseres Lebens und unserer Spezies streben? Oder anders gesagt: Wäre das nicht unsere, beinahe schon heilige Pflicht angesichts des Zustands, in den wir diese Welt gebracht haben?«

10

Der Fischer war kreideweiß unter der tropfenden Kapuze seines Ölzeugs. Er stand so, dass er die Winde mit dem halb eingezogenen Netz im Rücken hatte und nicht hinsehen musste. In der Nacht war ein heftiger Gewittersturm über den See gepeitscht. Die Wellen gingen zwar noch immer hoch, beruhigten sich aber zunehmend. Leere Petardenhülsen rollten über den Boden, es roch nach abgebrannten Ladykrachern.

»Wie komme ich jetzt wieder an Land?«, fragte er und verschränkte die Arme.

»Mit dem Taxiboot«, erwiderte Rosa geduldig.

Die Erleichterung war seinem Gesicht abzulesen. Als er eine Viertelstunde später abgeholt wurde, ließ er sich mehrfach versichern, dass die Seepolizei sein Schiff im Anschluss auch wieder wie vereinbart in den Hafen zurückfahren würde. Nachdem die Motorengeräusche des Taxiboots verklungen waren, kletterte Rosa wieder zurück zu Tom auf das große Bergungsschiff. Wo dieser sich für den anstehenden Tauchgang bereit machte.

Rosa folgte Tom von der Zentrale des Bergungsschiffes aus über den Bildschirm, froh, dass der Fundort nicht tief lag. Denn unterhalb der Sprungschicht nimmt die Wassertemperatur mit jedem Meter rapide ab, bis zum Seegrund, wo sie immer vier Grad beträgt. In manchen Fällen blieb ihnen bei der Suche nach Wasserleichen keine andere Wahl, als mit einer Konstruktion aus messerscharfen Widerhaken und langen Seilen den Seegrund zu rechen. Und den Körper anschließend auf eine tauchbare Wasserhöhe zu ziehen. Was ohne postmortale Verletzungen nicht zu bewerkstelligen war.

»Ich brauche Papier«, rief Tom, von dem unter der Tauchmontur nicht viel zu sehen war. Rosa ging zur Einstiegsleiter und reichte ihm ein Unterwasser-Notizbuch mit beschichteten Seiten samt daran baumelndem Stift hinab und erhielt im Gegenzug einige Röhrchen mit Wasser- und Sedimentproben.

»Sag mal, sind die immer noch nicht da?«

Rosa, ebenfalls im Neoprenanzug und bereit, Tom gleich bei der anstehenden Bergung im Wasser zu unterstützen, zuckte mit den Schultern. Eigentlich war die Meldung bereits kurz nach dem Anruf des Fischers an die Staatsanwaltschaft gegangen. Die hätte längst ein Brandtour-Team der Kriminalpolizei losschicken sollen. Der Begriff *Brandtour* für einen gemischten Einsatz von Fachleuten bei »brennenden Ereignissen« wie Kapitalverbrechen, Geiselnahmen oder schweren Unfällen stammte noch aus den Urzeiten der Kantonspolizei. Anscheinend aber war das zuständige Team gerade zu einem anderen Einsatz abkommandiert worden, daher musste der Bereitschaftsdienst aufgeboten werden. Rosa ließ unterdessen die Kursschiffe umleiten. Morgens brachten sie Pendler aus den Seegemeinden in die Innenstadt, die bei einem Milchkaffee im Bordrestaurant das Notwendige mit dem Angenehmen verbanden. Kein

Moment, in dem man zufälligerweise der Bergung einer Wasserleiche beiwohnen wollte.

»Endlich!«, sagte Rosa. Aus der Ferne sahen sie die *Principessa,* an Kontur gewinnend. Neben Karim, der am Steuer stand, befanden sich noch drei Personen an Bord. Nur kurze Zeit später kletterten sie zu Rosa hinüber.

Im Innern des Bergungsschiffes deutete Staatsanwältin Andrea Ryser – Hosenanzug, Perlenohrstecker und helle Brauen, die ihr dezent geschminktes Gesicht noch klarer wirken ließen – auf einen Monitor und gab Rosa und Tom letzte Anweisungen, bevor die beiden unter einem Strudel von Bläschen abtauchten. Anschließend hielt sie per Funk Kontakt. Die Leiche hatte sich kopfüber in den Netzen verfangen. Rosa und Tom näherten sich mit den Unterwasserkameras. Ein langgezogener schlanker Körper, offensichtlich männlich. Das Hemd leuchtete seltsam im Grün des Sees. Dort, wo das Netz zerrissen war, befestigte Tom Schilder mit Nummern.

Ryser hatte sie gleich nach ihrem Eintreffen auf den neuesten Stand der Ermittlungen gebracht: »Ich staune immer wieder. Wie kann jemand in dieser Stadt einfach unbemerkt verloren gehen?« Bis Montag in der Früh war keine passende Vermisstenmeldung eingegangen. Die Suche der Seepolizei war am Samstagabend eingestellt worden. Dafür hatte der Besitzer der *Venus* reinen Tisch gemacht, als er Details des Vorfalls erfuhr. Er vermietete zwar – unerlaubterweise – Yacht und Bootsplatz, weil er die meiste Zeit des Jahres in Südfrankreich verbrachte; ansonsten aber wollte er nichts mit der Sache zu tun haben. Untermieter war ein Nobeletablissement im Niederdorf, nicht weit von der Zentralbibliothek entfernt. Dort konnte man, gegen das entsprechende Kleingeld, eine Yacht mit »sinnlicher Begleitung« mieten. Die Betreiberin des Neaira habe sich zwar durchaus kooperativ gezeigt, berichtete Andrea Ryser, doch laut ihrer Aussage war das Boot am betreffenden Abend nicht in Betrieb gewesen. Ergiebiger waren die Laborbefunde: Auf dem Schiff hatten sie Ketamin gefunden, eine Substanz, die ursprünglich als Pferde-Narkotikum in der Tiermedizin verwendet wurde, aber wegen ihrer halluzinogenen Nebenwirkungen in der Partyszene immer beliebter geworden war.

Sie tasteten sich immer näher an den Körper heran. Die Gesichtszüge des Toten waren verfärbt, die Haut an seinen Händen stark verschrumpelt, wie wenn man sehr lange in der Badewanne gelegen hatte. Vielleicht würde es der Rechtsmedizin bereits nicht mehr gelingen, Fingerabdrücke zu nehmen. Die Arme waren nach innen verdreht und steif, die Daumen in die Hohlhand gekrallt. Rosa wickelte den Toten mit Toms Hilfe in Folie, zuerst die Hände und den Kopf, dann den Rest. Als Rosa die Segeltuchschuhe an den nackten Füßen der Leiche bemerkte, durchzuckte sie ein Bild, das sie sogleich wieder verdrängte. Stattdessen konzentrierte sie sich auf die Bergung, sorgfältig und behutsam gingen sie vor, denn auch die Toten sollten so wenig wie möglich verletzt werden. Und wenn ein deliktischer Hintergrund vermutet wurde, galt dieser Grundsatz ganz besonders.

11

Der Rechtsmediziner hatte eine geduckte Haltung, mit leicht eingezogenem Kopf, als würde er sich nicht trauen, sich ganz aufzurichten – oder aber seinen Blick irgendwohin richten, wo die anderen nicht hinsahen. Gerade jetzt war das eine Liege, die sie im Materialraum am Forellensteig aufgebaut hatten. Vorsichtig öffnete Simon Fisler den Leichensack, aus dem noch immer Seewasser tropfte. Und schnitt Stoffhose und Hemd auf. Er sprach murmelnd mit sich selbst, die Befunde wiederholend, während er in den mitgebrachten Laptop tippte. Rosa fühlte sich für die aus dem See geborgenen Toten verantwortlich. Zumindest, solange sie bei ihnen am Forellensteig waren. Auch wenn ihre Geschichte zu diesem Zeitpunkt meist eine einzige Lücke war, die erst später mit Zahnarztdaten, Röntgenbildern und DNA-Analysen gefüllt wurde. Rosa blickte auf die Überreste eines Körpers, der zu etwas geworden war, um das sich jemand kümmerte. Kümmern musste. Zuerst in der Rechtsmedizin. Dann im Krematorium. Zuletzt auf dem Friedhof. Bis von einem Leben nichts mehr blieb als Erinnerung und ein paar Hände voll Asche. Und vielleicht ein Grabfeld, das nach 25 Jahren fein säuberlich geräumt – und wieder neu vermietet wurde. Rosa fragte sich, was der Körper des toten Arztes wohl zu erzählen hatte. Und was ihn dazu gebracht hatte, sich so sehr wegzuschießen, dass er dabei auf solche Weise verunglückt war.

Vor ihrem inneren Auge erschien das Foto auf dem Schreibtisch in der Praxis. Die Bilderbuchfamilie. Der Sonnenuntergang. Das Meer. Oft hatten Menschen mit einem versteckten Suchtproblem zwei Gesichter. Stets darauf bedacht, den Schein zu wahren, schufen sie ein Bild von sich, rahmten es in Gold und vervielfältigten es so oft, dass sie selbst glaubten, dieser Mensch zu sein. Bis alles zusammenfiel: heftig und unkontrollierbar.

Die eigentliche Obduktion würde später im Institut vorgenommen, die Legalinspektion beschränkte sich auf eine erste Sichtung des Körpers, wobei der Rechtsmediziner nur äußerliche Verletzungen dokumentierte. Davon gab es einige, denn die Leiche war *post mortem* von der Strömung über den steinigen Seegrund geschleift worden.

»Sehen Sie die Totenflecken?« Fisler zeigte auf dunkle Stellen, die über den ganzen Körper verteilt waren. »Sobald das Blut nicht mehr vom Herzen in Bewegung gehalten wird, fügt es sich der Schwerkraft. Es sackt dorthin ab, wo der Körper den Boden berührt. Jedenfalls normalerweise.«

Es knipste mehrmals hintereinander, als er die vielen dunklen Stellen fotografierte. »Hier ist es aber so, dass die Gefäße von allen Seiten komprimiert wurden. Das Blut hat sich nicht in einer Region sammeln können, sondern verteilte sich unter dem von allen Seiten ausgeübten Wasserdruck.«

»Was bedeuten würde, dass der Mann nicht an Land starb, sondern im Wasser«, folgerte Rosa.

»Exakt.« Fisler bedeckte den Körper mit einem Leichentuch. »Von meiner Seite wäre es das fürs Erste.« Er klappte seinen Koffer zu.

Staatsanwältin Ryser hatte sich gleich nach der Ankunft am Forellensteig mit Fred zu einer Besprechung in dessen Büro zurückgezogen. Rosas Verdacht lastete schwer auf ihr; sie würde gleich nachher mit ihrem Chef sprechen. Bevor sich der Rechtsmediziner zu viel Arbeit mit der Bestimmung der Identität machte. Doch da war noch etwas anderes.

»Gibt es hier irgendwo Kaffee?«, fragte wie auf Kommando der Brandtour-Offizier, der die Bergung begleitet hatte – und sah an Rosas enganliegendem Neoprenanzug hinab. Es war ihre erste Begegnung seit der Polizeischulzeit. Statt einer Uniform trug er nun kurze Trainerhosen, einen Hoodie und Laufschuhe. Ansonsten aber hatte sich Martin Weiß kaum verändert: Stahlblaue Augen blitzten unter gewelltem Haar, das er noch immer seitlich gescheitelt trug. Er hatte die Fähigkeit, seinem Blick einen Tiefsinn zu verleihen, in den man immer etwas mehr reininterpretieren konnte, als vielleicht gemeint war. Damit hatte er Rosa mehr als einmal auf eine nicht unangenehme Art aus dem Takt gebracht.

»Den Gang runter, dann links.« Rosa zeigte mit der Hand in die entsprechende Richtung, was ihr im selben Moment schon wieder unnötig erschien.

»Habe ich schon gesagt, dass du dich kaum verändert hast, Zambrano?« Er strahlte sie an. In Rosas Kopf pulsierte das Blut. Sie schnappte sich die Druckluftflasche: »Vielleicht sehen wir uns ja später noch. Jetzt muss ich mich um die Ausrüstung kümmern.« Sie nahm die Treppe zur Umkleide, während er mit federnden Schritten an ihr vorbeiging. Auf halbem Absatz blieb sie stehen. Sie blickte zurück. Martin lehnte am Türrahmen der Dienstküche, sah sie an – und lächelte.

»Warum kommst du erst jetzt damit?« Fred trommelte ungeduldig mit einem Kugelschreiber auf die Tischplatte.

»Es hat sich vorhin nicht ergeben.« Rosa rutschte ein wenig auf ihrem Stuhl herum »Zudem bin ich mir ja auch nicht ganz sicher …« Wie peinlich es ihr gewesen war, behielt sie für sich.

»Wann war deine Schwester in Behandlung?«

»Um ehrlich zu sein: Nicht nur sie war dort.«

»Du bist schwanger?«

»Nein. Also … Nein! Aber ich möchte es werden. Vielleicht, irgendwann …« Rosa hatte das Gefühl, sich dafür entschuldigen zu müssen. Denn sie beide wussten, dass damit das Ende ihres Dienstes am Forellensteig besiegelt wäre. Fred nickte, rückte ein paar lose Seiten zurecht, die auf der Tischplatte herumlagen, als brauche er ein bisschen Ordnung.

»Wie kommt eigentlich ein erfolgreicher Frauenarzt dazu, sich ein Escort zu mieten?«, fragte er nach einer Weile.

Rosa zuckte mit den Schultern. Sie hatte sich allerdings die gleichen Gedanken gemacht. »Meines Wissens war er verheiratet. Aber immerhin: Die Preisklasse passt.« Die Vorstellung, dass jemand, der den ganzen Tag intimste Einblicke in die weibliche Physis erhielt, sich dann nach Feierabend Frauen gegen Bezahlung gefügig machte, hatte für sie etwas Abstoßendes. Nicht nur, weil sie selbst Patientin war. Aber auch.

»Nimm dir den Nachmittag frei«, sagte Fred, als hätte er ihre Gedanken gelesen. »Ich regle hier den Rest.«

12

Leo hatte es immer »Nordkorea-Bootcamp« genannt, erinnerte Rosa sich zwei Tage später beim Sport. Tatsächlich hätte sie aus dem Stand heraus nur schwer erklären können, worin genau die Faszination bestand, mit bestimmt vierhundert Körpern, dicht an dicht, in einer Dreifachhalle ein Fitnesstraining zu absolvieren, bei dem man sich die meiste Zeit in der Arschtritt-Zone von jemandem befand. Oder je nachdem, bei nur einem falschen Schritt, selbst zur Treterin wurde. Vielleicht lag es an der absoluten Präsenz, die man benötigte, um Teil der schwitzenden Masse zu werden. Rosa war dem Akademischen Sportverband über das Studium hinaus treu geblieben. Und hatte aus den vielen Stunden die innere Gewissheit gezogen, dass man (beinahe) alles lernen konnte, wenn man es nur oft genug wiederholte. Weil sich Bewegungen, wie auch Gewohnheiten, in den Körper einschrieben und ihn zu etwas machten, das weit über seine ursprünglichen Anlagen hinausging. Umso beunruhigender die Vorstellung, dass sie am selben Abend zu einem Date verabredet war. Martin Weiß hatte ihr kurz nach dem Einsatz geschrieben. Eine Situation, auf die sie sich in den siebzehn Jahren an Leos Seite nicht hatte vorbereiten können. Während ihrer Ausbildung war zudem auch Martin in festen Händen gewesen. Die Spannung, die sie in seiner Anwesenheit spürte, hatte sie damals als eine rein körperliche Reaktion betrachtet: angenehm zwar, aber bedeutungslos.

Nun war das anders.

Es gab viele schöne Aussichten auf die Stadt. Aber wenn Rosa die Treppe zur Polyterrasse emporschritt und sich mit jeder Stufe ein wenig höher über die Stadt erhob, quasi mitten aus ihr hinaus und doch über ihr schwebend, dann weitete sich jedes Mal ihr Herz. Nach dem heutigen Training jedoch gab es kaum ein Durchkommen. *Genetic Science Days* stand auf einem Banner, das über den prachtvollen Hintereingang der Eidgenössischen Technischen Hochschule gespannt war. Vor den drei hohen Flügeltüren des Semperbaus, wie man das Hauptgebäude nach seinem Architekten auch nannte, war eine Bühne errichtet worden, die den ganzen Raum zwischen den beiden goldenen Kandelabern ausfüllte. Davor stand eine Gruppe von Studierenden. Sie hielten Pappschilder und gemalte Transparente in die vor Hitze flirrende Luft, mit Slogans wie: »Offene Wissenschaft, offene Gedanken«, »Gebt unsere Bücher frei!« oder »Riesen auf den Schultern von Riesen«.

Oben auf der Bühne, vor dem verlassenen Sprechpult, stand eine Demonstrantin mit einem Megafon in der Hand: »Wem gehört die Wissenschaft?«, rief sie in die Menge. »Uns!«, schallte es von dort zurück. Es war Mittagszeit. Leute standen unter Sonnensegeln vor Ständen und Straßenküchen, es gab Linsencurry, Poké Bowls, sogar einen Pizzaofen auf einem Lastenrad. Rosas Blick glitt zurück zum ETH-Hauptgebäude. Jemand hatte von innen mit Post-its überdimensionale Schlüssel an die Fenster geklebt, daneben wütende Emojis. Rosa erinnerte sich, etwas über die Proteste gelesen zu haben, mit denen sich der wissenschaftliche Nachwuchs gegen die geltenden Forschungsbedingungen auflehnte. Weil sich in den naturwissenschaftlichen Disziplinen oft nur bekannte Institutionen und staatliche Labors einen Zugang zum Diskurs leisten konnten. Sogar Studierende renommierter Hochschulen erhielten nur begrenzt Zugriff auf Studienresultate und die dazugehörigen Daten.

Eine Frau vom Sicherheitsdienst betrat die Bühne, während davor Kollegen von ihr die Abschrankungen so verschoben, dass eine breitere Schneise zum Publikum hin entstand. Kurz darauf folgte ihr ein Mann mit ovaler Brille. Die Hosen seines anthrazitgrauen Anzugs warfen Falten um die Fußgelenke. Was dort an Stoff zu viel war, fehlte dafür in der Körpermitte, wo das Hemd über dem Bauch spannte. Der Mann, vermutlich einer der Rektoren der Hochschule, räusperte sich, was vom bereits aktiven Mikrofon verstärkt wurde.

»Meine Damen, meine Herren … aus keiner Stadt der Welt stammen mehr Nobelpreisträger als aus Zürich«, verkündete er. Gefolgt von einem Ton in viel zu hoher Frequenz. Rosa hielt sich reflexartig die Ohren zu. Sie wandte sich ab und suchte den Weg zu ihrem Fahrrad, das irgendwo zwischen all den anderen Fahrrädern stehen musste, die, seit sie ihr Gefährt am Vormittag auf dem Parkplatz abgeschlossen hatte, dazugekommen waren. Schnell wurde ihr klar, dass es aussichtslos war. Sie würde es holen müssen, wenn sich die Veranstaltung aufgelöst hatte. Auf dem Weg zur Treppe, die hinab in die Altstadt führte, entdeckte Rosa eine mobile Molekularküche: Es gab emulgierten Zitronenschaum in Petrischalen und wabbelige himbeerfarbene Pyramiden, die bestimmt nicht nach Himbeeren schmeckten, Lollipops mit flüssigem Inhalt und regenbogenfarbene Drinks in Reagenzgläsern.

»Was darf ich mixen?« Der Student hinter dem Tresen trug einen Laborkittel und einen transparenten, mit Glitzersteinchen beklebten Mundschutz. Über sein langes Haar hatte er eine Einweghaube gestülpt. Rosa orderte ein Getränk mit Kugeln, die wie Kaviar aussahen. Dabei dachte sie an ihre Mutter. Es hatte eine Zeit gegeben, da war sie total davon besessen, im *El Bulli* essen zu gehen. Und wenn sie sich etwas in den Kopf gesetzt hatte, dann schaffte sie das in der Regel auch. Und so kam der Tag, an dem sie sich einen Seidenschal umband, mit einer Freundin in ihren klapprigen Renault 4 stieg, ihren damals acht, zehn und zwölf Jahre alten Töchtern eine Kusshand zuwarf und nach Spanien fuhr. In diese üppig mit Ginster, Zistrosen und wildem Thymian bewachsene Bucht an der Costa Brava, wo die Spitzenküche in einem unscheinbaren kalkweißen Bau noch einmal neu erfunden worden war. Zurück in Zürich, hatte sie noch wochenlang selbst experimentiert. Obwohl sie sonst nie mehr als ein paar Spiegeleier und belegte Brote für ihre Töchter »kochte«. Alba und Valentina schaufelten mit infantiler Begeisterung glibberige Seen aus Suppe in sich hinein, Tortellini mit Fruchtfüllung und fermentierten Käse. Während Josefa ihnen mit erhobenem Kochlöffel erklärte, dass die Molekularküche eine Art von Kreativität verlange, die ohne Präzision und Ordnung nicht zu erreichen war, ließ Rosa die verunglückten Klumpen im Klo verschwinden. Denn sie wusste: Präzision und Ordnung waren Dinge, die nicht unbedingt dem impulsiven Wesen ihrer Mutter entsprachen.

»Es ist nicht die stärkste Spezies, die überlebt.« Rosa konnte die Rede des Rektors auch von hier aus gut mitverfolgen. »Auch nicht die intelligenteste.« Nach einer Kunstpause fuhr er fort: »Sondern diejenige, die am ehesten bereit ist, sich zu verändern.« Sein Blick schweifte kurz über die Menge, blieb dann bei den Demonstrierenden hängen. »Das sage nicht ich. Nein, das Zitat stammt von keinem Geringeren als Charles Darwin, dessen *Entstehung der Arten* zweifellos eines der wichtigsten wissenschaftlichen Werke überhaupt ist.« Rosa fiel auf, dass er dasselbe staatsmännische Schweizerdeutsch sprach wie manche Bundesräte im Fernsehen. Sie zog an dem dünnen Glasröhrchen, das in den lachsfarbenen Kugeln steckte. Grüntee. Jasmin. Balsamico. Und etwas zu viel Zucker. Dafür schön kalt.

»Wenn wir über Veränderung sprechen, dann müssen wir über das CRISPR/Cas-Verfahren sprechen. Neun Buchstaben, in denen die vielleicht größte Chance des 21. Jahrhunderts steckt. Für den Homo sapiens! Für die Menschheit! Für uns!«

Vor Rosa tat sich eine Lücke auf, und sie rückte etwas weiter nach vorn, aus der sengenden Mittagssonne heraus und in den Schatten des Gebäudes. In ihrem Becher befanden sich nun nur noch die Kugeln. Sie fühlten sich an wie ein Sprudelbad im Mund. Als Rosa mit der Zunge gegen den Gaumen drückte, platzten sie, und der Geschmack von reifen Honigmelonen breitete sich aus.

»In diesem Zusammenhang fallen in der Regel zwei Namen: Jennifer Doudna und Emmanuelle Charpentier gelten als Erfinderinnen des Verfahrens. Vor wenigen Jahren erst haben sie dafür den Chemie-Nobelpreis erhalten. Doch es gibt noch einen dritten, beinahe ebenso wichtigen Namen. Wir sind stolz, dass hier bei uns an der Hochschule eine ebenso brillante wie zukunftsweisende Forscherin auf diesem Gebiet lehrt. Begrüßen Sie mit mir: Professorin Marie Duval.«

Eine Frau löste sich aus dem Hintergrund und ging zielstrebig auf das Rednerpult zu, wo der Rektor unter Applaus zur Seite trat. Als es wieder still geworden war, sagte sie mit klarer Stimme: »Stellen Sie sich vor, Krebs wäre heilbar geworden. Der König aller Krankheiten. Einfach. Verschwunden. Ebenso wie Aids. Und die meisten Erbkrankheiten … Doch darf man auch tun, was man tun könnte? Diese Frage wollen wir in den nächsten Tagen in einer breiten Öffentlichkeit diskutieren …«

Wenn der Rektor vorher die gut schweizerische Politikertonalität getroffen hatte, dann war sie die UN-Generalsekretärin. Ihre Körpersprache war ebenso stilsicher wie ihr Äußeres: cognacfarbene Holzsandaletten und Culottehosen zum klassischen Blazer und ein überlanger Bob, der an den richtigen Stellen ganz leicht verstrubbelt war. Rosa unterbrach sich selbst in ihren Gedanken. Das Date! Sie blickte auf die Uhr. Höchste Zeit! Denn sie selbst hatte noch keine Ahnung, was sie heute Abend anziehen sollte. Rosa bahnte sich einen Weg zurück. Sie war schon auf der Treppe, als sie hörte, wie die Rede von Gejohle unterbrochen wurde. Auf dem Dach der Hochschule standen die

Demonstranten von vorhin. Sie hatten die Fahne der *Genetic Science Days* eingeholt und hissten ihre eigene, auf der ein stilisierter Schlüssel abgebildet war. Kaum flatterte diese im Wind, kam auch schon der Sicherheitsdienst. Doch die wenigen Minuten hatten gereicht, um alles mit der Fotokamera festzuhalten. Mehr brauchten sie gar nicht, die wirkliche Kraft der Aktion lag in den Bildern. Die mit Sicherheit noch am selben Nachmittag das Netz fluten würden.

13

Rosa fuhr am träge dahinfließenden Fluss entlang. Die Sonne brannte, obwohl sie bereits über der bewaldeten Krete stand, hinter der sie bald versinken würde. Bei der Liebesbrücke, wie der schmale Steg im Volksmund hieß, der vor dem Hauptbahnhof über die Limmat führte, stieg sie vom Fahrrad. Das Gittergeländer war unter den vielen Vorhängeschlössern kaum mehr zu erkennen. Touristengruppen bauten sich davor auf und fotografierten mit Selfie-Sticks. Rosa hatte es immer etwas albern gefunden, wenn sie Paare dabei beobachtete, wie sie die *lucchetti dell'amore* befestigten. Als ließe sich Liebe festhalten, indem man seinen Namen mit wasserfestem Filzstift auf ein Schloss schrieb, ehe man den dazugehörigen Schlüssel in einem feierlichen Akt für immer, oder bis zum nächsten Flussputz, auf dem Grund versenkte. Als Leo sie nach ihrer letzten gemeinsamen Florenzreise mit einem goldenen Schloss überraschte, freute sie sich trotzdem. *Rosa & Leo, per sempre.* Er hatte sogar ihre Namen eingravieren lassen. Sie deutete das damals als das lang ersehnte Bekenntnis zur Familienplanung. Kurz darauf waren sie getrennt. Rosa knackte ein paar Tage später das Schloss – quasi als erste Handlung in unfreiwilliger Freiheit – mit dem Bolzenschneider aus der Wache am Forellensteig. Danach warf sie es in den nächsten öffentlichen Abfalleimer, woraufhin sie sich tatsächlich besser fühlte. Wenigstens für einen Abend.

Das Lokal, das Martin vorgeschlagen hatte, lag auf einem schmalen Streifen Land an der Sihl. Nur fünf Minuten vom Gewusel der Bahnhofstraße entfernt, wo die Monatsmiete für einen Quadratmeter Ladenfläche mehr als doppelt so hoch war wie Rosas Gehalt im selben Zeitraum. Bunte Lampions leuchteten an der Uferpromenade, deren Böschung mit hüfthohen Gräsern überwachsen war. Früher war sie oft hier gewesen, da Richi im selben Gebäude studierte. Jeder Fleck an der Wand war mit bunten Skurrilitäten verhängt. Von der hohen Decke schielte ein übergroßes Skelett auf sie herab. Rosa war etwas zu früh dran. Sie ging auf die Toilette, ließ sich eiskaltes Wasser über die Handgelenke laufen und drückte diese auf Nacken und Schläfen. Als sie zurückkam, stand Martin bereits an der Bar, wo zwischen leuchtenden Plastikmadonnen Bier ausgeschenkt wurde. Er hatte die Sportklamotten gegen ein weißes Unterhemd und Jeans getauscht, die er bis zu den Waden hochgekrempelt hatte. Havaianas flappten sommerlich an seinen Füßen, als er auf sie zuging.

»Willst du auch gleich ein Bier?« Er drückte ihr einen Kuss auf die Wange und strich ihr dabei über die Wirbelsäule, was sofort einen Schauer auslöste, den Rosa einerseits genoss, der sie aber zugleich auch überforderte. Da sie wusste, dass alles, was sie jetzt sagen könnte, nur oberflächliches Geplauder wäre, um von ihrer Verwirrung abzulenken, nickte sie stumm, als Martin vorschlug, mit ihren zwei

Flaschen Bier nach draußen zu gehen. Bald darauf hatte sie das Gespräch erfolgreich auf die Arbeit gelenkt. Martin erzählte, wie sich die Kriminalpolizeiliche Abteilung in den letzten Jahren verändert hatte. Er war sensibel genug, kein Thema anzuschneiden, das an die Vorkommnisse rührte, die zur Narbe an Rosas Bein geführt hatten. Als er auf den aktuellen Fall zu sprechen kam, verschluckte sich Rosa beinahe. Sie stellte die Flasche ab.

»Ihr seid euch wirklich sicher?«

»Die Blaualgen in seiner Lunge lassen keinen Zweifel: Der Tote kann unmöglich an der Stelle im See über Bord gegangen sein, wo die Motoryacht vor Anker lag. Es fehlen auch die klassischen Ertrinkungsbefunde wie eine stark überblähte Lunge. Es scheint eher so zu sein, dass seine Atmung schon eingeschränkt gewesen war.«

In Rosas Kopf wirbelten die Gedanken. »Heißt das, er ist gar nicht ertrunken?«

»Doch, in seinen Knochen und Organen wurden Diatomeen gefunden, also Anteile von Kieselalgen. Gleichzeitig hatte er aber auch einen bunten Mix aus verschiedenen psychoaktiven Amphetaminderivaten und Alkohol im Blut. Wobei ihm wohl eine ordentliche Dosis Ketamin den Rest gegeben hat.« Martin machte eine Pause und trank etwas zu schnell aus der Flasche, woraufhin ein wenig Bier auf den Tisch schäumte. Er wischte es mit dem Handrücken weg und fuhr fort. »Oder anders gesagt: Wäre Jansen nicht zuvor ertrunken, hätte wohl eine durch die Toxine verursachte Atemlähmung seinen Tod herbeigeführt.«

»Wer wohl noch bei ihm war? Er kann das Boot ja schlecht selbst zur Schokoladenfabrik gelenkt haben. Vielleicht eine Panikreaktion seiner Begleitung?«, mutmaßte Rosa.

»Aus Angst vor Verdächtigung? Kann sein. Er wäre in seinem Zustand aber auch leichte Beute gewesen«, sagte Martin und leerte sein Bier.

Rosa dachte an die Frau im Goldrahmen, die so plötzlich von Jansens Schreibtisch verschwunden war. Ob sie etwas mit dem Ableben ihres Gatten zu tun hatte? Die heimtückischsten Verbrechen traten für gewöhnlich im häuslichen Umfeld auf. Kurz war Rosa versucht, Martin von ihrer Verbindung zum toten Arzt zu erzählen. Aber wirklich nur kurz. Sie nippte bewusst langsam an ihrem Bier. »Wenn ihr wüsstet, wo er umgekommen ist, wäre das sicher hilfreich«, sagte sie dann. Ihr Blick ging zum Eingang des Lokals, wo ein Plakat hing, das den jungen Diego Armando Maradona zeigte. Er trug ein T-Shirt, auf das ein Bild von Che Guevara gedruckt war. Eine Ikone auf dem Bauch einer anderen Ikone, sozusagen.

»Deshalb war Ryser auch heute bei deinem Chef«, sagte Martin. »Kennst du dich mit Blaualgen aus? Das ist total faszinierend.«

Rosa kannte sich ziemlich gut damit aus. Aber sie war neugierig, was ihn daran so begeisterte. Er erzählte von feinen, im sonnendurchschienenen Wasser treibenden Fäden, die vor Urzeiten ohne böse Absicht eine ganze Welt zerstörten, die zuvor ein einziger warmer, friedlicher Ozean gewesen war. Indem die Fäden damit begannen, Sauerstoff zu produzieren, löschten sie alle anderen Lebewesen aus, die nicht daran angepasst waren. Und legten so den Grundstein für die heutige Welt.

Während Rosa zuhörte, wunderte sie sich wieder einmal darüber, welch seltsame Wendungen das Leben manchmal nahm: Diese urzeitlichen Blaualgen, die einst ein Massensterben verursacht hatten, um eine neue Welt entstehen zu lassen, deckten nun den Vielleicht-Mord an dem Mann auf, der in einer gewissen Weise am Anfang des Lebens ihres Vielleicht-Kindes stehen sollte. Vielleicht war es wie bei der Ikone auf dem Bauch einer anderen Ikone: eine ewige Wiederkehr des Gleichen.

»Davon *kannst* du gar keinen Kater bekommen«, sagte Martin. Er hielt das Glas leicht schräg und goss langsam Tonic Water in den Gin. Rosas Zweifel am Gin-Hype drückten in ihrer Stimme durch, als sie sich erneut zuprosteten. Doch je länger sie in Martins Gesicht schaute, umso stärker wurde das Gefühl, ihn zu kennen. Sie wusste nicht viel über ihn. Nur dass er damals auf der Polizeischule ein Faible für nostalgische Autos gehabt hatte. Und für die Art Frauen, die sich in eine geheimnisvolle Aura hüllen mussten, um davon abzulenken, dass sie eigentlich labil waren. Und darum immer die Männer ausnutzten, die es gut mit ihnen meinten, und dafür jenen zu Füßen lagen, die sie mies behandelten.

»Hast du dir nie überlegt, wieder zurückzukommen?«, riss Martin sie aus den Gedanken. Er drehte sein leeres Glas zwischen den Handflächen hin und her.

»Zurückzukommen?«

»Na ja, zur Kriminalpolizei halt.«

»Nie.«

»Warum nicht?«

»Weil ich tausendmal lieber auf den See blicke statt in die Abgründe der Menschen.«

Als Martin kurz darauf anbot, eine weitere Getränkerunde zu holen, bestand Rosa darauf, dass sie an der Reihe war mit Bezahlen. Was Martin nur unter der Bedingung akzeptieren wollte, dass die nächste Runde wiederum auf ihn ging. Und je länger sie unter den bunten Lampions saßen, je lauter die Grillen im Gras zirpten, umso leichter fühlte sich Rosa. Sie trank selten mehr als ein Glas Wein zum Essen. Zwar hatte der Alkohol im ersten Moment eine lockernde Wirkung, aber danach wurde es erfahrungsgemäß nur noch schlimmer. Heute jedoch, beschloss sie, heute war alles anders!

Rosa saß auf dem Klo. Trotz voller Blase brachte sie keinen Tropfen heraus. Nebenan in der Küche hörte sie Martin mit Gläsern hantieren. Er öffnete den Kühlschrank, schloss ihn aber nicht wieder, als würde er hineinblicken wie jemand, der nicht wusste, was er suchte. Wenn sie *ihn* hörte, dachte sich Rosa, würde er *sie* bestimmt auch hören. Erst als sie den Wasserhahn aufdrehte und das Geräusch des Urinstrahls vom Plätschern im Waschbecken übertönt wurde, kam die Erleichterung. Sie wusch sich die Hände. Und konnte der Versuchung nicht widerstehen, sich in seinem Spiegelschrank nach möglichen weiblichen Spuren umzusehen. Im untersten Fach gab es Kamillenmundwasser, einen elektrischen Rasierapparat, angebrochene Vitaminpillen und Zahnseide. Die anderen Fächer waren so sauber poliert, als wäre er gerade eingezogen. Oder jemand anders ausgezogen. Rasch trocknete sich Rosa die nassen Hände an einem Frotteebademantel ab. Obwohl sie schon lange damit aufgehört hatte, überkam sie das Verlangen nach einer Zigarette. Zurück im Wohnzimmer, musterte sie die Spirituosensammlung auf dem Barwagen, der in der Ecke neben dem Sofa stand: Gin mit Goldflittern. *Traveler-Gin* aus dem Seeland. *Turicum Gin* mit Lindenblüten vom Lindenhof. Tessin-Gin aus dem Valle di Muggio.

»Hast du vielleicht auch einfach einen Rotwein da?«, rief sie in Richtung der offenen Küche.

Später wusste sie nicht mehr, wie es genau passierte. Sie hatten einander umkreist, scheinbar zufällig. Ihre Stimmen waren wärmer geworden, ihre Blicke über die randvollen Chianti-Gläser hinweg bedeutsamer. Während Martin sprach, das Erzählte mit den Händen nachzeichnend, hatte sich Rosa vorgestellt, wie sich seine Haare wohl anfühlen würden. Oder die zarte Kuhle seines Schlüsselbeins, unter der das Blut pulsierte. Ihr Herz schlug dabei bestimmt hundertfünfzigmal pro Minute. Vielleicht hatte er zuerst ihre Hand genommen. Vielleicht sie die seine. Vielleicht hatten sich auch nur ihre Handrücken gestreift, als sie sich gleichzeitig zum Couchtisch vorbeugten, um die Asche von der Glut zu schnippen. Welche es auch immer gewesen war, die erste Berührung überstrahlte alles: die Furcht vor Verletzung und die Furcht vor dem, was kommen würde. Sie fühlte seine Fingerkuppen auf ihrem Nacken. Er küsste sie langsam. Hätte er sie schnell geküsst, die Gedanken in Rosas Kopf wären nicht schwer geworden. Doch so sanken sie herab, wie Sedimente nach einem Sturm auf den Grund sanken. Sie fühlte seine festen Muskeln, als er sie hochhob und ins Bett legte. Ihre Haut brannte von seinen Bartstoppeln. Sie grub die Finger in seinen Rücken und zog ihn zu sich. Er saugte an ihrem Hals. Lippen und Hände wanderten, bis sie nur noch aus Berührungen bestanden. Rosa tastete zum Nachttisch – und schaltete das Licht aus.

14

Am nächsten Morgen wusste Rosa zunächst nicht, wo sie war. Hinter den geschlossenen Fensterläden rauschte der Verkehr. Die Luft war zum Schneiden dick, ihre Augen verklebt. Saurer Atem strömte aus ihren halb geöffneten Lippen. Sie spürte einen schweren Arm auf ihrer Hüfte, der nicht ihr eigener war. Schemenhaft kam die Erinnerung zurück. Sie drehte sich zur Seite, worauf sich die Matratze ebenfalls zu drehen begann. Lichtstreifen fielen durch die Ritzen und erhellten das Zimmer. Sie suchte etwas, woran sie ihren Blick festmachen konnte. Wie das an der Wand aufgehängte Rennrad. Oder die Sukkulenten auf dem Regal daneben. Als Martin kurz darauf aufstand, stellte sie sich schlafend, mit geschlossenen Augen wurde der Schwindel fast unerträglich. Nachdem er im Badezimmer verschwunden war, suchte sie ihre Kleider zusammen. Endlich hatte sie auch die zerknüllte Unterhose gefunden, die in den Spalt zwischen den beiden Matratzen gerutscht war. Rosa zog sich schnell an. Der vergebliche Versuch, zurück in den Körper von gestern zu schlüpfen.

Wieder zu Hause, nahm Rosa zuerst ein lauwarmes Bad und schrubbte sich die Nacht von der Haut. Schaumreste zogen über die Wasseroberfläche wie Wolken oder sich verschiebende Kontinente – dann wurde ihr übel. Irgendwann kam nur noch grüne Galle, zitternd kniete sie vor der Kloschüssel und presste ihre Stirn auf die kühlen Bodenplatten. Badewasser tropfte an ihr hinab und bildete kleine Seen.

Die Vorhänge in den umliegenden Häusern waren noch zugezogen. Schwarze, pelzige Bienen umschwirrten Blütenkelche in immer gleichen Kreisen, und das Surren ihrer durchscheinenden Flügel war das Lauteste, was zu hören war. Rosa hatte den Küchengarten in vier quadratische Beete aufgeteilt. Die Routine, die er von ihr verlangte, hatte sie mehr als einmal gerettet. Sie begann, Tomaten zu pflücken, bevor sie zu viel Wasser verdunsteten; wilde Johannisbeertomaten, die nur wenig größer waren als die namengebenden Früchte. Es tat ihr gut, den unzähligen Verwandlungen beizuwohnen, die sich hier ereigneten. Wenn aus Samenkörnern zarte Triebe wurden, die durch die Erde brachen, aus gelben Blüten grüne Tomaten, die mit jedem heller werdenden Tag mehr in ihre Gestalt fanden, nach einem uralten Plan, der sich von nichts durcheinanderbringen ließ, bis da diese tiefroten Früchte waren. Mehr brauchte es doch gar nicht. Rosa holte die unförmige Keramikschüssel und begann so heftig, Steine aus den Beeten zu klauben, dass sie sich Erde in die Augen schnippte. Sie lehnte sich erschöpft an die moosbedeckte Mauer. Zog den Ärmel ihres Shirts über die Hand und wischte den Tränenschleier trocken. Durch den Stoff hindurch konnte sie das Nikotin an ihren Fingern riechen. Rasch vergrub sie die Hände wieder in der Erde. Warum nur wollten Menschen immer mehr? Warum wollte sie selbst mehr? Hätte sie nicht diesen verdammten Kinderwunsch, sie hätte nicht mit Leo Schluss gemacht. Und wenn sie nicht Schluss gemacht hätte, wäre sie bestimmt nie in eine Kinderwunschpraxis gegangen. Sie hätte sich ganz sicher nicht mit Martin Weiß verabredet – und müsste sich jetzt nicht fragen, ob sie in der Nacht zuvor Kondome aus der angebrochenen Packung benutzt hatten. Oder nicht.

15

»Hast du kurz Zeit?«, fragte Fred. Doch es war im Grunde keine Frage, die ihr Chef da stellte. Rosa straffte die Schultern und folgte ihm den frisch gebohnerten Gang entlang in sein Büro. Es lag neben der Kommandozentrale und hatte den schönsten Seeblick. Eigentlich war sie gerade auf dem Weg in die Dienstküche gewesen, auf der Suche nach einer Tasse sehr starken Kaffees. Ob er ihr etwas anmerkte? Unter dem gestärkten Uniformhemd war sie müde bis auf die Knochen – und doch hellwach von der Nacht. Die Uhr über Freds Schreibtisch zeigte kurz vor halb vier. Rosa versuchte, den aufziehenden Kopfschmerz zu ignorieren, und beobachtete ein Boot, das mit vollen Segeln übers Wasser glitt.

»Wie geht es dir eigentlich?«, fragte Fred. Und lächelte, wobei sich tiefe Fältchen um seine Augen bildeten. *Wie geht es dir eigentlich?* Die Frage war so einfach wie banal – bis auf das *eigentlich*. Rosa glaubte, eine Anteilnahme herauszuhören, die über das Berufliche hinausging. Fred war seit einigen Jahren Witwer, und obwohl er viel forderte, hatte er doch ein feines Gespür für seine Leute, auch wenn er sich alle Mühe gab, das zu verbergen.

»*Eigentlich* ganz gut«, sagte sie. Das letzte Gespräch war ihr noch immer etwas unangenehm.

»Andrea Ryser hast du ja bereits kennengelernt«, sagte er. Die Fältchen waren jetzt wieder verschwunden. »Ich mach es kurz: Da du die Einzige hier am Forellensteig bist, die eine kriminaltechnische Ausbildung hat, möchten wir, dass du in den kommenden Wochen den regulären Schichtdienst reduzierst. Dafür wirst du eine Art Schnittstellenfunktion im Fall Moritz Jansen einnehmen.«

Rosa hatte damit gerechnet, dass sie den See nach Spuren durchkämmen, Wasserproben nehmen, vielleicht einmal einer erweiterten Teamsitzung beiwohnen müsste. Aber ganz sicher nicht damit, dass er sie dahin zurückschickte, wovor sie geflüchtet war, ehe sie am Forellensteig anfing. Sie presste ihre Hände fest unter die Oberschenkel, um sich daran zu hindern, etwas Falsches zu sagen. Dann blickte sie auf.

»Und sie weiß von meiner … Verbindung?«

»Natürlich! Aber wir waren uns einig, dass die Vorteile überwiegen. Außerdem reicht es ja, wenn die anderen wissen, dass deine Schwester in Behandlung war. Was du mir neulich erzählt hast, bleibt unter uns«, sagte Fred. Und erhob sich mit einem Blick auf die Uhr. »Übrigens: Der zuständige Brandtour-Offizier braucht heute schon Unterstützung – du sollst ihn in einer Stunde treffen. Es geht um das Etablissement, das die Motoryacht vermietet. Ich glaube, es heißt Neaira oder so. Du warst an jenem Morgen als Erste zur Stelle beim Fund des Bootes. So viele gute Gründe, nicht wahr?«

Rosa wusste, dass ihr eine schlagfertige Entgegnung sowieso erst abends in der Badewanne oder beim Fahrradfahren in den Sinn kommen würde. Daher versuchte sie gar nicht erst, Fred umzustimmen. Das hatte wenigstens etwas Gutes: Sie kam schneller zu einer Tasse Kaffee.

Manon stellte den Cappuccino vor sie hin. Das Bistro war einer der wenigen Orte in der Stadt, wo man noch Schokopulver auf den Milchschaum bestellen konnte, ohne komisch angeschaut zu werden. Rosa legte die Zeitung zur Seite, die mit einem Artikel über die Demo aufgemacht hatte: *Open-Science-Aktivisten stürmen Hochschule.* Die Fahne mit dem stilisierten Schlüssel nahm beinahe die ganze Titelseite ein. Links unten neben der Fahnenstange erkannte Rosa den Mann mit dem strassgeschmückten Mundschutz, der ihr den Molekular-Eistee verkauft hatte.

»Du siehst müde aus. Warte …« Manon kam mit in Goldpapier gewickelten Mokkabohnen aus dunkler Schokolade zurück. »Die wirken Wunder«, versprach sie.

»Kann ich gebrauchen.« Es knackte, als Rosa auf die Bohnen biss. Manon wies einen der Kellner mit einer beiläufigen Handbewegung an, das Buffet zu übernehmen. Dann zog sie einen Stuhl heran und setzte sich. »Immer noch diese Leo-Sache?«, fragte sie und zupfte den Kragen ihres verspielten Petticoat-Kleids zurecht, das in Kontrast zur rausgewachsenen Blondierung auf ihrem Kopf und den bunten Tätowierungen stand.

»Den hatte ich schon fast vergessen. Eigentlich.« Rosa rieselte eine dünne Schicht Kristallzucker auf den Milchschaum, bis sich eine feine Kruste bildete. Wenn es Vormittag gewesen wäre, dann hätte sie diese mit einem Croissant – oder noch besser: einer von Manons Rosinenschnecken – aufgestippt. Doch um diese Uhrzeit war die Vitrine längst leer.

»Ach komm. Das wird schon«, versuchte Manon zu trösten, die Rosas Niedergeschlagenheit noch immer auf die Trennung von Leo schob. Die beiden waren Stammgäste bei ihr gewesen. So hatte sie das sich ankündigende Drama aus der Nähe miterlebt. »Als ich vor fünf Jahren nach einer Routineuntersuchung erfahren habe, dass ich keine Kinder bekommen kann, fühlte es sich an, als wäre mir etwas geraubt worden, von dem ich zu diesem Zeitpunkt noch nicht einmal wusste, wie sehr ich es mir einmal herbeiwünschen würde.« Manon presste beim Sprechen die Fingerkuppen in die Haut am Brustbein. Dort, wo eine tätowierte Schwalbe blau schillernde Schwingen erhob.

»Ich weiß einfach nicht, was ich später mehr bereuen würde«, sagte Rosa und löffelte einen letzten Rest Schaum vom Rand der Tasse. »Entweder ich hätte immer das Gefühl, in meinem Leben klafft eine Lücke, die ich mich nicht mit einer Familie zu füllen traue. Oder ich müsste die Seepolizei verlassen – und ein komplett anderes Leben beginnen.« Sie atmete tief ein und wieder aus. »Und dann habe ich wieder Angst, dass ich nur ein Kind möchte, damit es mich zur bestmöglichen Version meiner selbst macht.«

»Jetzt grüble nicht so viel! Der Moment wird kommen, dann wirst du wissen, ob du loslassen oder festhalten musst.« Manon strich über die Tätowierung. »Früher ließ man sich die Schwalbe beim Tod eines geliebten Menschen stechen. Für mich steht sie für ein Kind, das es nicht geben wird. Und für die Freiheit, die ich dadurch erhalten habe. Wie hätte ich als Mutter mit kleinen Kindern dieses wundervolle Café hier übernehmen können?« Sie ließ ihren Blick durch den Raum schweifen. Über die himmelblauen Siphons und Ricard-Kännchen, in denen das Wasser zum Pastis gereicht wurde. Über die mit Leder gepolsterten Bistrostühle unter den silbernen Spiegeln, in denen man unauffällig beobachten konnte, was sich an den Tischen abspielte. »Alles hat immer zwei Seiten. Es kommt nur auf die Optik an.« Von der Bar her kündigte ein Geräuschteppich aus Gläserklirren und zufallenden Kühlschubladen neue Bestellungen an. »Ich bring dir noch einen. Geht aufs Haus.« Manon schnappte sich die leere Kaffeetasse und eilte mit leichten Schritten davon.

Rosa studierte gerade den neuen Flyer für das *Café-Med*, eine regelmäßig bei Manon stattfindende Runde für medizinische Fachfragen, als ein Schatten auf sie fiel.

»Wer hätte gedacht, dass wir uns so schnell wiedersehen, Zambrano.« Martin rollte das »r« von Zambrano etwas zu lange. Ansonsten wirkte er, als wäre nichts geschehen. Er setzte sich auf den freien Stuhl ihr gegenüber.

»Ich musste schnell zum Dienst heute früh«, murmelte Rosa in ihre Tasse, wobei *früh* großzügig zu interpretieren war, ihre Schicht hatte erst am Mittag begonnen. Der Holzstuhl knarrte, als er sich zurücklehnte und die schwarze Ray-Ban-Brille einsteckte, die zuvor seine Augen verdeckt hatte. Rosa hätte gerne etwas an ihm gefunden, was sie irritierte – um wieder eine Distanz zu schaffen. Sie blickte auf seine Hände, feingliedrig, aber dennoch kräftig, die sich zart anfühlten, wie sie nun wusste. Durch die hochgeschobenen Fensterscheiben zog das Stimmengewirr vom Zähringerplatz herein.

Martin bestellte einen doppelten Espresso und zog das Tablet aus der Hülle. »Die letzten Stunden vor Jansens Tod gleichen einer Blackbox; keine Nachrichten, keine Anrufe«, sagte er. »Sein Telefon wurde noch immer nicht gefunden. Vermutlich liegt es auf dem Seegrund irgendwo im Nirgendwo.«

»Habt ihr schon die Datenauswertung von der Telefongesellschaft?«, fragte Rosa.

»Die ist immer ziemlich teuer. Ryser ziert sich, solange es offiziell erst ein außergewöhnlicher Todesfall ist und kein Mord. Steuergelder, du weißt schon. Für uns zugänglich sind bisher nur die Mobildaten und Nachrichten von seinem Computer. Immerhin gibt es den Antennensuchlauf. Jansen wurde Freitagnacht zum letzten Mal bei der Chinawiese geortet, das war um halb zwölf. Laut Rechtsmedizin liegt der Todeszeitpunkt aber zwischen vier und sechs Uhr früh.«

»Schon seltsam«, sagte Rosa nachdenklich. »Ich war genau an dem Morgen zum Schwimmen am See. Weiter vorne zwar, beim Ruderklub. Es schien alles so ruhig.«

»Nachts war auf der Chinawiese jedenfalls die Hölle los, da noch Zeugen zu finden, können wir vergessen. Dafür hat ein Pedalo-Vermieter neben dem Standplatz der *Venus* eine interessante Beobachtung gemacht: Die Motoryacht war sehr wohl in Betrieb an jenem Tag. Allerdings am Nachmittag, so gegen fünf Uhr. Er hat eine der Escortdamen erkannt, die öfters dort ist. Die Beschreibung ihrer Begleitung passt haargenau auf Jansen.« Er blätterte in seinem Reporterblock zurück. »Die Frau heißt Antonia Schelbert. Wir konnten sie aber bisher nicht erreichen. Entweder sie hat eine neue Telefonnummer. Oder sie ist untergetaucht. Sie hat übrigens schon einen Eintrag im Strafregister, deshalb konnten wir ihre Fingerabdrücke mit denen auf der *Venus* abgleichen: Volltreffer.«

»Und wofür war der Strafregistereintrag?«, fragte Rosa.

»Vor ein paar Jahren hat sie bei Gucci an der Bahnhofstraße die Sicherungsetiketten mit der Nagelschere aufgebrochen – und wollte mit einem Rucksack voller Designerkleider einfach hinausspazieren.« Süffisant fügte Martin hinzu: »Die finanziert sie sich heute auf anderem Weg. Das Neaira übrigens ist gleich hier in der Nähe, gegenüber der Stadtmission.«

»Die berüchtigte Ecke ...«, sagte Rosa. Die Situation auf dem damaligen Straßenstrich mit alkoholisierten und oft auch gewalttätigen Freiern war vor einigen Jahren derart außer Kontrolle geraten, dass es zu einem Aufstand der Altstadtbewohner kam. Niemand traute sich mehr in die umliegenden Geschäfte, die sowieso schon um ihr Überleben kämpften. Nach den Protesten wanderten Teile des Rotlichtmilieus in andere Viertel ab. Bis es irgendwann auch dort keinen Platz mehr gab für sichtbares Elend. Nun betrieb die Stadtregierung einen offiziellen »Strichplatz«. Er lag am Stadtrand, eingeklemmt zwischen einem Containerdorf für Asylsuchende und preisgünstigen Künstlerateliers und ähnelte einer Waschstraße, mit »Verrichtungsboxen« für Autos, ja mittlerweile sogar für Fahrräder.

»Erinnerst du dich an diese mysteriösen Todesfälle vor einigen Jahren?«, fragte Martin. Er zählte einige Münzen ab, die genau dem Preis seines Espressos entsprachen, und legte sie auf den Tisch. »Zwei Freier sind in einem Bordell aus exakt demselben Fenster gefallen. Die Ermittlungen liefen damals in alle Richtungen. Da man aber weder Suizide noch ein Verbrechen nachweisen konnte, wurde das Ganze als eine unglückliche Häufung von Unfällen abgeheftet.«

»Lass mich raten«, sagte Rosa gespannt. »Es handelt sich um dasselbe Bordell, das auch die Motoryacht mietet?«

»Fast. Sie sind zumindest im selben Haus untergebracht.«

16

An der Häringstraße prallten Welten aufeinander. Auch wenn die kurze mittelalterliche Gasse begann, wie sie endete: mit dem Sexgewerbe. Der Nightclub *Dolce Vita* befand sich im Eckgebäude auf der Altstadtseite und das *Love-Solarium* am Fuß des Hügels, auf dem die beiden Hochschulen thronten. Dazwischen kam zusammen, was für das Niederdorf typisch war. Touristen stocherten in ausrangierten Luftseilbahnkabinen auch bei hochsommerlichen Temperaturen in geschmolzenem Käse, mit Sicht auf den Zinnwarenladen, den es nur noch gab, weil die Zünfte jedes Jahr gravierte Becher für ihren Festumzug bestellten. Besser gingen die Geschäfte der Boutique für Lack und Leder, die ihren Kunden mit exquisiten Lederarmbändern und Latexmasken »eine latent ungezogene Note« im Leben verhieß.

Die geschichtsträchtige Lage in nur fünf Minuten Gehdistanz zum Hauptbahnhof war für ihr Vorhaben perfekt gewesen, als Sophie Laroux vor einigen Jahren die oberste Etage des zartrosa Hauses gekauft hatte. Nachdem mehrere Freier ums Leben gekommen waren, hatte ihr der Vorbesitzer, ein ehemaliger Kunde, die »interessante Gewerbefläche« zu einem unverschämt guten Preis angeboten. In der umgebauten Wohnung mit Sicht auf die Alpen und das Seebecken verschwisterten sich seither Feminismus und High Heels. Während in den unteren Stockwerken die Prostituierten nachts hinter bunt beleuchteten Scheiben standen wie Figuren in einem überdimensionalen Setzkasten, zielte Laroux auf ein anderes Segment. Ihre Kurtisanen standen in einer – bis ins antike Griechenland zurückreichenden – Tradition von geistreichen Frauen, die den Mut hatten, ein freies, ungebundenes Leben zu führen. Sophie Laroux verkaufte eine gehobene Dienstleistung, die ganz dem Zeitgeist entsprach: weibliche Lust – ohne gefühlsmäßige Verstrickungen. Wobei auch Geld eine nicht zu unterschätzende erotische Potenz ausstrahlte. Und nebenbei für die nötige Distanz sorgte … Ein melodischer Gong unterbrach die Stille in der Dachwohnung. Laroux hörte bereits an den Schritten, dass es sich bei den beiden Besuchern im Treppenhaus um Polizeibeamte handeln musste, was ein Blick auf den Bildschirm der Kameraanlage bestätigte, die in allen vier Etagen des Gebäudes die Eingangsbereiche filmte. Sie tippte eine schnelle Textnachricht und strich nicht vorhandene Falten auf ihrer Seidenbluse glatt, dann öffnete sie mit einem strahlenden Lächeln die Tür, noch ehe es erneut klingelte.

Als Martin und Rosa oben ankamen, wurden sie bereits von einer Dame im Bleistiftrock erwartet. Sophie Laroux, mit bürgerlichem Namen Susanne Roth, lächelte breit, wie Leute lächeln, die sich regelmäßig die Zähne chemisch aufhellen lassen.

»*Oh là là*. Wir haben uns Verstärkung besorgt?«, fragte sie Martin. Und musterte Rosa von Kopf bis Fuß. »Ich dachte eigentlich, wir hätten alles geklärt bei unserem *rencontre* auf der Wache …« Mit einem koketten Hüftschwung drehte sich Laroux weg und ging voran. Das »Wohnzimmer« bestand aus einer Sitzlandschaft von Ligne Roset, schwere Vorhänge verdunkelten den Raum. Die weitläufige Dachwohnung war in einer Mischung aus Designmöbeln und *shabby chic* eingerichtet, wie sie sich auch in den Boutique-Hotels der Weltmetropolen fand.

»Wie Sie sehen, schaffe ich hier nur einen geschützten Raum für Begegnung«, sagte Sophie Laroux. »Der Rest ergibt sich zwischen Kurtisane und Kunde. Oder Kundin.« Sie blickte Rosa vielsagend an.

»Wir haben auch attraktive Angebote – von Frauen für Frauen ...« Dann schlug sie die bodenlangen Vorhänge mit einer einzigen Bewegung zurück. Sonnenstrahlen fielen auf ein halbes Dutzend Orchideen, die offensichtlich regelmäßig abgestaubt wurden. Ansonsten war der Raum mit seinen dunklen Farben nicht für den Tag gemacht.

»Wir sind da, um Antonia Schelbert vorzuladen«, sagte Martin entschieden.

»Sie meinen Tonya?«, korrigierte ihn Laroux, als würden im Etablissement einzig ihre selbst ausgedachten Kurtisanennamen Gültigkeit besitzen. »Was verschafft ihr denn die Ehre?«

»Das sagen wir ihr dann, wenn wir sie gefunden haben«, gab Martin zurück. »Vielleicht sollten aber auch Sie nochmals im Terminkalender nachsehen, ob die *Venus* am Tag vor Moritz Jansens Tod nicht doch gebucht war.« Martin deutete auf ein elegantes Stehpult und ein aufgeschlagenes Buch mit handbeschriebenen Seiten. »Warum haben Sie abgestritten, dass Jansen am Freitag eines Ihrer Mädchen auf die Yacht bestellt hat?«

Rosa wusste, dass Martin nicht zu bluffen brauchte. Neben der Aussage des Pedalo-Vermieters hatten sie auch Sachbeweise, denn die *Venus* war mit Tonyas Fingerabdrücken übersät gewesen.

Seufzend setzte sich Laroux auf einen der Sessel, die sich wie in einer Coaching-Praxis gegenüberstanden, mit einem Beistelltisch in der Mitte. »Ich wollte das Jansens Familie ersparen. Bei so einem *plötzlichen* und *viel* zu frühen Tod sollte das Andenken erst recht gewahrt werden.« Sie machte ein so betroffenes Gesicht, als würde sie vor einer Trauergemeinde sprechen – und nicht mit der Kriminalpolizei. »Unter uns gesagt«, fuhr sie fort, »es war nicht das erste Mal, dass er sich in letzter Zeit auffällig benahm. Er war ein langjähriger Kunde, aber er kam immer öfter in, nennen wir es mal verzweifelten Zuständen her. Auf der Suche nach Nähe, nach etwas gegen die Leere in sich …« Sie ging zurück zum Stehpult. Als sie den Kalender ein wenig zur Seite schob, kam ein Knopf zum Vorschein. »Den habe ich für genau solche Fälle installieren lassen. Meine Mitarbeiter aus den unteren Stockwerken haben Jansen dann freundlich, aber resolut auf die Straße begleitet. Am nächsten Tag hat er meist einen Strauß langstielige Rosen geschickt. Kein Einzelfall übrigens. Wir fangen hier so einiges auf, was in der Gesellschaft an Druck erzeugt wird – das können Sie sich gar nicht vorstellen.«

Ein heller Gong erklang, worauf sich Sophie Laroux entschuldigte und aus dem Raum ging.

»Sag mal, was ist das hier überhaupt?«, fragte Rosa Martin und ließ sich in einen der Sessel fallen. Neben ihrer Müdigkeit spürte sie nun, dass sie den ganzen Tag kaum etwas gegessen hatte.

»Vielleicht könnte man es als eine Art feministischen Escort-Service für anspruchsvolle Kundschaft bezeichnen.« Martin ging zu dem Fenster, das vier Stockwerke über der Stelle lag, wo die beiden Freier auf den Asphalt geprallt waren. »Sie glaubt wohl, dass sie das Patriarchat unterhöhlt, wenn sie Männer mit sexuellen Reizen dominiert. Oder besser gesagt: dominieren lässt.« Er drehte sich um und zeigte auf die lebensgroße Statue einer nackten Frauengestalt, die einen Arm wie zum Kampf in die Höhe gereckt hielt. »Ganz nebenbei macht sie wohl auch noch fett Kohle damit.«

»Darf ich Ihnen Kilian Graf vorstellen? Mein Anwalt.«

Ein Mann mit Kinnbart und wallender Mähne folgte Sophie Laroux. Er war kräftig gebaut und hätte ebenso gut Mitglied einer Black-Metal-Band sein können. Wenn er nicht seinen Maßanzug mit einer Gleichgültigkeit getragen hätte, die bei jeder Bewegung zu zeigen schien, dass Geld unwichtig wurde, sobald man genug davon besaß. Laroux' Vorstellung wäre nicht nötig gewesen, sie kannten Graf beide. Doch aus dem dämmrigen Flur lösten sich nun die Umrisse einer zweiten Gestalt.

»Tonya! Wo warst du denn, Schätzchen?« Laroux mimte Überraschung und hauchte ihr einen Kuss auf die Stirn.

Die Frau hätte in ihrer zurückhaltenden Aufmachung auch als Studentin durchgehen können. Oder als junge Wissenschaftlerin. Doch sie strahlte noch etwas anderes aus. Rosa konnte es nicht recht benennen, aber sie wirkte, als wäre sie es gewohnt, ihren zierlichen Körper, in dem sie sich offenkundig wohlfühlte, gezielt einzusetzen.

»Ich habe erst vorhin von Jansens Tod erfahren …«,

sagte Tonya und legte einen zerknitterten Zettel auf den Glastisch. »Und dachte, so können wir das Missverständnis gleich aus der Welt schaffen.«

Es war ein Boarding Pass. Martin ergriff ihn und las vor: »Antonia Schelbert, *Zürich–Berlin,* LX970 ... Boarding 19:40 Uhr.«

Wenn der echt war, hatte Tonya zumindest für die Mordnacht ein gutes Alibi. Weshalb Martin vorschlug, das Gespräch auf der Hauptwache am Mühleweg fortzusetzen, ganz so, wie es das Protokoll eigentlich verlangte.

»Meine Mandantin würde es vorziehen, wenn wir die Vernehmung gleich hier machen«, sagte der Anwalt und öffnete seinen Aktenkoffer. »Sie können ja auch von Hand protokollieren, nicht wahr?«

Martins Stirnader trat hervor, als er die Rechte und Pflichten herunterbetete, damit die Aussagen auch rechtliche Gültigkeit erhielten. Die nächste Viertelstunde sprach Tonya mit leiser, aber klarer Stimme. Sie erzählte, dass sie Jansen an jenem Nachmittag tatsächlich auf der *Venus* getroffen hatte. Dass sie Champagner getrunken hatten und Jansen gehetzt gewirkt habe. An dem Punkt, wo der Kunde eigentlich ein offenes Kuvert mit Bargeld gut sichtbar deponieren sollte, habe er abgeblockt. Daraufhin habe er sie am nächsten Hafen abgesetzt. Und sei wieder auf den See gefahren. Als ein Stammkunde auf Geschäftsreise kurz darauf um ein spontanes Rendezvous in Berlin bat, habe Tonya gleich ihren Koffer gepackt.

»Warum wusste Ihre Chefin nichts von dem Treffen mit Jansen?«, hakte Martin nach, wurde aber vom Anwalt unterbrochen.

»Ich möchte darauf hinweisen, dass meine beiden Klientinnen nicht verpflichtet sind, in diesem Rahmen weiter Auskunft zu geben.« Graf zog mehrere Papierbögen aus seiner Aktentasche. An seinen Fingern steckten schwere Ringe mit brillantenbesetzten Totenköpfen und gewundenen Schlangen. »Dies hier ist eine schriftliche Vereinbarung zwischen der Neaira GmbH und ihren Mitarbeiterinnen. Damit lehnt meine Mandantin hier« – er zeigte auf Sophie Laroux – »jegliche Haftung ab für das, was geschieht, nachdem das Geschäft in diesen Räumen abgeschlossen wurde. Das gilt insbesondere auch für die Nutzung der *Venus*. Wobei das Motorboot ohnehin von den Kunden selbst gemietet wird, stundenweise oder auch über Nacht.«

Graf war einer der schillerndsten Advokaten des Landes und setzte sich immer wieder mit gewagten, aber medienwirksamen Aktionen für »die Selbstbestimmung der Sexarbeiterinnen« ein. Womit er bei Frauenorganisationen Stürme der Entrüstung lostrat und sich den Vorwurf einhandelte, die Frauen für sein persönliches Renommee zu missbrauchen.

»Die Unterlagen können Sie dann alle zur Einvernahme mitbringen«, sagte Martin.

»Mein Terminkalender ist leider sehr voll«, erwiderte der Anwalt.

Martins Augen blitzten, Rosa aber machte ein Zeichen zum Aufbruch. Hier würden sie heute nichts mehr erfahren.

Doch Martin wollte noch nicht lockerlassen. »Für eine Falschaussage in Ermittlungen zu einem Mordfall gibt es bis zu fünf Jahre. Es wäre besser, wenn Ihnen noch was einfallen würde!«

Er fixierte nacheinander die beiden Frauen, dann knallte er seine Visitenkarte auf das offene Reservationsbuch am Eingang.

»Was war *das* denn?«, fragte Rosa, als sie wieder auf die sommerliche Straße traten.

»Ich kann diesen Typen nicht ab.« Martin kramte eine krumme Mentholzigarette hervor, aus der trockener Tabak rieselte.

»Wäre mir gar nicht aufgefallen«, sagte Rosa. Sie gingen ein paar Schritte und waren bald wieder bei *Chez Manon* angelangt. Auf den Bistrotischen standen nun Schälchen mit Chips und Oliven. »Was denkst du, all diese toten Freier – ist Laroux auf einem feministischen Rachefeldzug gegen das männliche Geschlecht oder so was?«

»Ich weiß nicht«, sagte Martin. »Auf jeden Fall gibt es einige seltsame Lücken.« Er sah sich unruhig um.

»Wollen wir noch was trinken?«, sprudelte es aus Rosa heraus.

»Du, nicht böse gemeint.« Martin trat die halb gerauchte Zigarette am Boden aus. »Aber ich wollte noch auf den Uetliberg, rennen … Wir sehen uns dann ja morgen.« Und schon hatte er sich mit einem abwesenden Lächeln verabschiedet.

Rosa sah ihm verblüfft nach, dann holte sie ihr Telefon hervor. Drei verpasste Anrufe. Drei Sprachnachrichten. Obwohl ansonsten grundverschieden, war Stella diesbezüglich genau wie ihre Mutter. Beiden hatte es Rosa auch nach all den Jahren nicht abgewöhnen können, mehrere Male hintereinander anzurufen. Früher hatte sie sich schnellstmöglich, immer leicht besorgt, zurückgemeldet, mittlerweile führte es eher zum gegenteiligen Reflex: Sie stellte den Klingelton auf stumm.

Zu Hause schnitt Rosa ein ordentliches Stück Butter ab und nahm zwei Hühnereier aus dem Karton. Sie lagen kühl und schwer in ihren Händen, bevor sie die Schale am Pfannenrand aufschlug. Brutzelnd stockte das Eiweiß. Rosa kam es vor, als sei eine halbe Ewigkeit vergangen, seit sie am Morgen in Martins Wohnung erwacht war, so viel war passiert. Sie konnte sich sein wechselhaftes Verhalten nicht recht erklären. Vielleicht war er einfach ein launischer Mensch? Oder es war ihm unangenehm, dass sie nun zusammenarbeiten mussten? Sie hatte sich das auch nicht ausgesucht. Aber sie musste zugeben, dass ihre Neugierde geweckt war. Die Umstände von Jansens Tod waren schon sehr rätselhaft. Sie wusste zwar nicht, *wie* oder *warum,* aber es musste sich mehr hinter seinem Tod verbergen, als das etwas zu eindeutige Arrangement einer Partynacht auf dem Motorboot den Anschein machte.

Rosa gähnte, herzhaft und mit offenem Mund, dann strich sie grobkörnigen Senf auf ein Stück Schwarzbrot und verteilte die Spiegeleier auf dem Teller. Wie immer aß sie zuerst das Weiße und tunkte erst dann die Reste des Brotes in das Gelbe, das wachswarm und tröstlich schmeckte.

17

Beißender Geruch nach Patschuli und Räucherstäbchen umwehte Ellie Jansen. Normalerweise hätte sich Rosa darüber gewundert, wie jemand bei vollem Bewusstsein so viel olfaktorischen Raum einnehmen konnte. Aber hier war das etwas anderes. Ellie Jansen, zweifache Mutter, ehemalige Psychiatriepflegerin und freie Einrichtungsgestalterin, war gerade Witwe geworden, woran auch das laufende Scheidungsverfahren nichts änderte. Außerdem hatten Martin und sie ihren Besuch nicht angekündigt, sondern waren kurzfristig in die Gemeinde am rechten Seeufer gefahren, gut zwanzig Minuten von der Kinderwunschpraxis entfernt. Der helle Bungalow stach aus den mit Kletterrosen überwachsenen Fachwerkbauten der Umgebung heraus. Die Rückseite des Gartens war nach fernöstlichen Grundsätzen mit Hecken und künstlichen Hügeln geschützt. Sie betraten das Haus über eine Terrasse, die vom Dach beschattet wurde. Wenn Rosa nicht gewusst hätte, dass es dieselbe Person war, hätte sie die Frau nie mit der Fotografie auf Jansens Schreibtisch in Verbindung gebracht. Sie hatte ein schönes, aber von Medikamenten aufgequollenes Gesicht. Das wallende Kleid mit den Puffärmeln vermochte nicht von den knochigen Armen abzulenken. Die Hände hingen an ihr herab, als würde die Kraft nicht mehr bis in ihre Extremitäten reichen.

»Ziehen Sie um?« Rosa zeigte auf den mit Hausrat vollgestellten Esstisch, an dem locker zehn Personen Platz gehabt hätten, und die zusammengeschobenen Eames Chairs. Das Wohnzimmer sah aus, als hätte jemand jeden Gegenstand, der sich darin befand, einmal in die Hand genommen – und danach vergessen, ihn zurückzustellen. Zeitschriften quollen aus einem offenen Sideboard, Sofakissen lagen auf dem Boden verstreut und der handgewebte Kelim zusammengerollt unter der hohen Fensterfront. Die Harmonie des Seerosenteichs im Garten, über den sich nach japanischem Vorbild eine Brücke spannte, intensivierte das Chaos im Innern des Hauses noch.

»Die Raumenergie fließt nicht mehr richtig.« Ellie Jansen griff nach einem Korb, aus dem eine gewaltige Monstera wuchs, und stellte ihn auf einem Beistelltisch ab.

»Wir haben Sie telefonisch nicht erreicht …«, begann Martin.

Sie hielt kurz inne, dann zupfte sie weiter an den dunkelgrünen, geschlitzten Blättern herum und murmelte: »Als wäre das Haus über Nacht auf eine Wasserader gestellt worden.«

»Frau Jansen?«

Ihre Hände zitterten. »Zuerst hatte ich das Gefühl, er wollte mich bestrafen. Dabei hätte es doch umgekehrt sein sollen.«

Sie lehnte sich mit dem Rücken an die Wand – und ließ sich plötzlich auf den Boden sinken.

»Ich hole ein Glas Wasser«, sagte Martin und verschwand in Richtung der großzügigen Küche.

»Eigentlich«, sagte Ellie Jansen, ohne die herbeigeeilte Rosa anzusehen, »sollte man ja meinen, dass es weniger schlimm ist, wenn jemand stirbt, von dem man schon vorher getrennt war. Wenn da nicht noch seine Sachen sind. Sein Stuhl, der plötzlich leer ist. Seine Kleider, die noch im Schrank hängen. – Aber das stimmt nicht.«

Wortlos setzte sich Rosa zu ihr auf die Steinfliesen, die eine angenehme Temperatur hatten.

»Den leeren Stuhl könnte man irgendwann neu besetzen. Den Kleiderschrank leeren, die Sachen verschenken«, fuhr die Witwe fort. »Doch hier gibt es nichts mehr. Zumindest nichts, das ihm etwas bedeutet hätte.«

Martin kam zurück und reichte Ellie Jansen ein Wasserglas, das sie mit einem Nicken entgegennahm. Im selben Moment näherten sich von draußen heisere Stimmen. Sie schwankten zwischen zu hohen und zu tiefen Tönen, als wären sie ihren Besitzern versehentlich entwischt. Kurz darauf standen zwei Teenager in der Tür. Trotz der Hitze trugen sie schwarze Supreme-Hoodies. Ihre vor Akne blühenden Gesichter sahen vollkommen ungeschützt aus, als fehlten ihnen noch die Abwehrmechanismen der Erwachsenen, die gelernt hatten, ihre Gefühle zu verbergen. Die beiden zogen ihre Caps tiefer, bis ihre Gesichter im Schatten lagen. Rosa fühlte sich in ihren Gedanken ertappt.

Ellie Jansen hatte sich bereits aufgerichtet. Mit geradem Rücken ging sie auf die beiden zu, wobei sich ihre Miene mit jedem Schritt mehr erhellte. Auch ohne die mit Luftbetten gefüllten Turnschuhe hätten die Zwillinge ihre Mutter um gut einen Kopf überragt.

»Tim! Karl! Schaut mal, das sind …« Sie drehte sich zu Rosa und Martin um, die sich daraufhin selbst vorstellten. Doch die beiden Jungs, die ihre schwarzen Rucksäcke in eine Ecke gepfeffert hatten, wollten vor allem eines: so schnell wie möglich wieder weg. Den Teller mit Keksen und die Milchgläser, die ihre Mutter ihnen bereitstellte, ignorierten sie, stattdessen baten sie um Geld »für etwas Richtiges«.

»Sie denken, ich sei schuld«, sagte Ellie Jansen, nachdem die beiden verschwunden waren, sie wollten in einen Dönerladen am Hafen. Sie stützte die Arme auf der mit lackiertem Holz verkleideten Kücheninsel ab. »Ich kann sie ja verstehen.« Sie kramte eine Packung Marlboro Rot aus der Schublade und schaltete die Dampfabzugshaube ein. »Papakind, so hat mich meine Mutter früher genannt. Wollen Sie auch?«

Rosa machte eine abwehrende Bewegung. »Ich habe vor Jahren aufgehört.« Sie dachte an ihren eigenen Vater, in dessen Wolljacke stets der Geruch von Holzofenrauch und Rasierseife hing. Wie er einen zu kurzen Stift in der esstellergroßen Hand hielt, die eher dafür geschaffen war, Bäume zu fällen, als Diktate von Schülern zu korrigieren. Auch wenn sich ihre Eltern, wenigstens offiziell, noch eine Wohnung in der Altstadt teilten, so hatte es in ihrer Familie doch immer zwei Seiten gegeben. *Ihre* Seite. *Seine* Seite. Und je mehr ihre Mutter Vinzenz ablehnte, umso stärker hatte Rosa für ihn Partei ergriffen. Auch wenn der das nie von ihr verlangt hatte.

»Gibt es eigentlich ein Gesetz, das besagt, dass Kinder immer für den sind, der sie verlässt? Egal, was die Person zuvor angerichtet hat?«, fragte die Witwe.

»Vielleicht ist das aus ihrer Perspektive gar nicht anders möglich. Weil sie nur bemerken, was fehlt«, sagte Rosa und reichte ihr den Aschenbecher vom Fenstersims. Darunter schrumpelten auf der Anrichte einige Äpfel und Bananen in einer Schale, von einer stattlichen Population Fruchtfliegen umschwirrt. Rosa musste schmunzeln, als sie bemerkte, dass jemand fleischfressende Pflanzen in einem mit Totenköpfen bemalten Tontöpfchen danebengestellt hatte.

»Ich weiß gar nicht, warum ich das alles erzähle. Eigentlich bezahle ich dafür eine Armada von Therapeuten.« Ellie Jansen lachte trocken. »Moritz war besessen von seiner Arbeit. Und süchtig nach Frauen. Immer neuen Frauen. Die Assistentinnen in der Praxis wurden immer jünger. Er konnte das noch so lange abstreiten. Ich bin sicher, dass er mich immer wieder betrogen hat. Und dass eine andere Frau hinter der Trennung steckte. So was merkt man doch.« Die Erinnerung an vergangene Kränkungen schien ihr Auftrieb zu verleihen.

Martin nutzte die Pause, die entstand, um Ellie Jansen nach ihren Personalien zu befragen und sie über ihre Rechte und Pflichten als Auskunftsperson aufzuklären. Rosa hatte schon verstanden, auch ohne seine stumme Bitte: Sie würde das Protokoll führen.

»Verzeihen Sie die direkte Frage«, sagte Martin, »wissen Sie vielleicht, ob Ihr Mann jemals die Dienste eines Escort-Service in Anspruch genommen hat?«

»Nicht dass ich wüsste. Aber würde eigentlich passen.«

Ellie Jansens Zeigefinger zuckte leicht, als sie die Zigarette zum Mund führte. »Warum?« Sie stieß die Frage mit einer Rauchwolke aus.

»Ein Etablissement namens Neaira sagt Ihnen nichts?«

»Gar nichts.« Sie drückte die nur halb gerauchte Zigarette aus und ballte die Hände zu Fäusten, die sie unter ihren Oberarmen verbarg.

»Waren Drogen ein Thema?«, fragte Martin weiter.

Die Witwe runzelte die Stirn, hinter der sich vielleicht der Wunsch nach einer Erklärung verbarg, so wie jemand mit einem unbekannten Leiden auf eine Diagnose hofft, die wenigstens die Ungewissheit beendet.

»Der Moritz, den ich kannte, verabscheute Kontrollverlust. Seine Mutter war tablettenabhängig gewesen. Er hatte eine schon beinahe hypochondrische Angst, von ihr so etwas wie ein Sucht-Gen geerbt zu haben. Überhaupt war er besessen von dem Thema, seit er bei diesem Start-up eingestiegen ist …«

»Von der Sucht?«

»Nein, vom Vererben. Er hoffte auf den großen Durchbruch.«

»Nur damit wir von ein und demselben reden«, unterbrach Rosa. »Sie meinen einen speziellen Bereich der Kinderwunschpraxis?«

»Nein. Die lief ja im Prinzip von alleine … CRISPR-Cure heißt die Firma. Eine Bekannte von ihm aus Studientagen hat sie gegründet. Das Labor ist in einem Bürokomplex in Zug untergebracht. Ich war aber nur einmal da.« Sie zog die Augenbrauen hoch, worauf sich ihre Stirn in Falten legte. »Nicht meine Welt. Er hat das nicht an die große Glocke gehängt. Auch nicht bei den Verhandlungen für den Unterhalt. Dort habe ich ihn auch das letzte Mal gesehen.«

Das lauter werdende Trommeln eines Klingeltons erklang. »Entschuldigung, da muss ich rangehen«, sagte Martin zur Witwe und bedankte sich für das Gespräch.

»Ich komm nachher zum Wagen«, schickte Rosa ihm noch hinterher. Dann setzte sie sich auf einen der Barhocker neben der Anrichte und fragte Ellie Jansen, wann das gewesen war.

»Vor etwa drei Wochen. Er dachte tatsächlich, dass er mich und die Kinder einfach finanziell abspeisen könne. Doch nicht mit mir! Ich habe dann das Eheschutzverfahren vor Gericht einleiten lassen. Er hat es noch nicht einmal für nötig empfunden, auf die Vorladung zu reagieren. Das war eines seiner perfiden Spiele.«

Als sie sich kurz darauf ebenfalls verabschiedete, deutete Rosa auf die fleischfressende Fruchtfliegenfalle. »Die sind schlau, Ihre Jungs. Irgendwann werden sie es bestimmt erkennen – das, was da ist.«

18

Martin saß auf einer flachen Treppe am Hafenbecken. Er hatte sie noch nicht bemerkt. Rosa blieb einen Moment stehen und genoss die Szenerie. Häfen zogen sie magisch an, auch wenn sie noch so klein waren. Und dieser hier hätte, wie vieles andere in dem Alpenland, definitiv ein Diminutiv verdient. Dennoch war alles vorhanden, was einen richtigen Hafen ausmachte. Es herrschte ein Kommen und Gehen. Es gab Schiffe mit Namen wie *Mona Lisa* oder *Victor*, und Schwanenjunge putzten ihr graues Gefieder. Es gab Kapitäne mit marineblauen Mützen; und Surferinnen, auch wenn die Wellen, auf denen sie ritten, von einem Motorboot stammten. Martin hielt triumphierend sein Telefon in die Luft, als er Rosa entdeckte:

»Staranwalt hin oder her ... Antonia Schelbert, Pardon: Tonya, will nun doch ihre Aussage zu Protokoll geben. Und zwar allein.«

Sie gingen zum Jaguar im Schatten der Bäume, der ein Baujahr in den frühen Neunzigern haben musste. Martins Dienstwagen war in Reparatur, deshalb hatten sie sein privates Auto benutzt für die Ausfahrt in die Seegemeinde. Auch wenn seine Chefin das bestimmt nicht gern gesehen hätte. Er beugte sich über den leeren Beifahrersitz und öffnete von innen die Wagentür. Bevor sie einstieg, zog

Rosa den Blazer aus, der den Waffengurt verdeckt hatte. Sie schwitzte. Den Rapport der Befragung von Ellie Jansen würde sie noch am Abend ins System einspeisen. Da funktionierte die Kriminalpolizei nicht anders als die See- oder die Kantonspolizei: ohne Schriftlichkeit keine Beweise. Auch das schönste Geständnis, die klarsten Zeugenaussagen waren nicht rechtskräftig, wenn sie nicht schriftlich festgehalten wurden. Jeden Tag gab es eine Sitzung, bei der alle in den Fall involvierten Abteilungen zusammenkamen, da würde Martin später einen Durchsuchungsbeschluss für das Start-up beantragen.

»Kannst du mich unterwegs am Forellensteig absetzen?«, fragte Rosa.

Martin nickte und schaltete das Autoradio an. Beim Davonfahren sah Rosa die Zwillinge in der Seeperle sitzen, die Kapuzen weit über ihre Köpfe gezogen.

Auf der rechten Seite zogen malerische Hügel mit Rebstöcken vorbei, von Spazierwegen durchzogen. Am Zürichsee befand sich das weltweit größte Anbaugebiet für Räuschling. Man musste dazu aber auch sagen, dass die alte Traubensorte kaum noch angebaut wurde. Die Straße folgte dem Ufer, vorbei an mit Brombeeren überwucherten Böschungen und einem stillgelegten Fabrikgelände, wo ausrangierte Güterwagen vor sich hin rosteten. Als die Kirche mit dem spätgotischen Turm auftauchte, bog Martin ab. Doch die Autofähre hatte gerade abgelegt. Sie reihten sich zuvorderst auf einer der eingezeichneten Bahnen ein, die bis zu dem mit Geranienkästen behängten Geländer am Schiffssteg reichten. Martin drehte den Zündschlüssel um, und es wurde still im Innern des Wagens. *Hoffent-*

lich, dachte Rosa, *will er jetzt nicht über vorgestern sprechen.*

Als wäre es ihm gerade erst eingefallen, sagte Martin: »Eigentlich müssten wir bei der Hausdurchsuchung in der Kinderwunschpraxis doch auch Unterlagen zu diesem Start-up gefunden haben. So sauber, wie die Buchhaltung und die Patientendatenbank dort geführt wurden.«

»Vielleicht hatte er noch ein anderes Büro? Einen zweiten Server?« Die Antwort überzeugte Rosa selbst nicht ganz. Es war in diesem Land nicht einmal möglich, eine Parkbewilligung zu kaufen, ohne sich ausweisen zu müssen. Wie sollte Jansen seine Beteiligung an einer ganzen Firma verschwinden lassen? »Er könnte stiller Teilhaber gewesen sein ... Was war das eigentlich mit der Geliebten? Gab es keine Hinweise auf eine Frau im Studio über der Praxis?«

»Vielleicht wollte seine Ex ihn auch nur anschwärzen.« Martin sah den Schwalben zu, die um den Kirchturm segelten. Er räusperte sich und sagte: »Wenn im Krieg und in der Liebe alles erlaubt ist, dann muss eine Kampfscheidung die Hölle aus beidem sein.«

»Glaubst du etwa, die Witwe könnte etwas mit seinem Tod zu tun haben?«, fragte Rosa mit Zweifel in der Stimme.

»Ich könnte mir schon vorstellen, dass sie den Konflikt beenden wollte«, sagte Martin darauf. »Sich von einer Last befreien ... Und ganz sicher ist sie schwer gekränkt. Doch in der betreffenden Nacht war sie zur Badekur in Wildhaus, wir haben ihr Alibi überprüft.«

Martin startete den Motor, die nächste Fähre traf im Hafen ein. Der Schlagbaum hob sich, und es kam Bewegung in die Kolonne. Zuerst fuhren die Fahrräder auf die Rampe, dann der Rest. Ein rotgesichtiger Mann dirigierte sie auf einen Parkplatz an Deck, wobei er leicht gestresst mit einer Leuchtstofflampe wedelte. Martin legte den Gang ein und zog die Handbremse an. Der Wackel-Elvis auf dem Armaturenbrett des Wagens begann, wie alles andere auf dem Schiff, zu vibrieren, als die Motoren starteten.

Obwohl die Überfahrt nur zehn Minuten dauerte, waren das doch jedes Mal zehn Minuten Freiheit, denn egal, ob Korfu, Sardinien oder Horgen: Die Abläufe waren die gleichen. Wobei die Fähren in der Gegend fast schon als schwimmende Brücken betrachtet wurden. Martin zog eine Lochkarte aus dem Handschuhfach, die bestimmt ebenso alt war wie das Auto selbst.

»Ist die noch gültig?«, fragte er und hielt sie dem Rotgesichtigen hin. Der strahlte, als hätte er einen Bekannten getroffen, den er schon lange nicht mehr gesehen hatte. »Aber sicher, unbeschränkt. Steht doch drauf.« Dann zauberte er eine Zange hervor, um die Fahrt zu stanzen.

Sie stiegen aus und gingen zur Reling. Rosas Haare flatterten im Wind, während sie in die Wellen schauten. Quadratische Scheiben waren in die hohen Seitenwände der Fähre eingelassen, die im gleichen Blau gestrichen waren wie die Kuppeln auf der griechischen Insel Santorin. Sie rahmten die dahinterliegende Landschaft, die buschigen Uferzonen, die Häuser mit Balkonen, über denen Strandtücher zum Trocknen hingen, den zur Stadt hin immer engeren See und die halbrunden, einander überlappenden Hügelketten, die im dunstigen Licht aussahen wie von einem Kind gemalt. Rosa blinzelte zu Martin hinüber. *Er denkt doch nicht, dass ich was von ihm will? Oder etwa doch? Warum sagt er nichts?* Sie schmeckte Blut auf der Zunge. Ohne es zu merken, hatte sie eines der trockenen Häutchen auf ihrer Unterlippe abgebissen. Sie suchte gerade nach einem Taschentuch, als Martin zu sprechen begann: »Ich will dir ja nicht zu nahetreten oder so.«

Rosa hielt erstaunt inne und presste das Taschentuch auf die Unterlippe.

»Aber es gibt da eine andere Frau in meinem Leben, eine andere Geschichte, eine schwierige Geschichte.« Er habe es mit Rosa zwar sehr genossen, fuhr Martin fort, doch fühle er sich nicht bereit »für mehr«, auch wenn die Nacht sehr schön gewesen sei. »Ich glaube, es ist besser, wenn wir uns erst mal nur bei der Arbeit sehen«, schloss er.

»Das wollte ich dir auch vorschlagen«, sagte Rosa etwas zu rasch, denn sie hielt seinen betretenen Gesichtsausdruck kaum aus. »Ich habe auch gerade eine Trennung hinter mir – und möchte erst mal mein eigenes Ding machen.« *Genossen hatte er es? Schön war es gewesen?* Die Wiederholung fühlte sich für Rosa an wie ein Almosen, um das sie nicht gebeten hatte.

Sie starrte auf die blau umrahmte Scheibe, die die Welt dahinter zu einem Bild machte. Vielleicht etwas eintönig, immer die gleiche Route, immer das gleiche Bild, aber doch wenigstens klar begrenzt. Und sie wünschte sich, die Splitter der Erinnerung aus jener Nacht ebenfalls zusammensetzen zu können. Doch da war nur Unruhe in ihr, hell und schäumend, wie die Gischtkronen auf den Wellen.

Die ausgebleichten Planken, die zum Eingang des Pavillons

am Forellensteig führten, hatten sich noch nie so gut unter ihren Füßen angefühlt wie an diesem frühen Abend, nachdem sie mit kurzem Gruß aus Martins Wagen gestiegen war. Im Hangar, der auch die Schiffskontrollbehörde beheimatete, lag noch immer die *Venus* vor Anker, von den anderen Freizeitbooten und Yachten nur durch leuchtende Klebebänder auf der Abdeckplane unterschieden.

»Rosa!« Aus der Dienstküche duftete es nach gebratenen Zwiebeln, der Mutter aller Kochgerüche. Karim hatte eine Schürze über die Uniform gebunden. »Isst du mit uns?«

Anders als bei den Kollegen in der Stadt gab es für die Seepolizei keine Kantine oder Ähnliches. Daher kochte immer jemand abwechselnd für das Team.

»Du kannst dir nicht vorstellen, wie gern!« Rosa ließ sich auf die Eckbank fallen, die unter einer langen Fensterfront stand.

»Kommt ihr voran?« Es zischte, als Karim Paprikaringe und Fenchelstreifen in die flache Bratpfanne gab.

»Geht so, es ist kompliziert. Martin beantragt jetzt bei der Staatsanwaltschaft einen Durchsuchungsbefehl für eine Firma in Zug, an der Jansen beteiligt war. Irgendwas mit Gentechnik. Aber ganz ehrlich: Mir wäre die Nachtschicht hier lieber. Apropos, was macht Georgina?«

»Ist schon wieder weg. Aber ein Männchen schwimmt noch rum und bewacht das Gelege.« Er gab Lorbeer, Kurkuma und Cayennepfeffer zu den runden Reiskörnern und löschte mit Brühe ab, die er aus einem dampfenden Kochtopf schöpfte.

Fred kam zur Tür herein. »Du bist da, Rosa? Großartig! Dann können wir gleich reden.«

Wehmütig ging sie an der Küchenzeile vorbei, wo Karim nun Safranfäden in die Gemüse-Paella streute. Augenblicklich breitete sich der unnachahmliche Duft nach Meeresluft, nach süßem, getrocknetem Heu und rostigem Metall aus. Sie nahm einen tiefen Atemzug und folgte Fred in das Sitzungszimmer, wo er eine Karte des Sees an die Wand beamte. Die Punkte, an denen sie Proben genommen hatten, waren gelb markiert. Einer davon lag nicht weit von der Kinderwunschpraxis entfernt.

»Wir haben alles express ins Labor geschickt«, sagte Fred. Dann öffnete er die Monatsplanung, um Rosas Dienste am Forellensteig mit ihr durchzugehen und sie auf ein Minimum zu reduzieren. Sie hoffte noch immer insgeheim, dass er den Plan ohne sie nicht voll bekam. Schon in normalen Zeiten waren sie eher knapp besetzt. Das lag einerseits am Budget, andererseits konnten sich die Seepolizisten nicht einfach von Kollegen aus dem normalen Korps ersetzen lassen. Denn für die Arbeit auf dem See brauchte man neben dem Tauchbrevet auch einen Segelschein sowie diverse andere Fortbildungen. Doch Fred zuckte nicht mit der Wimper, als er die Schichten neu verteilte und ihr die ausgedruckten Unterlagen aus dem Labor aushändigte. Wenige Minuten später erklang die Schiffsglocke aus der Küche: Das Abendessen war fertig.

19

Die Sonne schien durch einen milchigen Himmel. Vor dem Neumarkttheater surrten Laderampen mit Getränkekisten hoch und runter, schwer beladene Sackkarren rumpelten über das Kopfsteinpflaster. Ein Geräuschteppich, der hier zum Morgen gehörte wie das durchdringende Frühgeläut der vier großen Altstadtkirchen. Aus Rosas Haaren tropfte Wasser, schon beinahe wieder verdunstet, ehe es den Rücken hinunterlaufen konnte. Das frühe Bad im See hatte die widersprüchlichen Gefühle etwas gebändigt, die in ihr aufgekommen waren, nachdem Alba geschrieben hatte.

Während draußen alles unbeeindruckt seinen gewohnten Gang geht, staunen wir, wie zart dieses Leben doch gewoben ist. Ganz besonders dort, wo es die Schwelle zur Unendlichkeit berührt. Von uraltem Wissen ist in Deinem Gesicht zu lesen; und einer Gelassenheit, wie sie nur ganz jungen oder schon sehr alten Menschen zu eigen ist.

Willkommen in unserer Welt, Marin Alexander!
Katrin & Alba
Überglücklich.

Rosa war erleichtert, dass die Geburt offenbar gut verlaufen war. Ursprünglich hatten Alba und Katrin vorgehabt, gleichzeitig schwanger zu werden. Die beiden hätten so nicht nur die körperlichen Veränderungen miteinander geteilt, auch später wäre alles in einem gegangen. Irgendwann verwarfen sie den Plan aber wieder. Rosa wusste nicht, warum, und fragte auch nicht danach, als es dann bei Katrin geklappt hatte mit der Schwangerschaft.

Am Nike-Brunnen füllte Rosa zwei Flaschen mit Quellwasser und packte sie in den Korb aus Seegras, der sie immer an den südfranzösischen Markt erinnerte, von dem er kam. Dann füllte sie eine dritte Flasche und trank in kräftigen Zügen. Die Sitzplätze vor dem Theatercafé lagen noch im Schatten der Häuserzeile, was ihrer Beliebtheit keinen Abbruch tat. Denn in der Neumarktgasse, die vom Seilergraben hinunter ins Niederdorf führte, war die Zeit stehen geblieben, wie auch ein Blick auf das historische Stadtmodell im baugeschichtlichen Archiv bestätigt hätte. Statt Massenware von internationalen Ladenketten gab es hier feine Wolle und handgemachte Seifen, und in dem Zunfthaus, wo Lenin einst den großen Umsturz plante, wurden heute in einem Theater progressive Performances erprobt. Neben einem zusammengeklappten Sonnenschirm, am Rande des dörflichen Boulevards, saß Josefa mit ihrem Rauhaardackel Anselmo. Statt des Viertelchen Weißweins »zur Blutverdünnung«, das sie sich sonst nach dem morgendlichen Spaziergang gönnte, perlte heute Champagner in einer Flûte.

»Was für ein Festtag!« Vergnügt prostete sie Rosa zu und fuhr sich mit der Hand durch die hennaroten Haare. Ihre schwarz umrandeten Augen und das ganze Gesicht leuchteten, als wäre in ihr ein Licht angeknipst worden. »Trinken wir auf Marin Alexander, meinen jüngsten Enkel!«

Rosa konnte sich nicht daran erinnern, dass Josefa bei ihren anderen beiden Enkelkindern so aufgeregt gewesen war.

»Na gut«, erwiderte sie. »Aber für mich nur einen Espresso.«

Anselmo schnupperte interessiert an Rosas Hose. Sie fragte sich, wie das wohl wäre, wenn sie ebenfalls erschnuppern könnte, mit wem sich ihr Gegenüber getroffen hatte. *Lieber nicht*, dachte sie sich, als sie zu ihrer Mutter hinüberschielte. Josefa war überall im Niederdorf bekannt. Früher gab es manchmal kein Durchkommen mehr, wenn sie auf einem Stuhl vor der spanischen Bodega Akkordeon spielte; das Instrument auf den langen Beinen abgestützt, wusste sie eine Intimität herzustellen, der sich niemand entziehen konnte, zum Leidwesen ihrer drei Töchter. Jetzt zündete sich Josefa eine *Beedi* an. Mit der indischen Zigarette aus gerolltem Tendublatt – sehr trocken, sehr parfümiert – hätte sie Tote erwecken können. Zuerst hatte Rosa noch gehofft, es handle sich um eine weitere kurzlebige Marotte ihrer Mutter. Die meisten hatte sie schon beinahe wieder vergessen, Josefas Begeisterung für Stepptanz etwa, ihre Kalligrafie-Phase … Josefa wollte am Nachmittag für einen Wochenbettbesuch zum alten Bauernhof rausfahren, den Alba mit ihrer jungen Familie bewohnte. Rosa hingegen wollte sich nicht schon so kurz nach der Geburt aufdrängen. Es sprach aber nichts dagegen, ihr etwas mitzugeben. Denn für Rosa gab es sowieso nur eine Art zu gratulieren: mit einer Suppe.

Pablos Lebensmittelladen sah aus, wie man sich als Kind einen Kaufladen wünscht: Unter einer blau-weiß gestreiften Markise ruhten Tafeltrauben mit dunklem Blattwerk. Duftende Decana-Birnen, deren Stiele mit rotem Wachs versiegelt waren. Faustgroße Amalfi-Zitronen. Kleine, knackige Äpfel und samtweiche Datteln. Auf Schiefertafeln standen in luftigen Schnörkeln die Angebote des Tages: *Rauchlachs. Frische Sandwiches. Zitronenravioli.* Im Innern leuchteten Sirupflaschen und Liköre wie flüssiger Bernstein. Hinter den Glasscheiben einer summenden Kühltheke gab es geräucherten Mozzarella, Wildschweinschinken und sauer eingelegte Sardellenfilets. Seit Rosa denken konnte, war der Laden einfach da, so wie der Himmel zwischen den mittelalterlichen Häuserzeilen, das raschelnde Blattwerk der Esche im Herbst oder die ungeduldigen Schritte ihrer Schwestern auf den schiefen Stufen im Treppenhaus. Vielleicht war der Laden schuld daran, dass sie im Ausland immer als Erstes durch die Regallandschaften in Supermärkten streifte. Erst wenn ihr Wörter und Schriftzüge auf den Verpackungen in einer anderen Sprache entgegensprangen, fühlte sie auch, dass sie wirklich weg war. Sie packte dann die schönsten in den Einkaufskorb: Schokoladentafeln mit längst vergessenen Zeichentrickfiguren, Sardinendosen von *La belle-iloise* mit Leuchttürmen und Fischkuttern, jede Dose ein Stillleben, obwohl sie, erst einmal offen, so grässlich stanken, wie sie zum Anschauen schön waren.

Auch bei Pablo gab es Art-déco-Keksdosen und Meersalzflocken mit schraffierten Seefrauen, deren bloße Brüste von Haarwolken umspielt wurden. Doch heute beschränkte sich Rosa auf die Zutaten für die Kraftsuppe. Nach einem kurzen Schwatz zahlte sie, da hinter ihr weitere Kunden Schlange standen.

20

Richi bückte sich nach einer nassen Socke, die von der Leine gerutscht war. Dann befestigte er sie erneut neben den anderen Kleidungsstücken, die – Passform und Größe nach zu urteilen – nicht alle von ihm selbst stammen konnten. Obwohl sie keine zwanzig Meter voneinander entfernt wohnten, hatte Rosa ihn seit dem Abend bei ihr im Schwarzen Garten nicht mehr gesehen. Offensichtlich ging er ihr aus dem Weg. Oder er war so mit Erik beschäftigt, dass er keine Zeit mehr für sie fand. Hatte er sich doch etwas schnell in diese neue Beziehung gestürzt?

Es war sicherlich besser, das Gespräch erst mal auf neutralen Boden zu lenken. Und tatsächlich taute Richi auf, als er von der Dürrenmatt-Neuinszenierung am Theater erzählte. Er spielte die Rolle des Physikers Möbius, der nichts Geringeres als die »Weltformel« entdeckt hat und sich in einem Sanatorium für Geisteskranke einsperren lässt, damit seine Forschungsergebnisse nicht in die falschen Hände gelangen.

»Eigentlich ist das Ende ja vorhersehbar«, sagte Richi. »Denn je planmäßiger Menschen vorgehen, hat Friedrich Dürrenmatt gesagt, umso wirksamer vermag sie der Zufall zu treffen. Und der muss *immer* zur schlimmstmöglichen Wendung führen, zumindest auf der Bühne. Darum verbrennt Möbius am Ende des Stücks seine Manuskripte zum Wohle der Menschheit.«

»Würde das auch heißen«, fragte Rosa, »dass Menschen, die ein Verbrechen minutiös planen, viel verwundbarer sind als solche, die im Affekt handeln?« Sie seufzte. »In dem Fall, bei dem ich gerade mitarbeiten muss, könnten wir ein bisschen dramatischen Zufall ziemlich gut gebrauchen.«

Rosa hatte mit Richi über die Zeit eine Kommunikationsform entwickelt, die es ihr erlaubte, über die Arbeit zu sprechen, ohne das Dienstgeheimnis zu verletzen, oder zumindest fast ohne. Während sie in den Gemüsebeeten Schnecken einsammelte, erzählte sie Richi von dem Start-up in Zug, das zwar erst seit fünf Jahren existierte, aber jährlich bereits einen zweistelligen Millionenbetrag einspielte. Namhafte Pharmaunternehmen gehörten zu den Investoren, geforscht wurde an einer kommerziellen Methode, mit der DNA gezielt verändert werden konnte.

»Das wäre dann im Prinzip die biologische Ausschaltung des Zufalls. Ich finde es ganz schön kompliziert, da durchzublicken«, schloss Rosa.

»Bei dem Thema kann ich dir leider auch keine große Hilfe sein«, sagte Richi und setzte sich auf die efeuüberwachsene Mauer, die den Garten zu den Häusern der Stüssihofstatt hin abgrenzte. »Aber sprich doch mit Erik, der kennt sich mit so was aus.«

Rosa hätte ihm gern gesagt, dass es manchmal schon half, wenn er ihr einfach zuhörte. Zurückspielte, was sie ihm erzählte. Sie auf Unstimmigkeiten aufmerksam machte. Doch sie merkte: Es war Richi wichtig, dass sie eine eigenständige Beziehung zu seinem neuen Lebenspartner entwickelte. Deshalb nickte sie und fuhr nebenbei mit den Fingern über den schweren Kopf einer verblühten Artischocke. Zwischen stacheligen Blättern sprühten Röhrenblüten hervor wie ein lila leuchtendes Feuerwerk. Rosa ließ jedes Jahr ein oder zwei Exemplare stehen, da sie sich nie entscheiden konnte, ob man Artischocken nun besser essen oder einfach nur bewundern sollte. »Meinst du wirklich, er hat Zeit für so was?« Sie griff erneut nach dem Sandkasteneimer aus Plastik und dem Suppenlöffel. Eine Schnecke versuchte, den Stiel hinaufzuklettern. Rosa brachte es nicht übers Herz, sie mit kochendem Wasser zu übergießen. Deshalb wurden die Tierchen jeden Morgen eingesammelt – und in einem nahe gelegenen Park wieder ausgesetzt.

»Klar. Wenn du willst, kannst du später bei ihm in der Uniklinik vorbeigehen.« Richi verstaute sein Telefon wieder in der hinteren Tasche seiner Jeans.

»Vielleicht schaffe ich das noch vor der Sitzung.« Rosa zupfte unentschlossen am Grün einer Karotte herum. »Doch ja, vielleicht wäre das ganz gut.«

Mit einem Ruck zog sie ein Exemplar der französischen Züchtung Touchon aus der Erde, leuchtend rotorange und *sans coeur*. Da sie zuerst die Suppe aufsetzen wollte, legte Rosa ein Sieb auf den Schneckeneimer, den sie zuvor mit abgerissenem Grünzeug gefüllt hatte, und beschwerte alles mit einem Stein.

»Sag mal …« Rosa kratzte angetrocknete Erde von ihren Fingernägeln. »Zwischen uns ist schon alles okay?«

»Eigentlich hätte ich damit gerechnet, dass du mich bei so was wie *social freezing* einweihst. Aber wenn es für dich so stimmt. Dann stimmt es für mich auch.« Er streckte ihr die geöffneten Hände entgegen und fügte hinzu: »Wobei das Kinderthema nicht vom Tisch ist, zumindest für mich nicht.«

Seine Umarmung und die Beuge zwischen Hals und Schulter, auf der Rosa ihren Kopf abstützte, fühlten sich so vertraut an wie die Geräusche, die etwas später aus ihrer Küche drangen.

In dem spanischen Dorf, wo ihre Yaya aufgewachsen war, bedeutete jede Geburt auch einen Tod. Nicht nur den, der sowieso in jedem neuen Leben enthalten war, das unausweichlich auf ein Ende zusteuerte: Bei jeder Geburt wanderte auch der knorrigste Hahn, das zäheste Huhn in den Kochtopf. Ein Kreis, der sich auch beim Tod wieder schloss, wenn Familie und Freunde über Tage hinweg vom aufgebahrten Leichnam Abschied nahmen und auf dem Herd eine Suppe blubberte, die immer wieder neu mit Brühe, geschnittenem Gemüse und frischen Tränen aufgefüllt wurde. Diese Tradition hatte Rosas Großmutter mitgenommen, als sie und ihr Mann, beide blutjung und erst wenige Wochen verheiratet, zum Arbeiten nach Südfrankreich gingen – und dort blieben. Keiner wusste so genau, wie viele Anfänge und Enden der Suppentopf schon gesehen hatte, den Rosa geerbt hatte, nachdem ihre Großmutter mit über neunzig Jahren in einer klirrend kalten Neujahrsnacht der Welt entschlafen war.

Rosa stellte den Topf auf den Herd. An diesem heißen Tag war das Kokosöl zu einer durchsichtigen Flüssigkeit geschmolzen. Rosa rieb sich etwas davon in die trockenen Haarspitzen, bevor sie so viel in den Topf gab, dass der kupferne Boden bedeckt war. Dann drückte sie in rascher Abfolge einige Male den Gasanzünder, da man nie genau wusste, wann es klickte. Alba und Katrin wohnten nahe der Stadtgrenze, gemeinsam mit zwei Dutzend Tieren, die sie vor der Schlachtbank gerettet hatten. Ein Suppenhuhn kam also keinesfalls infrage. Stattdessen hatte sich Rosa für die frischgebackenen Mütter ein Rezept mit Shiitake-Pilzen, Datteln und Sternanis ausgedacht. Wenn Richi die simmernde Suppe im Auge behielt, dann konnte sie vor der Besprechung mit der Staatsanwältin tatsächlich noch bei Erik vorbeigehen.

»Zusammengefasst: CRISPR-Cas ist in mancherlei Hinsicht die wichtigste Hoffnung der modernen Medizin.«

Erik und Rosa saßen auf einer begrünten Terrasse der Universitätsklinik, je einen Pappbecher mit dünnem Automatenkaffee in der Hand.

»Und dennoch ist die Forschung verboten?« Rosa zog einen zweiten Stuhl heran und legte ihre von der Hitze schweren Beine darauf.

»Nicht unbedingt«, erwiderte Erik. »Aber es wurden rote Linien gezogen, wie weit die Forschung gehen darf. Und die röteste Linie ist der Eingriff in die menschliche Keimbahn. Denn alles, was am Genom gemacht wird, vererbt sich an die nachfolgenden Generationen.« Ein Rettungshelikopter näherte sich ratternd. Erik fuhr mit lauter werdender Stimme fort: »Noch ist nicht klar, ob manipuliertes Genom nach ein oder zwei Generationen instabil wird. Darin liegt wohl die größte Gefahr.«

Schweigend beobachteten sie, wie der Helikopter auf

dem Dach nebenan landete. So nah, dass sie den Abwind der ausdrehenden Rotoren spüren konnten. Binnen weniger Sekunden war die von Menschen umringte Krankentrage zwischen automatischen Flügeltüren verschwunden. Sekunden wie ein schmaler Steg zwischen zwei Ewigkeiten, in die der Schwerverletzte zu fallen drohte.

»Es gibt Menschen«, fuhr Erik fort, »deren Blutkörperchen verformen sich zu Sicheln, und sie leiden unter höllischen Schmerzen. Viele erreichen das Erwachsenenalter nie. Schuld daran ist eine einzige Mutation an einem einzigen Punkt ihres Genoms. Die Sichelzellkrankheit soll nun die erste sein, die durch die Genschere geheilt wird.«

Die nächste Viertelstunde lang erklärte er Rosa, warum der Traum von der Gentherapie umstritten war. Schon vor über fünfzig Jahren hatte es die ersten Experimente gegeben. Die meisten scheiterten, mit teils dramatischen Folgen für die Behandelten. Im Fall der Sichelzellkrankheit hatte man der Forschung vorgeworfen, afroamerikanische Menschen als Versuchskaninchen zu missbrauchen, da sie überdurchschnittlich oft von der Krankheit betroffen sind. Die Forscher wie auch die Firmen, die den Patentschutz hielten, schwiegen sich über heftige Nebenwirkungen nach Behandlungen aus. Trotz aller Kritik war die Hoffnung auf eine künftige Heilung von Alzheimer, Krebs oder Parkinson intakt geblieben. Rosa meinte sich zu erinnern, dass auch CRISPR-Cure eine Therapie für Sichelzellanämie in ihrem Portfolio hatte. Nur schon die Vorstellung bereitete ihr Unbehagen.

»Du siehst: Es ist ein hoher Einsatz.« Erik drehte den Boden des Pappbechers auf seiner Handfläche. »Doch dem steht eine unvorstellbare Zahl gegenüber. Sollte die Forschung tatsächlich erfolgreich sein, könnte das Heilung für all die hundert Millionen Menschen bedeuten, die ebenfalls an einer monogenetischen Krankheit leiden. Letztlich wird die Politik entscheiden. Der gesellschaftliche Diskurs. Oder: schlichte Notwendigkeit.«

Er kippte den letzten Rest Kaffee hinunter und stellte den leeren Becher auf die Steinplatten.

»Vielleicht ist es für unsere Gesellschaft einfach noch ein paar Jahre zu früh?«, fragte Rosa.

»Wenn ich daran denke, was ich hier jeden Tag sehe.« Er zeigte auf die blauen Markisen des Bettenhauses. »Ich glaube nicht.«

»Sicherlich ist es für viele Menschen schwierig, sich auf Dinge einzulassen, die sie nicht selbst beherrschen und verstehen können«, versuchte Rosa es weiter. »Gerade dann, wenn sie nicht selbst betroffen sind.« Während sie das sagte, wurde ihr bewusst, dass auch sie sich nie groß Gedanken über das Thema gemacht hatte. Weil in ihrer Familie alle gesund waren, ein zufälliges Glück. Jetzt schämte sich Rosa ein wenig dafür, wie selbstverständlich sie das immer genommen hatte.

»Das wird wohl so sein«, sagte Erik mit finsterem Blick. »Aber vielleicht müssen wir auch mehr Achtung haben vor der einzigartigen Epoche, in der wir leben. Wenn Elend und Leid nicht mehr durch vorgegebenes Schicksal entstehen, sondern durch die Befindlichkeiten der Gesellschaft, dann läuft etwas gewaltig schief in dieser Gesellschaft.«

21

Rosa schloss ihr Rennrad ab. Auf dem gegenüberliegenden Campus der Kunsthochschule spazierten Studierende die geschwungene Rampe hinab. Früher hatte sie als Zufahrt zur Molkerei gedient, damals die größte ihrer Art in ganz Europa. Nach der Schließung beheimatete der markante Bau für eine Weile einen sagenumwobenen Technoklub, hoch oben im siebten Stock, der ein anderes Bild von Zürich in die Welt trug als die idyllische Postkartenurbanität mit Alpenpanorama. Rosas jüngere Schwester Alba hatte sich damals mit Haut und Haar in die Nacht gestürzt, die oft wieder zum Tag wurde und manchmal auch wieder zur Nacht. Zuvor hatten die Schwestern lange Zeit ein schwieriges, im Verborgenen von ihrer Mutter gelenktes Verhältnis gehabt. Je nach Sichtweise kämpfte Alba vielleicht auch um etwas, was für Rosa immer selbstverständlich war: die Anerkennung ihres Vaters. Die innerfamiliären Fronten hatten sich immer mehr verhärtet, bis sie sich nur noch mit einem gewaltigen Knall aufbrechen ließen. Rückblickend war es für Alba wohl ein Befreiungsschlag gewesen, in eine vorübergehende Welt aus Klang und schillerndem Exzess abzutauchen, in der sie nicht nur lernte, Nein zu sagen, sondern auch sich selbst (und Frauen) zu lieben. Trotz der vielen Sorgen, die sich Rosa damals gemacht hatte, musste sie zugeben, dass Alba und sie sich seither näherstanden. Außer der betongrauen Zufahrtsrampe der Kunsthochschule erinnerte heute nichts mehr an diese Epoche des Zürcher Nachtlebens. Rosa staunte, wie leicht es offenbar war, Orte baulich zu überschreiben. Da in der Innenstadt der Platz knapp war, waren auch die verschiedenen Kriminalabteilungen der Polizei vor einigen Jahren in einem Neubau hier am Mühleweg zentralisiert worden – mitten in der Partymeile des ehemaligen Industriequartiers.

Während Rosa auf die Staatsanwältin wartete, inspizierte sie die vorgedruckten Flipchart-Bögen, die mit Magneten an der Wand befestigt waren und die Befehle der vergangenen Woche enthielten: *Umfeld befragen. Umfeldermittlungen. Zeugen ausfindig machen. Psychologische Gutachten. Spurenauswertung. Befundauswertung. Analyse Datenträger. Tatrekonstruktion.* Da Rosa in dem Fall nur eine Schnittstellenfunktion einnahm, fehlte ihr – im Gegensatz zur Staatsanwältin, bei der alle Fäden zusammenliefen – das Gesamtbild. Auch wenn Martin sich bemühte, sie auf dem Laufenden zu halten. Konsens herrschte in der Ermittlungsgruppe darüber, dass irgendwer versuchte, den Tod des Arztes als Unfall unter Drogeneinfluss zu tarnen. Zumindest aus Rosas Sicht als Patientin schien Jansen ein Typ gewesen zu sein, der fest im Leben stand. Doch vielleicht musste, wer sich beruflich zu Höchstleistungen antrieb, zum Ausgleich woanders loslassen. Es gab im Milieu ganze Fetischbereiche, die nur darauf ausgerichtet waren, so etwas zu kompensieren.

Zumindest wussten sie mittlerweile, dass Tonya tatsächlich am Abend noch in den Flieger gestiegen war, um ihren Stammkunden in Berlin zu treffen. Das hatte die Fluggesellschaft bestätigt. Doch wenn sie in jener Nacht nicht mit Jansen auf dem Boot gewesen war, wer dann? Martin hatte sich auf das Neaira eingeschossen. Aber Rosa war sich nicht so sicher: Martins Abneigung gegen den Milieuanwalt, der ihm schon die eine oder andere Ermittlung erschwert hatte, machte seinen Blick nicht eben klarer. Am Nachmittag würde er zusammen mit einem Kollegen Tonya vernehmen, vielleicht brachte das ja Licht in die Sache.

»Rosa Zambrano von der Seepolizei«, sagte Ryser erfreut und schloss die gläserne Tür zum Flur. »Ich bin schon gespannt auf den Laborbericht.«

Sie wies Rosa einen Stuhl am kreisrunden Sitzungstisch zu, der die hintere Hälfte ihres Büros ausfüllte. Dann schenkte sie Mineralwasser in zwei Gläser.

»Unsere Leute waren fleißig, obwohl wir jetzt im Sommer Hochsaison haben«, sagte Rosa und zeigte auf eine Karte des Sees. Sie erklärte, wo es überall Blaualgenteppiche gab und mit welchem Verfahren an welchen Stellen Proben entnommen worden waren, um den Tatort genauer einzugrenzen.

»Haben Cyanobakterien überhaupt eine DNA?«, fragte Ryser.

»Haben sie! Das ist etwa so wie bei Bäumen. Auch dort stimmt die DNA eines einzelnen Blattes mit der des Baumes überein, von dem es stammt.« Rosa hatte sich das zur Sicherheit nochmals von einem Kollegen aus dem Labor bestätigen lassen.

»Theoretisch wäre es also möglich, die Blaualgen-DNA aus Jansens Lunge dem Algenteppich zuzuordnen, von dem sie stammt?«, fragte Ryser.

»In der Theorie schon. In der Praxis dürfte es aber schwierig werden. Man müsste eine umfangreiche vergleichende Analyse machen, die auch Mutationen und Verunreinigungen berücksichtigt.«

Rosa glaubte zu sehen, wie sich hinter Rysers glatter Stirn die Zahlen überschlugen.

»Dann lassen wir erst mal die gefundenen Sedimente und die Zusammensetzung des Planktons an den fünf Stellen nochmals untersuchen, das erscheint mir zielführender. Gerade bei der Uferzone vor der Kinderwunschpraxis«, sagte die Staatsanwältin. »Und ansonsten haben wir einfach mehrere mögliche Tatorte.«

»Jansens Witwe hat Andeutungen gemacht, dass er außereheliche Beziehungen hatte«, sagte Rosa, während sie ihre Tasche packte. »Haben Sie dazu eigentlich etwas herausgefunden?«

»Im Studio über der Praxis wurden kaum persönliche Gegenstände gefunden. Aber es gibt eine Nummer, mit der er in den letzten Monaten oft in Kontakt stand. Raten Sie mal, wem sie gehört.«

Rosa zuckte die Achseln. »Seiner Geliebten?«

»Sie ist auf Donald Duck aus Entenhausen registriert.«

»Nicht wahr! Kommt das immer noch vor?«

»Gehört leider schon fast zum Alltag. In der Langstraße findet sich fast an jeder Ecke irgendein Kiosk, der SIM-Karten verkauft, ohne die Personalien zu prüfen.«

Rosa war schon fast aufgestanden, als Ryser sich räusperte.

»Darf ich Sie etwas Persönliches fragen?« Die sonst immer leicht angespannten Gesichtszüge der Staatsanwältin wurden weicher.

Rosa setzte sich erneut.

»Haben Sie eigentlich mal nachgeprüft, was mit den Resultaten Ihrer Kryokonservierung passiert ist?«

»Das habe ich mir noch gar nicht überlegt«, sagte Rosa und versuchte, sich nicht anmerken zu lassen, wie ihr der Schreck durch die Glieder fuhr.

»Das fiel mir vorhin ein«, sagte die Staatsanwältin wieder in professionellem Ton. »Die Kollegen haben nämlich nur die elektronischen Patientenakten aus dem Rechner gespiegelt. Ein Abgleich mit den physischen Akten in der Praxis würde aber sicher nicht schaden. Wollen Sie das am Montag nach der Hausdurchsuchung in Zug noch erledigen? Ich schick eine Streife hin, die Ihnen aufschließt.«

Als Rosa ihrer Mutter am Nachmittag die Wochenbettsuppe übergab, hallte das Gespräch noch immer nach. Josefa lud den mit zerknüllten Zeitungen gepolsterten Karton, in dem die heißen Glasflaschen standen, auf die Ladefläche ihres dreirädrigen Velosolex, der vor dem Eingang des Antikschreiners stand. Sie liebte das französische Monstrum innig, eine missglückte Vermählung von Fahrrad und Moped mit verblichenen Stoffrosen am Lenker – auch wenn sie damit öfter beim Mechaniker war als selber beim Friseur. Anselmo schnüffelte an den Flaschen, während Josefa in ihrer ganz eigenen Art mit ihrer Tochter plauderte.

Außenstehenden wäre nichts aufgefallen, doch Rosa hörte aus jedem Satz mehr oder minder elegant verpackte Vorwürfe heraus.

»Und du willst *wirklich* nicht mitkommen?«

Gespräche mit Josefa fühlen sich gelegentlich an wie Anrufe, bei denen man die eigene Stimme doppelt hört.

»Nein! *Wirklich* nicht«, erwiderte Rosa.

»Sag mal, hast du ein Problem mit –«, setzte Josefa an.

»Damit, dass ich die Älteste bin und keine eigenen Kinder habe? Wolltest du *das* sagen?« Rosa sprach lauter, als sie eigentlich wollte. Schnell linste sie die Fassade hoch, ob die Fenster in Richis Wohnung geschlossen waren. Sie hatte Glück.

Ihre Mutter seufzte theatralisch und setzte Anselmo in die Hundebox, die mit dem Boden der Ladefläche verschraubt war.

Kurz darauf verschwanden die beiden in einer Benzinwolke. Auf dem Weg zurück ins Waschhaus zückte Rosa ein silbernes Taschenmesser. Sie wusste selbst nicht, was mit ihr los war. Vielleicht lag es daran, dass zeitgleich mit ihrem Neffen auch ihr eigenes Kind hätte zur Welt kommen können – wenn Leo ihren Wunsch geteilt hätte.

Sie riss sich von dem Gedanken los und schnitt einen Blattsalat, von außen nach innen, wobei sie das Herz stehen ließ. Dazu erntete sie einige Kräuter. Pfefferminze. Basilikum. Liebstöckel. Als sie gerade dabei war, eine leichte Vinaigrette aus Rotweinessig, Olivenöl und wild fermentierten Radieschen fürs Abendessen anzurühren, leuchtete ihr Telefon auf. *Tonya ist nicht so richtig mit der Sprache rausgerückt,* schrieb Martin, der am Mühleweg gerade mit der Vernehmung fertig geworden war. *Ich glaube, sie hat Angst. Wir müssen sie gut im Auge behalten.* Rosa fragte sich, was sie übersehen hatten.

Und dann rief sie ihren Vater an.

22

Die Glocken des Fraumünsters schlugen gerade fünf Uhr, als Rosa den Weg Richtung Paradeplatz einschlug. Vinzenz hatte spontan einen Spaziergang im alten Botanischen Garten vorgeschlagen. Ihr Vater meldete sich zwar nicht oft bei ihr, aber sie wusste, dass er alles stehen und liegen ließ, wenn sie ihn tatsächlich brauchte. Auf der Münsterbrücke posierte ein frisch verheiratetes Pärchen. Reiskörner auf dem Asphalt zeichneten den Weg zum nahen Stadthaus nach, wo sich das Traulokal befand. Die Braut trug einen Blumenkranz zu offenen, von der Brise zerzausten Haaren. Möwen kreischten in der Luft. Rosa stieg vom Fahrrad und schlängelte sich durch die Gästeschar. Die Innenstadt um den Lindenhofhügel, auf der anderen Seite des Flusses, war nur über Brücken zu erreichen. Als sie ein Kind war, brachte ihr Vinzenz manchmal entrollbare Landkarten aus der Schule mit. Rosa wurde nicht müde, mit dem Finger den Umriss der Insel nachzufahren, die von der Limmat, dem See, der Sihl und dem Schanzengraben-Kanal gebildet wurde. Und wenn sie die Karte leicht nach links drehte und lange genug anschaute, verwandelte sich die Insel in einen sitzenden Raben mit dem Platzspitz, der gebogenen Landzunge beim Zusammenfluss von Sihl und Limmat, als Schnabel. Rosa musste lächeln, als sie daran dachte. Dann stieg sie wieder auf und erreichte bald den Kanal am Schanzengraben, der mit seinen geschwungenen Stegen und Laternen ein wenig venezianische Atmosphäre verbreitete.

»So schlimm?«, fragte Vinzenz, der auf der Bank neben dem Palmenhaus auf seine älteste Tochter gewartet hatte.

»Schlimmer!«, sagte Rosa.

Er umarmte sie, kurz, aber mit festem Druck. »Du weißt doch, wie sie ist …«

»Und wer *so* ist, darf sich dann alles erlauben?«

»Sie meint es nicht böse.«

»Warum nimmst du sie eigentlich immer in Schutz? Du bist ja selber auch lieber in deinem Waldhäuschen als bei ihr.«

»Gut, du hast gewonnen. Deine Mutter ist ein schrecklicher Mensch, der nur an sich selbst denkt. Zufrieden?«, fragte er nicht ganz ernst gemeint, obwohl Rosa fand, dass er auch nicht ganz unrecht hatte. Aber ein paar gute Seiten hatte sie zugegebenermaßen auch.

»Warst du schon bei Alba und dem Baby?«, wechselte Rosa das Thema.

»Nächste Woche vielleicht …«, brummte er.

Alles andere hätte Rosa auch verwundert. Vinzenz zeigte nach unten zum Kanal, wo Kanufahrer mit Paddeln bewaffnet einem weißen Ball hinterherjagten und ihn in Richtung der Tore warfen, die über das Wasser gespannt waren. Sie schauten eine Weile zu, in der Gewissheit, dass sie nicht sprechen mussten, um sich einander nahe zu fühlen.

Später aßen sie direkt am Kanal eine scharf-saure Suppe. Auf der moosgrünen Wasseroberfläche trieben Blätter der Robinien und Weiden, deren Äste an manchen Stellen bis auf die zugedeckten Ruderboote hinunterhingen. Ein paar Stockenten gründelten mit in die Luft gestreckten Schwanzfedern, der ansteigende Lärmpegel von der Straße her kündigte das nahende Wochenende an.

»Wie läuft es bei der Arbeit?«, fragte Vinzenz und ließ den Löffel sinken. »Josefa sagt, du seiest nun doch bei der Kripo?«

»Sie übertreibt. Ich helfe nur bei einer Ermittlung aus, ein Tötungsdelikt. Wobei der Tote unvorteilhafterweise auch mein Arzt gewesen ist.« Rosa erzählte ihm in Stichworten, wie sie sich auf Albas Anraten bei Jansen in Behandlung begeben hatte.

»Jetzt wird mir erst richtig klar, warum du so plötzlich mit Leo Schluss gemacht hast. Schade, eigentlich. Ich mochte ihn.«

»Tut mir leid, aber Leo ist echt kein Thema mehr«, sagte sie und lehnte sich nach vorn. »Doch zurück zum Fall. Ich denke manchmal, fast alle Verbrechen entstehen aus einem Ungleichgewicht: Wenn sich die Prägungen, Traumata, Begierden, die jeder Mensch mitbringt, in eine verhängnisvolle Beziehung zur Außenwelt setzen, dann können sie ein katastrophales Potenzial entfalten und zerstörerisch wirken.«

»Ich hab mir auch schon überlegt:«, sagte Vinzenz. »Es braucht erschreckend wenig, um jemanden umzubringen. Im Prinzip nur den unbedingten Willen, diese Grenze zu überschreiten, und die Bereitschaft, Gewalt anzuwenden.«

»Genau«, sagte Rosa und brach die hölzernen Essstäbchen auseinander, um die Glasnudeln aus der Schale zu fischen. »Deshalb glaube ich auch, dass die ganzen Sachbeweise, Spuren und Belege, auf die bei der Kripo alle so viel Wert legen, gar nicht so wichtig sind. Wir müssen viel eher herausfinden, wie diese abgründigen Kräfte entstanden sind. Die Antwort muss irgendwo in dem Geflecht zu finden sein, in dessen Mittelpunkt der Arzt stand.«

Es wurde bereits dunkel, als sie sich verabschiedeten. Rosa sah ihrem Vater nach, der mit langen Schritten in Richtung Bahnstation ging und schon bald von den Menschengruppen auf dem Bürgersteig verschluckt wurde.

23

Im Halblicht wirkte das Eisenbahnviadukt wie ein von Menschenhand errichtetes Gebirgsmassiv. Rosa kam von der Markthalle an seinem östlichen Ende. Es war sehr früh am Montagmorgen, und sie hatte die Gelegenheit genutzt, vor der Einsatzbesprechung zwischen den Ständen herumzuschlendern und einige *pains au chocolat* zu besorgen. Auf der Spielwiese nebenan herrschte noch gähnende Leere, nur ein offensichtlich unfreiwillig schlafloser Vater zog mit einem Kinderwagen einsame Runden. Empörtes Krähen wehte herüber. Über ihnen ratterte ein Zug in Richtung Hauptbahnhof. Rosa ging an dem Wäldchen mit Schwarzkiefern vorbei, deren Zweige gezackte Schatten auf den Boden warfen.

Sie hatte bis spät in die Nacht nochmals die Akten studiert. Das Forensische Institut hatte auf der Motoryacht nach Lacküberträgungen gesucht, nach feinsten Stoffpartikeln und natürlich nach DNA-Spuren. Von Letzteren hatte es nur so gewimmelt, auf der Yacht musste in den Tagen zuvor einiges los gewesen sein. Auch Jansen hatte zahlreiche Spuren hinterlassen, aber nichts ließ auf einen konkreten Ablauf der Ereignisse schließen. Etwas aussagekräftiger war das toxikologische Gutachten, das neben der Obduktion erstellt worden war. Die Substanzen aus Jansens Blut stimmten zwar nach einer ersten groben Analyse mit denen auf der Yacht überein. Aber das musste noch nichts heißen. Rosa dachte an den Luzerner »Todespfleger«, der zweiundzwanzig alte Menschen umgebracht hatte. Allesamt Patienten. Die größte Mordserie der Schweizer Geschichte war lange, schockierend lange, unentdeckt geblieben, weil der Pfleger dort mordete, wo der Tod sowieso hinter jeder Ecke lauerte: auf der Intensivstation. Auch bei Jansen hatten sie noch keinen Beweis, dass er einem Mord zum Opfer gefallen war.

Martin wartete vor dem Eingang, die Hände in den Hosentaschen vergraben, in seinem Rücken das Rauschen der Autobahnbrücke und der reduzierte Schein der Nachtbeleuchtung. Er hielt eine Plastikkarte an den Sensor, woraufhin sich die Tür öffnete, und überließ ihr den Vortritt. Rosa fühlte seinen Blick im Rücken.

»Treppe oder Lift?«, fragte Martin und erklomm bereits mit schwungvollen Schritten die ersten Stufen.

Rosa folgte ihm bis zum ersten Treppenabsatz, dann blieb sie stehen und kramte in ihrem Rucksack nach der leeren Wasserflasche. »Ich füll die nur kurz auf …«, entschuldigte sie sich.

Sie betrat die blassblau beleuchtete Toilette, die nach Zitrone und Klostein roch, ging in eine der Kabinen und schloss die Türe hinter sich ab. Immer noch kein Blut. Nichts. Nur grau kratzendes Toilettenpapier. Trotzdem, es war äußerst unwahrscheinlich, dass etwas passiert war. Sämtliche Eizellen des vergangenen Zyklus lagerten in einem Tank mit flüssigem Stickstoff. Und vielleicht hatten sie ja doch ein Kondom benutzt?

Martin wartete bei der Treppe. »Noch fünf Minuten …«, sagte er. Rosa bemerkte, dass sie die noch immer leere Wasserflasche in Händen hielt.

»Mist!«, sagte sie und machte auf dem Absatz kehrt.

Die Abteilung *Leib und Leben*, die sich ausschließlich mit Tötungsdelikten oder schweren Körperverletzungen befasste, lag im obersten Stock. Im Büro der Ermittlungsgruppe legte Rosa die Tüte mit den Brötchen auf den Tisch und riss das Papier seitlich ein, sodass knuspriger Blätterteig zum Vorschein kam. Dann nahm sie an der hintersten Ecke des großen Tischs Platz, da es keine feste Sitzordnung zu geben schien. Außer Martin, ihr und dem Protokollführer war sowieso noch niemand da.

Das änderte sich nun wie auf Kommando. Die Tüte raschelte jedes Mal freudig, wenn die Fachleute von den anderen Abteilungen eintrafen. Die Delegation aus dem Nachbarkanton, in dem das Start-up lag, würde direkt vor Ort dazustoßen.

»Das hier steht zuoberst auf der Prioritätenliste«, sagte Andrea Ryser und klopfte ungeduldig mit ihrem Filzstift auf die weiße Tafel, die den Ablauf der bevorstehenden Durchsuchung visualisierte. Daneben hing eine großformatige Karte des Zürichsees. Der Fundort der Leiche war mit einer Nummer versehen, die fünf Blaualgenteppiche eingezeichnet, ebenso mögliche Strecken, welche die Yacht in dieser Nacht zurückgelegt haben könnte.

Ryser deutete auf ein Familienfoto von Jansen. »Der Verstorbene befand sich in einem Scheidungsverfahren. Sein Anwalt sagt, dass die Gattin mit harten Bandagen kämpfte.«

Es war die Fotografie, die Rosa von Jansens Schreibtisch kannte, doch sie erschien nun in einem anderen Licht. Die Bilderbuchfamilie. Der Sonnenuntergang. Das Meer. Jetzt, wo Rosa wusste, wie die Familie auseinandergebrochen war, hatte sich Mitleid zu der Irritation gesellt.

Ryser heftete ein Schreiben mit dem offiziellen Briefkopf der Stadt daneben. »Wir haben im Wohnstudio des Toten eine Vorladung des Scheidungsgerichts gefunden. Offensichtlich hatte er keine Lust gehabt zu streiten: Der Brief war ungeöffnet.« Sie blickte eindringlich in die Runde. »Ein mit Partydrogen vollgepumpter Frauenarzt, ein mysteriöser Unfall, eine Edelprostituierte und eine wütende Noch-Ehefrau. Wir durchsuchen heute nicht einfach eine Firma, wir suchen nach einem Mordmotiv. Und vielleicht nach einer Geliebten.«

24

Der Himmel über der Autobahn war immer ein wenig weiter, zumindest schien das Rosa so. Vielleicht, weil Autobahnen meist durch flaches Land führten, wo gleichförmige Felder mit Monokulturen an den Seitenfenstern vorbeizogen, Baumwipfel, manchmal ein Hof, ein paar verstreute Obstbäume. Vielleicht, weil eine Autobahn nicht einfach nur eine Straße, sondern immer auch eine Möglichkeit war. Selbst wenn die Fahrt, wie jetzt zum Zugersee, kaum mehr als eine halbe Stunde dauerte. Rosa stellte sich vor, einfach weiterzufahren. Dem Wegweiser in Richtung Gotthard zu folgen, bis auf die Alpensüdseite, bis zum nächsten Meer, vielleicht der Hafen von Genua, vielleicht Marseille oder die Lagune von Venedig. Wo es Hotelzimmer gab mit Meerblick, Messingbetten und gehäkelten Tagesdecken.

Martin sah konzentriert auf die Fahrbahn. Zwischen mit Mountainbikes behängten Wohnmobilen und Lastwagen waren auch die dunklen Personenwagen der Kollegen auszumachen, die beim Einsatz dabei sein würden. Es gab ziemlich viel Verkehr an diesem Morgen. Martin bremste immer wieder scharf ab. Er fluchte nicht, wenigstens nicht laut, das hätte nicht zu ihm gepasst. Aber die Knöchel seiner Hände am Steuerrad waren ganz weiß, und er fuhr unnötig ruppig. Rosa spürte Erleichterung, dass sie nicht mehr mit jemandem zusammen war. Keine Launen. Keine kommunikativen Minenfelder. Keine enttäuschten Erwartungen. Statt Martin halbherzig in ein Gespräch zu verwickeln, begann sie, sich im Netz für die bevorstehende Durchsuchung einzulesen.

Das Crypto-Valley zwischen Baar und Zug war in den letzten Jahren weltbekannt geworden, ein Eldorado für die digitale Finanzbranche, das mit Rechtssicherheit, unternehmensfreundlichen, steuergünstigen Rahmenbedingungen und »pragmatischen Regulierungen« warb. Argumente, die nicht nur Crypto-Goldrausch-Schürfer anzogen, sondern alle Arten von Unternehmen, die ein verschwiegenes Umfeld suchten. So blühte in dem kleinen, klitzekleinen, Bruder des Silicon Valley neben dem Rohstoffhandel auch das Geschäft mit Briefkastenfirmen. Rosa zweifelte nicht daran, dass sich ein Start-up, das laut Zeitungsberichten daran arbeitete, mit einer »Genschere in die tiefste menschliche Struktur einzudringen und dort Fehler auszumerzen«, an diesem Ort pudelwohl fühlen würde.

Auch Rosas Schwester Valentina lebte in Zug, seit sie mit Oliver verheiratet war. Valentinas Mann war Rohstofftrader, und es gab immer wieder Spannungen, weil er und Rosa politisch nicht die gleiche Wellenlänge hatten. Ihr Haus lag am Hügel über dem Zugersee und bot genug Platz für die Kinder, wie Valentina gerne unterstrich, als müsste sie sich noch immer dafür rechtfertigen, dass sie ihrem Mann zuliebe die Altstadt verlassen hatte. Etwas, das Rosa nie tun würde. Um nichts in der Welt.

CRISPR-Cure befand sich am Ende einer Straße, in der zwei Dutzend Firmen angesiedelt waren, nur einen Steinwurf vom Zuger Bahnhof entfernt. Von den digitalen und medizinischen Revolutionen dahinter war den schmucklosen Fassaden wenig anzusehen. Außerdem hatte es zu nieseln begonnen, eine dicke Wolkendecke hing am Himmel. Dennoch hätte die schnurgerade Straße, mit etwas Vorstellungskraft, auch in Palo Alto liegen können. Wie in der San Francisco Bay saßen auch hier im Starbucks junge Leute schon frühmorgens im Widerschein ihrer aufgeklappten Laptops vor Americanos und Tall-Vanilla-Lattes. Im Vorbeigehen wehten englische Sprachfetzen herüber, die zumindest einen Hauch »we're all in this together«-Spirit verbreiteten. CRISPR-Cure nahm zwei Stockwerke im selben Gebäudekomplex ein, in dem sich ein schwedisches Unternehmen um die virtuellen Transaktionen der Superreichen kümmerte, wie Martin mit einem Seitenblick auf die beiden Bentleys samt wartenden Chauffeuren bemerkte. In der Lobby setzte sich Rosa in einen der Designsessel mit Chromstahlfüßen und beobachtete von dort aus diskret das Geschehen. Da sich die relevanten Daten größtenteils auf den internen Servern des Start-ups befanden, kamen zuerst die Informatikspezialisten aus dem Team zum Einsatz. Zeitgleich würden zwei externe wissenschaftliche Fachleute, selbstverständlich mit der gebührenden Rücksicht, das Labor inspizieren. Auf einem Flachbildschirm an der Wand der Lobby lief in Endlosschleife ein Werbefilm von CRISPR-Cure, dessen Machart Rosa an TED-Talks oder an Tech-Konferenzen erinnerte, bei denen Firmenchefs auf minimalistisch eingerichteten Bühnen prophetisch ihre neuesten Produkte vorstellten. Animierte Grafiken erklärten das Prinzip der Genschere – *disrupt, delete, correct or insert* –, während ihre Anwendung von Forschern in weißen Kitteln während einer Kamerafahrt durch das hauseigene Labor erläutert wurde. Eine eingeblendete Fotografie fesselte Rosas Aufmerksamkeit. Sie konnte gerade noch rechtzeitig ihr Telefon zücken, um den Bildschirm zu fotografieren. Darauf waren zwei Frauen mittleren Alters in pastellfarbenen Cocktailkleidern zu sehen, sie standen auf einer Art rotem Teppich, hinter ihnen eine Werbewand mit dem Logo einer bekannten Pharmafirma. Die Beine hatten sie gekonnt angewinkelt wie Fotomodels. Rosa zog ihre Fingerkuppen auseinander, um die abfotografierte Aufnahme zu vergrößern. Jetzt wusste sie, warum ihr der Name der Firmengründerin bekannt vorgekommen war: Kein Zweifel, sie blickte in das strahlende Gesicht der exzellent gekleideten Frau, welche die Rede bei den *Genetic Science Days* gehalten hatte.

»Ravi Kathoon, Chief Commercial Officer«, vernahm sie eine Stimme mit englischem Akzent, unter der eine leichte Gereiztheit lag. In solchen Situationen keine Seltenheit. Kathoon bat Rosa und Martin, ihm für eine Unterredung in die Kantine zu folgen. Wobei Kantine zu viel gesagt war. Es gab eine Stehbar zur Selbstbedienung, ein paar Zimmerpalmen aus Plastik und zwei kantige Sofas, die nicht so aussahen, als würde sich jemals irgendjemand auf ihnen erholen. An der Wand hingen noch mehr Flachbildschirme mit Google-Earth-Aufnahmen, die hier ebenso zur Unternehmenskultur zu gehören schienen wie Post-its und Energydrinks. Sie setzten sich an den ersten der sechs

Tische. Martin erläuterte dem Geschäftsführer die Geschehnisse, die diese Durchsuchung notwendig gemacht hatten. Als Kathoon von Jansens Tod hörte, fror seine Miene ein. Er blinzelte einige Male, als müsste er seinen Blick wieder scharfstellen, dann kramte er eine elektrische Zigarette hervor. Herber Vanilleduft breitete sich aus, der Rosa an das Duftbäumchen in Stellas Wagen erinnerte.

Nach einigen Dampfstößen fand Kathoon die Sprache wieder: »Wir bei CRISPR-Cure werden selbstverständlich alles in unserer Macht Stehende tun, um Sie bei den Ermittlungen zu unterstützen.« Er stand auf und bot ihnen etwas zu trinken an, wobei Rosa das Gefühl hatte, dass er vor allem einen Grund brauchte, sich zu bewegen. Sie lehnten dankend ab. Der Wasserspender blubberte, als er für sich einen Plastikbecher füllte.

»Dann erklären Sie uns doch mal Moritz Jansens Rolle innerhalb der Firma«, sagte Rosa und schaltete das Aufnahmegerät ein.

»Er ist als Patentgeber an der Gesellschaft beteiligt. Zusammen mit Marie Duval.« Kathoon erzählte, wie die Firma in den letzten drei Jahren seit Jansens Einstieg eine enorme Dynamik entwickelt habe. Mittlerweile gälten sie als Geheimtipp an der Börse, wo sie bald kotiert werden sollten. Insider würden CRISPR-Cure bereits in einem Atemzug mit Unternehmen wie Tesla oder Spotify nennen.

»Sehen Sie sich diese Landschaft an«, sagte er und zeigte auf die rotsandigen Plateaus des Grand Canyon auf dem Bildschirm an der Wand. »Diese Flüsse haben tiefe Schluchten gegraben, an ihren Wänden können Sie eine Milliarde Jahre Erdgeschichte ablesen.«

Kathoon fuhr mit der Spitze der elektrischen Zigarette über die vom Wasser gefrästen Steinschichten. »Stellen Sie sich vor, in der ganzen Geschichte der Menschheit sind nur drei Zentimeter dieser Schlucht entstanden.« Er hielt kurz inne, als ob er den Vortrag schon einige Male gehalten hätte und genau wüsste, an welcher Stelle eine Pause die Spannung steigerte. »Die Geschichte der Wissenschaften ließe sich in einen Millimeter pressen. Und seit wir Gene erforschen, ist vielleicht ein Zehntel eines Mikrometers vergangen. Wir sind, erdgeschichtlich betrachtet, nicht mehr als ein Wimpernschlag. Doch wenn wir in der Lage wären, all das hier …« Er wandte sich wieder der Schlucht zu und fuhr die Gesteinsschichten hinab bis zu ihrem Grund. »… das alles hier … in die eigenen Hände zu nehmen? Was wäre, wenn dieser eine Wimpernschlag ausreichen würde, um die Prozesse zu kontrollieren, die zuvor Millionen von Jahren der Evolution unterworfen waren?«

»Das würde in einer Katastrophe enden. In einem ethischen Fiasko«, sagte die Historikerin in Rosa spontan.

»Könnte sein. Es könnte aber auch sein, dass die CRISPR-Technologie das ist, worauf die Menschheit zusteuert, seit sie sesshaft wurde.« Er schaltete den Bildschirm aus. »Versuchen wir es nicht, werden wir es niemals herausfinden.«

Als Rosa das Start-up verließ, trommelte immer noch Regen auf die Blätter der Bäume entlang der Straße; sie atmete auf und nahm die paar Meter zum Bahnhof unter die Füße. Martin und die anderen Kollegen würden noch einige Stunden beschäftigt sein.

Kathoon hatte nicht gerade gewirkt, als sei er von Trauer

überwältigt. Sie hatte das Gefühl, dass er die Firma über alles stellte. Vielleicht nicht einmal die Firma im klassischen Sinne. Sondern den Zweck, den sie verfolgte. Da ging es nicht um Geld – oder zumindest nicht nur. Sondern um eine Art von Macht, die man nicht kaufen konnte, beinahe göttlich. Eine Macht über Leben und Tod. Am Bahnhof angekommen, tippte Rosa eine Nachricht an Andrea Ryser, sie würde gegen Viertel nach zwei in der Praxis ankommen. Und hoffte, dass sie den »Auftrag« richtig gedeutet hatte, nämlich als indirekte Unterstützung, um ihre eigene Krankenakte zu prüfen.

Mit einem letzten Blick in Richtung Zugerberg bestieg Rosa die Bahn und nahm sich vor, bald wieder einmal bei Valentina vorbeizuschauen. Die beschwerte sich – völlig zu Recht – darüber, dass Rosa sie nie besuchte. Das lag einerseits am unregelmäßigen Dienstplan, aber eben nicht nur.

In der Bahn setzte sich Rosa in ein leeres Abteil. Kurz nach Horgen riss der Himmel auf, Möwen kreisten über dem Wasser, das sich am Ufer in sanften Wellen brach. Gerne hätte sie ein Foto gemacht, doch sie wusste, dass es nicht möglich war, das einzufangen, was sie sah. Stattdessen rief sie erneut die Fotografie mit Duval auf dem roten Teppich auf. *Darf man auch tun, was man tun könnte?*, hatte Duval in ihrer Rede bei den *Science Days* gefragt. Rosa war sich sicher, dass die gewandte Forscherin die Frage mit Ja beantwortete. Im Laufe der Geschichte war es immer wieder vorgekommen, dass Menschen glaubten, ihre vermeintlich höheren Ziele erteilten ihnen auch die Befugnis, Recht zu brechen oder es zu ihren Gunsten umzuformen. Egal, wem sie damit schadeten.

25

Die Kinderwunschpraxis lag unwirklich da, wie eine nach Drehende vergessene Kulisse. Der Zierbrunnen am Empfang war versiegt, und der Buddha wirkte bleich ohne die geschickt arrangierte Beleuchtung. Nur im Wartezimmer leuchtete purpurblau ein Aquarium, das auf einer gläsernen Konstruktion ruhte. Rosa suchte in den lackierten Sideboards, auf denen stapelweise Magazine wie *Geo, National Geographic* oder *Mare* ausgelegt waren, nach Fischfutter. Aber dann fiel ihr ein, dass ein Aquarium dieser Größenordnung bestimmt über eine automatische Fütterungsanlage verfügte. Tatsächlich war diese dezent versteckt über dem Wasserspiegel angebracht. Rosa verharrte einige Minuten und beobachtete die bunte Unterwasserwelt. Dann kramte sie ihren Block hervor und machte sich eine Notiz, damit jemand die Anlage wartete. Durch eine Tür mit Kassettenfenstern gelangte man vom Wartezimmer aus direkt in den Garten. Sonnenstrahlen durchbrachen jetzt die Wolkendecke, himmlisches Scheinwerferlicht, das direkt das bronzerote Laub einer majestätischen Blutbuche anstrahlte. Rosa schloss die Tür auf und trat ins Freie. Schwere Tropfen hingen an den roten Spitzen der Blätter, die grüner zu werden schienen, wenn man direkt unter ihnen stand. Sie ging hinunter ans Ufer. Zur Villa, in der die

Kinderwunschpraxis untergebracht war, gehörte nicht nur ein direkter Seezugang, sondern auch ein weiß getünchtes Bootshaus, von wogendem Schilf umgeben. Ein Steg führte aufs Wasser. An einem Pfahl war ein Beiboot vertäut, wie es viele nutzten, um auf Segelschiffe zu gelangen, die weiter draußen an Bojen vor Anker lagen. Rosa zog das winzige Bötchen näher heran, dabei tauchte am Heck ein weiteres Seil auf. Sie griff danach und wollte es schon wieder zurück ins Wasser werfen, als ihr der Knoten auffiel. Er war nicht mit einer gewöhnlichen Schlinge geknüpft, sondern mit einem Konstriktorknoten. Den sah man nicht allzu oft, obwohl er einer der haltbarsten Schnürknoten überhaupt war. Seit ihrer Zeit bei den Pfadfinderinnen pflegte Rosa eine Knotenbesessenheit, der sie später auch als Historikerin nachgespürt hatte. Denn Knoten waren älter als so ziemlich alles, was sonst in der Geschichte der Menschheit überliefert war. Für Höhlenbewohner war eine Schlinge das beste Mittel gewesen, um Nahrung zu fangen. Später wurden die ersten Pfahlbauten mit verknoteten Sehnen und Seilen zusammengehalten. Rosa war überzeugt: Die Erfinder der ersten Kreuzknoten gehörten auf dieselbe Stufe mit denjenigen, die herausgefunden hatten, wie man das Feuer beherrscht, den Wind nutzt, ein Rad fertigt und die Erde beackert. In der Schifffahrt wurde meist ein einfacher Palstek verwendet, um Boote am Poller oder an einem Mutterschiff zu befestigen. Sie blickte hinaus zu den Bojen, wo größere Segelboote ihren Standplatz hatten. Wofür Jansen das Beiboot wohl brauchte? Es gab doch ein Bootshaus.

Die schwere Klinke ließ sich mühelos aufstoßen. Licht fiel auf das Seewasser, das im inneren Becken jadegrün schimmerte. Ein Oldtimer-Schnellboot schaukelte im leichten Wellengang, poliertes Mahagoniholz der Marke Boesch, ein beliebter Klassiker auf dem See. In der Garderobe hingen längst getrocknete Badeanzüge. Anscheinend war Jansen ein Chef gewesen, der wusste, dass seine Angestellten bessere Leistung erbrachten, wenn er auch Vorzüge mit ihnen teilte.

Das Glockenspiel kündigte eine neue Sprachnachricht an. Martin erklärte in schnellen Sätzen, dass die Computerauswertung eine Verbindung zwischen CRISPR-Cure und dem Escort-Service Neaira gezeigt hätte. Rosa stutzte: etwa eine geschäftliche Verbindung? Eine, die über Moritz Jansens Privatvergnügen hinausging? Das würde einiges in einem anderen Licht erscheinen lassen.

Rosa erschrak, als sie die Uhrzeit sah. Rasch tippte sie noch eine Nachricht an ihren Kollegen Tom am Forellensteig und bat ihn abzuklären, ob ein weiteres Schiff auf den Arzt zugelassen war. Dann eilte sie in die Praxis zurück und machte sich auf die Suche nach ihrer Patientinnenakte, die sich in dem feuerfesten Stahlschrank befinden musste. Einer der uniformierten Kollegen händigte ihr den Schlüssel aus und zog sich wieder in den Eingangsbereich zurück. Sie ging in die Knie, zog die unterste Schublade bei z auf und suchte ihren Familiennamen. Als sie die Akte gefunden hatte, zückte sie das Telefon und fotografierte die Blätter darin ab. Erst als sie bereits wieder am Eingang war, bemerkte Rosa, dass sie nicht ihre eigene, sondern Albas Patientinnenakte erwischt hatte. Entnervt machte sie kehrt, um das Prozedere zu wiederholen, ehe sie die Praxis gemeinsam mit den Polizisten verließ. Sie nahm das Angebot, in die Stadt mitzufahren, dankbar an. Auf dem Weg zum Streifenwagen zog Rosa die Latexhandschuhe ab und stopfte sie in die Tasche. Vielleicht hatte Martins Misstrauen gegenüber dem Neaira ihn doch nicht getrogen.

26

Die vollautomatischen Türen der sienaroten Standseilbahn schlossen sich mit einem Ruck. Im Innern drängten sich Studierende zwischen den nostalgischen Holzbänken, darauf achtend, ihren *coffee to go* oder den Thermosbecher mit in der WG-Küche aufgebrühtem Tee nicht zu verschütten. Die Fahrt vom Central bis zur Eidgenössischen Technischen Hochschule oben auf dem Hügel dauerte zwar nur wenige Minuten, dennoch war die Polybahn ein Wahrzeichen der Stadt. Auf der offenen Plattform ganz vorne, ein beliebter Geheimtipp in Reiseführern, lehnte eine Frau am Geländer. Sie trug einen blütenweißen Hosenanzug, wie ihn eine ehemalige Bundesrätin immer dann getragen hatte, wenn sie ein heikles Geschäft durchs Parlament bringen oder in der Pressekonferenz unangenehme Entscheidungen kommunizieren musste. In zwanzig Minuten würde Marie Duvals Vorlesung beginnen. Ihre Augenringe waren unter der Schminke verschwunden. Im Anschluss an die Durchsuchung bei CRISPR-Cure hatte sie mit ihrem Geschäftsführer bis spät in die Nacht alle Varianten durchgesprochen. Den Börsengang würden sie wie geplant durchziehen, aber das Patent musste vorerst noch warten – bis sie nicht mehr im Fokus der Polizei standen. Sie streckte die verspannten Schultern durch. So oder so würde es eine Sensation werden. Sie dachte an den Nobelpreis, den vor einigen Jahren ein Konkurrenzlabor erhalten hatte. Oft ging es nur um ein paar wenige Wochen. Scooping nannte man das gnadenlose System, das sich immer schneller selbst antrieb. Duval hatte in ihrer Karriere mehr als einmal miterlebt, dass die Arbeit von Jahren zunichte war, weil jemand anders zuerst publizierte: Forschungsgelder, Anerkennung, Preise – *the winner takes it all.*

Ihr ganzes Leben hatte nur dieses eine Ziel gehabt: der zufälligen Wiederholung ein Ende zu setzen. Jene verschwindend kleinen, aber umso bedeutsameren Änderungen steuern zu lernen, die bei steter Wiederholung der immer gleichen Prozesse entstanden und bisher den Lauf der Evolution dem Zufall überlassen hatten.

Waren nicht alle großen Erfindungen so gemacht worden? Irgendwer ging zum richtigen Zeitpunkt, mit den richtigen Voraussetzungen, bis an die Grenze seiner Möglichkeiten. Manchmal auch darüber hinaus. Wenn sich dabei etwas als unwichtig oder nicht zielführend erwies, musste man es wieder zerstören. Denn zuletzt kam es nur darauf an, etwas wirklich Großes zu erkennen, wenn es vor einem lag. Das hatte sie getan. Mehr noch, sie hatte auch, ohne zu zögern, die notwendigen Schritte unternommen, um es zu schützen.

Als sie sich der Bergstation näherten, gackerten Seidenhühner im Park des Alterszentrums nebenan mit den Spatzen um die Wette, die in der dichten Hecke pfiffen. Marie Duval stellte sich ganz vorne an die Schranke, um als Erste beim Belle-Époque-Wartehäuschen mit dem ausladenden Giebeldach auszusteigen. Sie blickte zurück, die Schienen entlang, hinab. Und für einen kurzen Moment, kaum länger als ein Atemzug, war ihr, als ob Moritz neben ihr auf der Plattform stehen würde. In den letzten Tagen war es ihr einige Male passiert. Wenn jemand einen ähnlichen Gang hatte. Wenn in einer Menschenmenge die Kombination von Stoffhose und hellem Hemd aufleuchtete, die er im Sommer immer getragen hatte. Als würde er gleich zu einer Reise in ein tropisches Land aufbrechen. Dabei waren sie nur in das Grandhotel am Brienzersee gefahren, wo sie sich hinter dem Wasserfall küssten, während winzige Schauer ihre Haut kühlten. Sie schob die Erinnerung beiseite. Es heißt immer: Gib jemandem Macht, und du erkennst sein wahres Wesen. So war das. Moritz hatte nicht damit umgehen können. Zu weich. Zu labil. Zu manipulierbar.

Wie immer, wenn Marie Duval an der Stirnseite des Hauptgebäudes vorbeiging, ärgerte sie sich über die wissenschaftliche Heiligengalerie, die die Fassade zierte. *Aristoteles. Isaac Newton. Conrad Gessner. Leonardo da Vinci. Alexander von Humboldt. James Watt.* Es hätte eine ganze Reihe von Frauen gegeben, die ebenfalls Lorbeerkränze verdient hätten, obwohl sie zu ihrer Zeit nur schon größte Schwierigkeiten hatten, an Lehrbücher zu kommen. Eine der ersten Frauen, die im siebzehnten Jahrhundert eine Universität besuchen durften, musste während der Vorlesung abgesondert in einer Art Kiste mit Gucklöchern und Frischluftzufuhr sitzen, als wolle man sie dafür bestrafen, dass sie nach Bildung strebte. Auch zwei Jahrhunderte später noch forschten Frauen im Verborgenen, am Küchentisch, im Schutz ihres Heimes. Agnes Pockels baute, kaum zwanzig Jahre alt, aus der ausgedienten Apothekerwaage ihres Großvaters und einer Fleischextraktdose ihre erste Apparatur, um *die Haut des Wassers* zu messen. Auf die Idee dafür war sie beim Anblick von fettigem Spülwasser gekommen. Ein amerikanischer Chemiker entwickelte ihre Versuchsapparatur zur Messung der Oberflächenspannung später geringfügig weiter. Und erhielt dafür den Nobelpreis.

Marie Duval dachte an die Festplatte mit den Studienresultaten, die sicher in einem Schließfach in der Bergfestung lagerte. Ein Schauer ebbte durch ihren Körper. Das würde ihr nicht passieren.

27

Simon Fisler schnitt aschgraue Haut in gleichmäßige Vierecke, bis er den ganzen Rücken unterteilt hatte. Dann hob er die Quadrate an und klappte sie zur Seite. In einer Stunde würden die neuen Studierenden kommen. Da ihnen die erste Konfrontation mit dem Tod in der Regel leichter fiel, wenn sie mit einem älteren Menschen arbeiteten, hatte er eine siebzigjährige Frau mit Herzversagen ausgewählt. Das Ambiente hier im Pathologiekeller war auch so schon herausfordernd genug, der stechend süßliche Geruch des Formalins, mit dem man die Leichen konservierte, würde ihnen noch lange danach in der Nase liegen, trotz modernster Lüftungsanlage. Unter der Haut kamen die Rippenknochen zum Vorschein, darunter ein gelb-braun-dunkelrotes Durcheinander. Er würde Schicht um Schicht den Aufbau des Körpers freilegen. Nachdem Fisler seine Vorbereitungen abgeschlossen hatte, warf er die Handschuhe weg und wusch sich die Hände. Die Bestätigungsanalyse für die Proben des toten Arztes aus dem See stand noch aus. Zwar war die Obduktion eigentlich schon abgeschlossen, doch kurz bevor der Körper zur Bestattung hätte freigegeben werden sollen, war Fisler ins Grübeln geraten. Irgendetwas an der Dosierung der toxikologischen Substanzen im Blut stimmte nicht. Daraufhin hatte er nochmals eine neue Probe aus dem Magen genommen und im Labor ein *general announce screening* in Auftrag gegeben. Damit würde er die Konzentration der Drogen im Magen mit der im Blutkreislauf vergleichen können. Das aufwendigere Screening erkannte – anders als die herkömmlichen Testverfahren – auch ungewöhnliche Substanzen wie Ketamin und würde hoffentlich Aufschluss über die Verabreichungsform der Drogen geben. Tatsächlich war sein Postfach voll, als er den Rechner startete, der im Vorraum des Kellergeschosses stand.

Kurz darauf hastete Fisler wieder zurück in den Obduktionssaal. Moritz Jansen war zwar in Anflutung des Ketamins gestorben. Aber in seinem Magen war davon nicht die leiseste Spur zu finden. Das konnte nur eines bedeuten.

Der Rechtsmediziner betrachtete die aufgebahrte Frau. Es handelte sich immer noch um einen Menschen. »Tut mir leid, es gibt eine Planänderung«, sagte er zu ihr. Anschließend suchte er die richtige Leichennummer. Jetzt würden die Studierenden doch mit einer Wasserleiche beginnen. Dann hätten sie das wenigstens gleich hinter sich.

28

Über der Dachluke wischte die Esche mit breiten Ästen den gleißenden Himmel. Rosa träumte jede Nacht. Und konnte sich jeden Morgen daran erinnern, was sie geträumt hatte. Doch in den Minuten zwischen dem Aufwachen und dem Aufstehen rückten die Träume weiter weg, verloren ihre Konturen, wie das Ufer seine Konturen verliert, je weiter ein Schiff sich vom festen Land entfernt. Bis nur noch ein blasses Gefühl übrig blieb. Es war noch nicht mal sechs Uhr. Rosa versuchte, nochmals einzuschlafen, doch es gelang ihr nicht. Ein altbekanntes Ziehen kündigte die beginnenden Krämpfe an. Mit einem Schlag war sie hellwach.

Erleichtert spülte sie kurz darauf ein Schmerzmittel mit Wasser direkt aus der Leitung herunter. Dann legte sie sich nochmals ins Bett. Sie knüllte die Decke zusammen und rollte sich seitlich ein. Erst jetzt fühlte sie sich von dem unangenehmen Gefühl befreit, das seit jener Nacht an ihr geklebt hatte. Und erst recht seit dem leidigen Gespräch auf der Fähre. Sie wollte sich Martin gegenüber unter keinen Umständen eine Blöße geben. Wenn er nicht erkannte, wer sie war, dann war er es auch nicht wert. Nun wusste sie zumindest, was sie nicht wollte. »Und das ist doch auch schon etwas«, sagte Rosa laut zu sich selbst. Dann nahm sie den aufgeschlagenen Roman vom Nachttisch. Die Geschichte spielte in der Küche eines mexikanischen Gutshofs. Tita de la Garza darf nicht heiraten, weil sie für ihre Mutter sorgen muss. Ihr bleibt nichts anderes übrig, als ihre Liebe in das Essen fließen zu lassen, das sie für ihren verhinderten Bräutigam zubereitet, der stattdessen ihre Schwester ehelichen musste. Wenn sie in die Glasur des zuckerweißen Hochzeitskuchens weint, weinen nachher alle Gäste. Wenn Tita Chilis mit Mandeln und Sesamsamen auf dem Mahlstein zerdrückt und sich dabei Schweißperlen ihren Weg durch den Spalt zwischen ihren Brüsten bahnen, dann entflammt auch Wollust in Pedros Augen. Weihnachtstortas. Schmalzgebäck. Keine einzige Speise bleibt mehr folgenlos. Auch wenn die Intensität nicht immer dieselbe war wie in den Büchern der magischen Realistinnen: Rosa glaubte fest daran, dass ein Gericht ein Gefühl oder eine bestimmte Stimmung vorgeben konnte. Denn es war eine Momentaufnahme einer sich stetig verändernden Welt. Im Essen spiegelten sich die Jahreszeiten – und mit ihnen auch die ganze Folge des Werdens und Vergehens.

Nach dem Frühstück wechselte Rosa mit dem Buch in den Liegestuhl unter der Esche, die Teekanne auf einem Hocker daneben. Mit bloßen Händen fängt Tita sechs Wachteln im Hof, für ein Rezept mit Rosenblättern. Das Töten fällt ihr nicht leicht. Sie dreht der ersten Wachtel den Hals um. Doch statt zu sterben, beklagt diese ihr Schicksal bitterlich – mit abgeknicktem Kopf. Tita wird klar, dass man beim Töten nicht zimperlich sein darf. Entweder man tut es energisch, oder man fügt grauenvolles Leid zu. Titas

Mutter hingegen tötet so, wie es erforderlich ist: mit einem Hieb und mitleidlos.

Rosa ließ das Buch sinken und sah den wogenden Blättern der Esche zu, den fliehenden Schatten. Vielleicht war das die weibliche Art zu töten. Nicht aggressiv, nicht aus dem Affekt heraus. Nicht durch körperliche Überlegenheit. Sondern sehr kalkuliert, sehr subtil. Aber wenn, dann mit kalter Entschlossenheit.

Was für eine Ironie, wenn der Frauenarzt am Ende tatsächlich von einer Frau umgebracht worden wäre. Doch sie brauchten Beweise oder Zeugen, oder noch besser: beides. Solange sie die nicht hatten, mussten sie die Aussagen der verdächtigen Frauen gelten lassen. Ryser hatte den Fokus der Ermittlungen auf Marie Duval ausgeweitet. Zwar wurde auch die Witwe weiterhin überwacht, doch sie verfügte, wie auch Tonya vom Escort-Service, über ein Alibi für die Tatnacht. War Jansen aus enttäuschter Liebe aus dem Weg geschafft worden? Oder wegen geschäftlicher Interessen? Oder war es vielleicht beides gleichzeitig? Oder etwas ganz anderes? Rosa unterdrückte ein Gähnen, sie musste heute erst gegen Mittag in der Hochschule sein.

»Umfeldrecherche« hatte es Ryser genannt. Und so würde Rosa vor der Vernehmung von Marie Duval in den Genuss ihrer ersten Vorlesung seit Jahren kommen.

Rosa zog eine weitere Karotte aus der Erde. Der Ertrag war überaus zufriedenstellend, denn anders als Erdbeeren, die das ganze Jahr über einen festen Platz in den Beeten besetzten, machte dieses Gemüse nach einer Saison wieder Platz für Neues. Zurück in der Küche, schrubbte Rosa die

Karotten mit einer Gemüsebürste, raspelte sie, drückte eine Zitrone darüber aus und stellte die Schüssel zur Seite. Viele glaubten, dass Backen eine exakte Wissenschaft war, die nicht die geringste Unachtsamkeit verzieh. Rosa aber kam ohne Rezept aus – und erzielte damit köstliche Resultate. Dank einer einfachen Grundrechnung: drei Eier, Rohrzucker, Butter oder Pflanzenöl, viel geriebene Nüsse und etwas Mehl mit Natron. Abgesehen davon experimentierte sie, wie eine Dichterin mit Worten spielte. Heute kamen neben den Karotten geriebene Walnüsse hinzu, buttrig und vollmundig. Außerdem Orangenwasser und ein Schuss Cointreau, wobei auch Kirsch gut gepasst hätte.

Bald darauf schob Rosa die Form in den Ofen. Dann suchte sie ihr Tablet und überflog den vorläufigen Kurzbericht der Hausdurchsuchung in Zug. Neben dem Hauptserver hatte CRISPR-Cure noch ein zweites System mit dem Namen *Human Nature*. Da Teile davon speziell gesichert waren, würde die Auswertung noch dauern. Doch hatten die Informatiker bereits die intern aufgezeichneten Telefonverbindungen der letzten Monate spiegeln können. Und hier war zu sehen, was Martin in der Nachricht gestern geschrieben hatte: CRISPR-Cure befand sich nicht nur regelmäßig im Austausch mit Jansens Kinderwunschpraxis, sondern auch mit dem Nobeletablissement im Niederdorf. Rosa fragte sich, ob Jansens Besuche im Neaira vielleicht Tarnung für etwas anderes gewesen waren. Oder ob er seine privaten Anrufe über die Firmennummer getätigt hatte. Sophie Laroux jedenfalls schien ziemlich geschäftstüchtig zu sein. Ob sie neben dem Etablissement noch ein weiteres Standbein hatte? Ein Schrillen schreckte Rosa auf. Sie hob den Kuchen zum Auskühlen auf eine Platte. Wenn sie wieder nach Hause kam, würde sie ihn mit einer Paste aus Mascarpone und Puderzucker überziehen und dazu einen sehr starken Mokka trinken.

Bevor sie das Haus verließ, sah Rosa nochmals kurz in ihr elektronisches Postfach. Ihre Miene erhellte sich, als sie las, dass die Nummer von Donald Duck in den Bergen im Bündnerland geortet worden war. Die Nummer also, mit der Jansen in den Wochen und Monaten vor seinem Tod so häufig in Kontakt gestanden hatte. Rosas Ahnung wurde immer dringlicher: Moritz Jansen hatte mit Marie Duval, seiner Ehefrau und Tonya zwar verwirrend viele Frauen um sich gehabt, dennoch fehlte etwas. Etwas, das sie miteinander in eine tödliche Beziehung gesetzt hatte.

29

»Wer von Ihnen möchte eigene Kinder bekommen?«
In die Luft schnellende Arme zeigten, dass Marie Duvals Frage nicht bloß rhetorisch war. Rosa blickte reflexartig auf Martins Hände, die ruhig auf dem Pult liegen blieben. Natürlich beantwortete er die Frage nicht, warum auch. Dennoch hatte sie gehofft, aufgrund seiner Reaktion einen Hinweis zu erhalten. Ein Zucken, ein Räuspern oder ein Positionswechsel hätte ihr schon gereicht. Doch er saß nur da, regungslos und doch gespannt bis in die letzte Faser seines Körpers. Rosa fragte sich, woher eigentlich diese unterdrückte Unruhe kam. Sie saßen in der hintersten Reihe des Hörsaals, der so rappelvoll war, dass einige Studierende auf der Treppe sitzen mussten. Keine Frage, wenn die beliebte Gastprofessorin eine Vorlesung hielt, dann war das ein Event. In der vergangenen halben Stunde hatte sie darüber gesprochen, wie *genome editing* seinen weltweiten Siegeszug angetreten und Gentechnologie wie auch Mikromedizin revolutioniert hatte. Eine Entwicklung, die der Wissenschaft eine beinahe unendliche Macht verlieh. Und mit der Macht kam bekanntlich auch die Verantwortung.

»Wenn Sie die Hand gehoben haben und eine Frau sind«, sagte Duval, »dann sollten Sie Ihre Eizellen einfrieren lassen. Sind Sie ein Mann, sollten Sie darüber nachdenken,

Ihr Sperma einfrieren zu lassen. Und zwar möglichst bald. Egal, wie fruchtbar Sie sind. Egal, wie jung. Egal, wie gesund.« Den angehenden Akademikern war die Verunsicherung förmlich ins Gesicht geschrieben, als Duval fortfuhr: »Ziemlich sicher wird die Zeugung Ihres zukünftigen Kindes nicht im Schlafzimmer, sondern im Labor erfolgen. Denn die jetzige Verteilung unserer Gene ist nichts anderes als eine Lotterie. Eine Lotterie, die als ein magischer, schicksalhafter Vorgang wahrgenommen wird. Kaum ist ein Kind aber auf der Welt, beginnt ein niemals endender Kampf. Gegen die Zeit. Gegen Krankheiten. Gegen die Elemente.«

Eine junge Frau auf der Treppe meldete sich, ihre Haare hatte sie zu einem Fischgrätenzopf geflochten. »Wenn ich Sie richtig verstehe, wollen Sie uns klarmachen, dass es das Beste wäre, wenn wir unsere Kinder genetisch manipulieren. Würden Sie das mit Ihren Kindern auch tun?«

Marie Duval hielt einen Moment inne, ehe sie antwortete. »Gute Frage! Es sind gerade mal siebzig Jahre vergangen, seit wir herausgefunden haben, dass die DNA, das Handbuch des Lebens, die Form einer verdrehten Strickleiter hat. Heute ist der Code des Lebens etwas, was wir lesen, schreiben und vor allem: hacken können.« Duval ging auf dem Podium auf und ab, als müsse sie dem Gedanken Raum geben, der gerade Gestalt annahm. »Ich würde alles tun, um das Leben meiner Kinder zu schützen. Um sie zu behüten. Sie vor Krankheiten und Leid zu bewahren, vor menschlicher Grausamkeit. Und ihnen mitzugeben, was sie brauchen, um in einer Welt voller Konkurrenz und Kampf zu bestehen.«

Die Studentin nickte. »Dann bleibt wohl eher die Frage,

wer überhaupt in einer solchen Welt leben und darin auch noch Kinder haben möchte.«

Drei Stunden später, im Vernehmungszimmer am Mühleweg, wies Marie Duvals weißer Hosenanzug noch immer nicht die geringste Falte auf. »Ich lebe allein mit meinen Katzen«, sagte sie und schlug die Beine übereinander.

»Es kann also *niemand* bestätigen, dass Sie in der Nacht von Jansens Tod in Kilchberg waren?«, fragte Martin erneut.

Rosa stellte sich vor, wie die Professorin abends nach Hause kam und ihr Siamkatzen um die Beine strichen, deren Fell so hell war wie ihr Anzug. Beinahe bekam sie Lust, die halb volle Kaffeetasse auf dem Tisch umzukippen, nur um zu sehen, ob Flecken an ihr ebenso abperlten wie Martins Fragen.

Duval wischte über den Bildschirm ihres Telefons mit einer Nonchalance, als würde sie in einem vollen Kalender einen Termin suchen und nicht in einem mutmaßlichen Mordfall verhört werden.

»Proben kennen keine Bürozeiten, abends habe ich bis halb zehn im Labor in Zug gearbeitet«, sagte Duval und lehnte sich im gepolsterten Stuhl zurück.

Auf dem Nachhauseweg habe sie auf dem Campingplatz in Wollishofen Süßwasser-Sushi zum Mitnehmen gekauft, dann habe sie noch einige wissenschaftliche Paper gelesen und sei zeitig ins Bett. »Schließlich musste ich ja fit sein für den *Ironpeople* am nächsten Morgen. Ich habe zusammen mit einer Freundin teilgenommen.«

»Wann und in welcher Kategorie?«, fragte Martin.

»*Charity* im Sprinttriathlon, wir sind für das Kinderkrankenhaus gestartet, und zwar, das kann ich Ihnen genau sagen, morgens um exakt fünf nach acht.« Sie fügte nicht ohne Stolz hinzu: »Für die Strecke haben wir nicht viel mehr als eine Stunde gebraucht.«

Martin wechselte abrupt das Thema. »Ihr Unternehmen schreibt, dass es Technologien kommerziell vorantreibt, mit denen sich das menschliche Genom gezielt verändern und austauschen lässt. Können Sie mir das genauer erklären?«

Rosa wusste, dass Martin sich damit mittlerweile gut auskannte. Und Duval das bestimmt schon tausendmal erläutert hatte. Nicht nur in den Zeitungsinterviews, die sich in dem prall gefüllten Ordner in Martins Büro befanden – aber auch. Wahrscheinlich wollte er es einfach aus ihrem Mund hören. Häufig waren es kaum merkliche Klangfarben in der Stimme, die eine Aussage rahmten und wertvolle Hinweise liefern konnten. Weniger das *Was* als das *Wie*. Zudem erhielten sie so Gelegenheit, nochmals Mimik und Gestik der Professorin zu studieren. Manchmal half es, eine verdächtige Person so oft das Gleiche wiederholen zu lassen, bis sie sich in Widersprüche verstrickte. Das konnte ein langer Abend werden. Rosa blickte auf ihr Telefon und sah, dass Tom eine Nachricht geschickt hatte: Auf Jansen war kein weiteres Schiff registriert. Rosa wunderte sich erneut, warum es dann ein Beiboot am Steg der Praxis gab. Dann konzentrierte sie sich wieder auf die Vernehmung.

»Im Prinzip ist es ganz einfach«, sagte Duval gerade. »Wir zielen *wirklich* auf die Heilung von Krankheiten ab. Nicht bloß auf Symptombekämpfung. Zu diesem Zweck tauschen wir fehlerhafte Sequenzen aus und fügen die Kopie eines gesunden Gens ein. Das produziert dann viele weitere gesunde Gene. Die Sichelzellanämie zum Beispiel lässt sich mit unseren Medikamenten bereits heilen.«

»Ist das nicht sehr umstritten, wegen der Nebenwirkungen?«, fragte Rosa, die sich noch gut an Eriks Ausführungen dazu erinnerte.

»Wenn das Gen an den falschen Ort gelangt und sich dort die falschen Sequenzen vervielfältigen, dann kann das Krebs verursachen. Doch schon sehr bald wird es uns gelingen, diese Off-Target-Effekte auszuschalten. Wir stehen am Fuß eines gigantischen Berges. Und jedes Medikament hat Nebenwirkungen«, sagte Duval. »Man muss es aber nach seinem Nutzen beurteilen.«

Martin stand auf und ging im Raum auf und ab. »Woher kannten Sie Moritz Jansen?«, fragte er dann.

»Wir haben zusammen promoviert.«

»Wo war das?«

»In Heidelberg.«

»Waren Sie damals ein Paar?«

»Nicht so richtig. Auch wenn seine Ehefrau das nicht glauben wollte. Fachlich war Moritz über jeden Zweifel erhaben, wenigstens früher. Privat kam es mir in letzter Zeit so vor, als sei etwas bei ihm hervorgebrochen, das er in all den Jahren des Praxisaufbaus verdrängt hatte.«

»Sie standen sich also nahe?«

»Wir waren ein gutes Team, ja. Natürlich haben wir auch gelegentlich vertrauliche Gespräche geführt. Moritz war sehr offen und hat mir einiges erzählt, über seine Ehe, über seine Frauengeschichten. Am Ende ging es aber immer zurück zur Arbeit.«

»Warum stand Ihre Firma mit einem Nobel-Escort-Service im Niederdorf in Kontakt?«

»Interessant, tat sie das?« Duval verstaute ihr Telefon. »Das muss etwas mit Moritz zu tun haben. Er hat zuletzt so einiges miteinander vermischt, das nicht zusammengehört.«

»Gab es Meinungsverschiedenheiten zwischen Ihnen über den geplanten Börsengang?«

»Im Gegenteil. Die Aussicht auf mehr Liquidität kam ihm sehr gelegen. Sie wissen bestimmt, dass er sich mitten in einer kostspieligen Scheidung befand … Zumal seine neue Freundin nicht leicht zufriedenzustellen ist.«

»Sie meinen Antonia Schelbert?«

»Der Name sagt mir nichts.«

»Dann vielleicht Tonya? Nein? So nennt sie sich auch. Sie ist Mitarbeiterin bei besagtem Escort-Service und hat sich mit Jansen am Tag vor seinem Tod getroffen.«

Marie Duval schnaubte durch die Nase. »Tatsächlich? Sieh mal einer an. Nein, mit Alina, das war etwas anderes.«

Rosa tauschte einen Blick mit Martin. War das die fehlende Verbindung, nach der sie gesucht hatten?

»Auch wenn man meinen sollte«, fuhr Duval fort, »die Geschichte sei viel zu abgedroschen: der alternde Mann, das junge Mädchen. Er hat komplett den Kopf verloren.«

»Wie heißt die Frau? Seit wann waren die beiden zusammen?«, fragte Martin.

»Alina Orlow. Sie ist eine ehemalige Studentin von mir: sehr talentiert. Sehr ehrgeizig. Sehr ideologisch. Sie war schon damals in der Open-Science-Bewegung aktiv, wurde dann aber der Hochschule verwiesen, weil sie sich in den internen Rechner gehackt hatte. Sie hat Zugangsdaten für internationale Datenbanken geklaut und dort zahlungspflichtige Studien runtergeladen und ins Netz gestellt. Nach dem Rausschmiss hat sie mit diesen Performances begonnen. Komplett unwissenschaftlich und effekthascherisch. Als ließe sich ein gesellschaftlicher Diskurs über die Zukunft der Medizin mit illuminierten Hanfpflanzen, durchsichtigen Fröschen und all den billigen Labortricks herbeizaubern. Sie ist regelmäßig an Tagungen und Messen aufgetreten. Da hat er sie kennengelernt.«

»Martin, hast du kurz Zeit?«, fragte Andrea Ryser, die den Kopf zur Tür hereinstreckte. Er stand auf, die beiden unterhielten sich leise und zogen dann die Tür hinter sich zu.

Kurz darauf kam Martin mit einem Stapel Papier zurück. »Wann wollten Sie uns sagen, dass Sie Moritz Jansen ein Angebot gemacht haben, um ihm seine Firmenanteile abzukaufen?«

Er hielt Duval ein Dokument vors Gesicht. Es musste bei der Auswertung des verschlüsselten Systems von CRISPR-Cure aufgetaucht sein. Seine Geschäftspartnerin wollte Jansen also aus der Firma raushaben. Das veränderte die Lage natürlich.

Als Martin den Vertrag an Rosa weiterreichte, sah sie, dass die für die Unterschriften vorgesehenen Felder weiß waren.

»Warum hat er nicht unterschrieben?«, fragte sie Duval.

»Er hatte *noch* nicht unterschrieben. Das ist ein Unterschied. Wir hatten schon einen Termin für die Unterzeichnung.«

»Vielleicht wollte er auch bessere Bedingungen?«, sagte Martin. »Da wäre sein Tod gerade gelegen gekommen. Plötzlich hat sich das Thema von selbst erledigt. Und Sie sind wieder Hauptaktionärin. Vorausgesetzt, die Erben lassen sich auszahlen.«

»Ein Verkauf wäre für alle Beteiligten das Beste gewesen, glauben Sie mir …« Duval ließ sich nicht aus der Ruhe bringen. »Seit Moritz mit Alina zusammen war, hat er sich einige grobe Schnitzer geleistet. Diese Beziehung, die Scheidung, sein neuer … Lebensstil. Das ist ihm alles total über den Kopf gewachsen. Ich vermute auch, dass er manchmal noch high zur Arbeit ging. Außerdem gab es Unregelmäßigkeiten bei Spesenbezügen. Mit dem Verkauf hätte er wenigstens das Gesicht wahren können.« Während Duval sprach, verknotete sie unter der Tischplatte ihre Finger. »Zudem weiß ich, dass er Interna an Alina weitergereicht hat. So jemanden können wir nicht gebrauchen. Die Branche verzeiht einem nichts.«

»Haben Sie Beweise für Ihre Anschuldigungen?«

»Die werden Sie bestimmt bald finden, da bin ich mir sicher.«

Die Trambahnen fuhren bereits ins Depot, als sich Rosa endlich aufs Rad schwang und auf den Nachhauseweg machte. Im pockennarbigen Gesicht der dunklen Limmat spiegelten sich die Lichter der Laternen. *Alina ist wie der Tintenklecks im Rorschachtest, wenn sie will, kann sie Menschen genau das in ihr sehen lassen, was sie am meisten berührt.* Marie Duval hegte unverkennbar wenig Sympathien für ihre ehemalige Studentin. Sie stellte es so dar, als sei die Begegnung mit ihr jener verhängnisvolle Moment in Moritz Jansens Leben gewesen, der ihn in den Abgrund gezogen hatte.

Rosa wich einer Gruppe Teenager aus, die mit elektrischen Rollern unterwegs waren. Sie dachte an die Zwillinge. Daran, wie das wohl sein mochte, wenn man nicht wusste, wer den eigenen Vater umgebracht hatte. Und trat fester in die Pedale.

30

Die Stadt hatte ihre eigenen Gezeiten. Wer hier lebte, begann sich irgendwann nach ihnen zu richten. Während sich die einen mitten hinein stürzten in die shoppenden Menschenmengen auf der Bahnhofstraße, in den Trubel spätnachts im ehemaligen Rotlichtquartier rund um die Langstraße, wichen die anderen aus und gewöhnten sich antizyklische Verhaltensweisen an. Rosa gehörte zur zweiten Gruppe. Sie war der Ansicht, dass man sich die Schönheit der Stadt zuweilen verdienen musste. Etwa mit frühem Aufstehen. So wusste sie auch ganz genau, wann sie am Fluss sein musste, um noch einen Schattenplatz zu ergattern. Das in der Limmat vertäute Jugendstil-Holzbad hatte Ecktürmchen mit geschwungenen Dächern und war, als dienstältestes seiner Art, den Frauen vorbehalten. Rosa bestellte einen frisch gepressten Orangensaft und ging sich einen Platz suchen. Nach der Vernehmung von Marie Duval hatte sie tags zuvor wieder einmal einen normalen Dienst am Forellensteig gehabt. Mit den gewohnten Abläufen hatte sich auch wieder ein Gefühl der Ruhe eingestellt. Die Schwäne kamen um diese frühe Morgenstunde in einer langen Einerkolonne den Fluss hinaufgeschwommen. Den Rest des Tages würden sie sich im Seebecken tummeln. Böse Zungen behaupteten, die Schwäne seien auch ein Sinnbild für Zürich: strahlend und weiß und sauber aus der Ferne – stolz und unnahbar aus der Nähe. Doch wer die horrenden Mieten, die überteuerten Preise für eine Tasse Kaffee, eine Busfahrt – ja für alle Dinge des täglichen Bedarfs – und nicht zuletzt die sagenumwobenen Goldtresore unter dem Paradeplatz für einen Moment vergessen wollte, ging in ein öffentliches Bad. Denn auch das war Zürich. Schwimmen gehörte zur Stadt, die gemessen an ihrer Einwohnerzahl die höchste Bäderdichte der Welt aufwies, wie die blauen Trambahnen. Die See- und Flussbäder waren ein Mikrokosmos, der nach eigenen Regeln funktionierte. Auf den Liegewiesen und ausgebleichten Holzplanken war es egal, ob man hier geboren oder zugezogen war, welchen Betrag man am Ende des Monats auf dem Konto hatte oder wen man liebte. Nirgends sonst konnte man an heißen Tagen besser hinter geschlossenen Augenlidern dem Leben lauschen, das lautstark links und rechts von einem ausgebreitet wurde wie die bunten Badetücher. Eine Mittsiebzigerin legte das ihre gerade auf den Steg vor dem Außenbecken und nahm darauf Platz; als sie Rosa entdeckte, hob sie die Hand zum Gruß. Margrit gehörte zu einer Gruppe von Frauen, die hier im Sommer jeden Tag anzutreffen waren. Nach all den Jahren brauchte es keine Verabredung mehr. Wer zuerst da war, besetzte einfach den Platz für die anderen und spannte die terrakottaroten Sonnenschirme auf. Rosa hielt manchmal einen kurzen Schwatz mit ihnen, man kannte sich. Auch von der Arbeit. Denn die Damen pflegten eine innige Beziehung zur Tierwelt. Die Taucherenten nannten sie Fridolin, egal, welche, jede Taucherente war ein Fridolin. Die Schwäne hörten, etwas vornehmer, auf Henry.

Und so waren die Damen schon öfter als Erste zur Stelle gewesen, wenn sich ein Tier irgendwo in der Badeanstalt verfangen oder verirrt hatte. In der Regel verständigten sie dann die Seepolizei, zu deren Klientel nicht nur Menschen gehörten, sondern auch sämtliche Geschöpfe, die den See und die Flüsse der Stadt bevölkerten.

»Schnäpschen dazu?« Margrit schwenkte ein Fläschchen Klosterfrau Melissengeist und deutete auf das Orangensaftglas.

»Vielleicht ein andermal. Aber danke!«, sagte Rosa.

Margrit ließ das Fläschchen wieder in ihrer Tasche verschwinden, nicht ohne sich zuvor einen Schluck genehmigt zu haben. Die Zeit war durch ihren schweren Körper hindurchgeflossen und hatte Äderchen hinterlassen, sich schichtende Hautfalten, unzählige Muttermale, und doch wirkte dieser Leib, als würde er in fröhlicher Harmonie aufgehen, jetzt, wo er nicht mehr den Anspruch hatte, irgendwem zu gefallen, sondern nur noch zu dienen. Rosa fragte sich, wann man eigentlich begann, die Person zu sein, die man sein wollte. Vielleicht, wenn man sich nackt vor einen Spiegel stellte und *wirklich* gut fand, was einem entgegenblickte?

Margrit balancierte ein Klemmbrett auf ihren nahtlos gebräunten Beinen, an dessen Klemme mehrere gewachste Makramee-Garne befestigt waren. »Eigentlich arbeite ich ja gerade an einem Wandteppich, aber der nimmt so viel Platz in der Tasche weg.«

Rosa sah eine Weile zu, wie sie mit geschickten Griffen Holzperlen in das Armband einflocht.

»Habe ich mir selbst beigebracht«, sagte Margrit mit unverkennbarem Stolz. Sie erzählte Rosa, wie sie die Knüpfkunst mithilfe von Video-Tutorials erlernt hatte.

»Die Knoten scheinen sich ja im Wesentlichen nicht von denen zu unterscheiden, die man beim Segeln auch braucht«, bemerkte Rosa. Während sie Margrit zusah, schoss ihr ein Gedanke durch den Kopf. »Vielleicht probiere ich es aus. Irgendwann mal.«

»Du weißt ja, wo du mich findest«, erwiderte Margrit. Dann wühlte sie in ihrer Strandtasche und zog zwischen Flaschen mit Sonnencreme, einer Packung Zigaretten und einer Tüte mit trockenem Brot für die Tiere bereits fertig geflochtene Armbänder hervor. »Wünsch dir was!«, sagte sie und knüpfte Rosa eines davon ums Handgelenk. Früher hatte sich Rosa *immer* Gesundheit gewünscht, der Schlüssel zu allen anderen Wünschen. Doch heute war ihr etwas anders wichtig.

»Wenn sich der Knoten von allein löst, geht der Wunsch in Erfüllung. Aber nur, wenn du klug gewünscht hast.« Margrit zwinkerte ihr zu, wobei unzählige Fältchen um ihre Augen auseinanderstrebten wie ein goldener Strahlenkranz.

Beim Verlassen des Bades tippte Rosa als Erstes eine Nachricht an Tom. Er würde ihr bestimmt den Gefallen tun.

31

Das wäre also das fehlende Puzzlestück.«
Martin startete das Überwachungsvideo. Die Aufnahmen zeigten einen Zusammenschnitt verschiedener Kamerastandorte am Seebecken. Rosa, die nach dem Flussbad direkt zum Mühleweg gefahren war, sah auf das Datum. Sie stammten vom Tag der Aufführung von *Turandot*. Auf allen war dasselbe Paar zu sehen. Beinahe hätte sie den Arzt nicht erkannt. Das lag einerseits an der Perspektive, andererseits am veränderten Kontext. Die junge Frau im schulterfreien Abendkleid verlieh seiner hochgewachsenen Gestalt zusätzlichen Glamour.

»Wie habt ihr die Aufnahmen gefunden?«

»Der Besuch in der Wohngemeinschaft von Alina Orlow gestern war ganz aufschlussreich«, sagte Martin. »Auch wenn sie selbst laut ihrer Mitbewohnerin für ein paar Tage verreist ist, *Digital Detox* in den Bergen.«

»Dann war sie das also mit der falsch registrierten Telefonnummer aus Entenhausen?«, fragte Rosa.

»Sieht ganz danach aus. Kein Signal mehr, seit wir die Nummer am Dienstag in der Nähe von Zillis geortet haben. Eine Mitbewohnerin von Alina konnte sich gut an Jansen erinnern. Anscheinend war er in den Wochen und Monaten vor seinem Tod regelmäßiger, nicht zu überhörender nächtlicher Gast in der Wohngemeinschaft«, sagte Martin mit Schalk in den Augen. Dann wurde er wieder ernst: »Auch am Abend nach der *Oper für alle*. Laut der Mitbewohnerin wollte Alina eigentlich mit Jansen zusammen in die Berge fahren. Doch kurz davor habe er anscheinend Schluss gemacht, aus heiterem Himmel.«

»Konntet ihr die Villa genauer unter die Lupe nehmen?«

»Ja, aber die Fingerabdrücke von Alina Orlow passen nicht zu denen, die auf der *Venus* gefunden wurden. Die Kollegen vom Forensischen Institut haben das abgeglichen. Dann waren da noch ein paar Liebesbriefe von Jansen, aber nichts, was uns direkt weiterbringt. Außer vielleicht, dass sie tatsächlich ziemlich aktiv in der Open-Science-Bewegung ist.«

»Und was sagt Ryser dazu?«, fragte Rosa.

»Sie hat Alina Orlow zur Fahndung ausgeschrieben. Wir müssen davon ausgehen, dass sie die letzte Person war, die Jansen lebend gesehen hat.« Martin ließ sich in den Bürostuhl fallen.

»Was ich nicht verstehe«, sagte Rosa bei der Betrachtung des Standbilds, auf dem Jansen einen Arm schützend um seine Begleitung gelegt hatte, »warum hat er – offensichtlich bis über beide Ohren verknallt – vor einem Opernabend mit seiner Geliebten noch eine Escort-Dame getroffen?«

Martin zerknüllte den Flyer eines Pizzadienstes und warf ihn in Richtung des Basketballkorbes, der an der Wand angebracht war.

»Vielleicht hatte er Angst, dass sie ihn abserviert? Vielleicht hatte er Bindungsangst? Keine Ahnung! Mit leerem Magen krieg ich keinen klaren Gedanken hin. Wollen wir was essen gehen?«

Rosa antwortete nicht sofort. Eigentlich hätte sie ablehnen sollen. Aber es gab es einen wirklich guten Straßengrill in der Nähe …

Im Palestine Grill wurde nach überlieferten Familienrezepten gekocht, was dem Imbiss mittags lange Warteschlangen eintrug. Als Rosa und Martin den farbenfrohen Truck erreichten, war der größte Ansturm schon vorbei. Minuten später setzten sie sich mit je einem gefüllten Fladenbrot und einer Flasche eiskalter Rosenlimonade an einen leeren Tisch. Nur wenige Meter weiter wuchs der Prime Tower glatt und grün in die Höhe. An manchen Tagen bis zu den Wolken greifend, zerlegte er den Himmel in spiegelnde Facetten.

»Die wichtigste Zutat für ein *Sabich* ist am schwierigsten zu bekommen«, sagte Rosa und tupfte ihre Finger an einer Papierserviette trocken. »Für die Sauce braucht es sauer eingelegte Mangos, mit einer geheimnisvollen Gewürzmischung, die in jedem Fall Kurkuma und Bockshornklee enthalten muss.« Eigentlich hätte sie Martin noch erklären wollen, dass die *Amba*-Sauce ursprünglich aus Indien stammte, mittlerweile aber im ganzen Mittleren Osten verwendet wurde. Und sich notfalls auch durch Mango-Chutney ersetzen ließ. Doch als sie sah, wie er genüsslich in sein Sandwich mit frittierten Auberginen, Hummus, Salat, Kartoffeln, gekochtem Ei, Koriander und Salzgurken biss, beschloss sie, es ihm einfach gleichzutun.

»Du hast vorhin gefragt, warum sich Jansen mit Tonya traf, obwohl er nur kurz darauf eine Verabredung mit seiner Geliebten hatte.« Martin rührte nachdenklich Zucker in seinen Espresso, für den sie mit dem Lift in die oberste Etage des Hochhauses gefahren waren. Das Restaurant dort bot den maximalen Gegensatz zur Straßenküche unten: polierter Schachbrettboden, moosgrüne Samtsessel, eine golden leuchtende Bar und, natürlich, eine Rundumsicht über die Stadt, die von hier oben wie eine sehr komplexe Modelleisenbahnlandschaft wirkte. »Vielleicht hatte das Treffen auf der *Venus* ja einen geschäftlichen Zusammenhang?«, fragte er. »Ich bin mir ziemlich sicher, dass Tonya mehr weiß, als sie zugibt. Sie deckt doch irgendjemanden. Das muss mit diesen Telefonaten zwischen dem Neaira und dem Start-up zu tun haben.«

Rosa, die in ihrem Notizbuch kritzelte, sah auf. Sie hatte die Linie des Uetlibergs mit dem Bleistift nachgezeichnet, obwohl ihr seine Konturen so vertraut waren, dass sie das auch aus dem Gedächtnis gekonnt hätte. »Ich weiß nicht. Die anderen Frauen scheinen mir verdächtiger.«

Sie schrieb drei Namen vor die Landschaft: *Ellie Jansen. Marie Duval. Alina Orlow.* Und kreiste den ersten ein.

»Die Erfahrung zeigt«, sagte Martin, ihren Gedanken folgend, »dass in der Familie oft die stärksten Emotionen zu Hause sind. Ellie Jansen wurde nicht nur betrogen, sondern fürchtete auch um ihre Existenz. Sie hätte das Haus aufgeben, vielleicht wieder als Psychiatriepflegerin arbeiten müssen … Nun kriegt sie nicht nur die Witwenrente, sondern wohl auch ein stattliches Erbe. So betrachtet profitiert sie am stärksten vom Tod ihres Gatten.«

»Eines spricht dagegen«, gab Rosa zu bedenken. »Sie hätte ihren Kindern den Vater genommen. Welche Mutter würde das tun?«

»Da kommen mir so einige in den Sinn«, gab Martin zurück. »Aber ja, stimmt schon. Als Frau kann man einen Mann hierzulande bei einer Scheidung problemlos vor Gericht vernichten. Wenn man skrupellos genug ist. Und daran hat sie ja fleißig gearbeitet.«

»Na ja«, erwiderte Rosa. »Nach neuer Rechtsprechung müssen Frauen eigentlich auch nach lebensprägenden Ehen wieder für sich selbst aufkommen. Aber an den Gerichten wird das noch nicht wirklich umgesetzt. Besonders, wenn die Einkommensunterschiede so hoch sind wie hier.«

Rosa zog einen Kreis um den zweiten Namen. »Marie Duval … Die Ermittlungen kommen für sie zum denkbar schlechtesten Zeitpunkt, so kurz bevor sie mit CRISPR-Cure an die Börse will.«

»Andererseits: Wenn die Firma dort längerfristig erfolgreich ist, muss Duval weniger teilen, vorausgesetzt, die Erbengemeinschaft lässt sich auszahlen. Moritz Jansen hat kein Testament hinterlassen. Nun erben die Witwe und seine Söhne im Umfang ihrer gesetzlichen Erbanteile. Und nicht eben wenig.« Martin kratzte seine Tasse aus. »Wie kann es sein, dass sich jemand in Jansens Alter und Position gar nicht um seinen Nachlass kümmerte? Vor allem mitten in einer Scheidung.«

»Angst? Verdrängung?« Rosa zuckte die Achseln. »Er beschäftigte sich wohl lieber mit dem Anfang des Lebens als mit dessen Ende … Vielleicht ist er auch einfach nicht dazu gekommen. Übrigens: Ich habe mir mal die Wachstumszahlen bei Biotech-Unternehmen angesehen. Die sind gigantisch.«

»Duval macht mir aber nicht den Eindruck, als ob es ihr wirklich ums Geld geht.«

»Außer: Geld steht für Anerkennung«, sagte Rosa. »Doch die holt man sich in ihren Kreisen woanders. Vor einigen Jahren haben Duval und Jansen ein wissenschaftliches Paper herausgegeben. Sie suchten nach einer Möglichkeit, die Genschere präziser anzuwenden. Diesen Faden haben sie dann im Start-up wieder aufgenommen ...«

»Wir sollten uns nochmals ansehen, woran sie genau gearbeitet haben«, schlug Martin vor. »Besonders in Hinblick auf den Börsengang. Gestern war ein Artikel über Duval in der Zeitung ...«

Rosa nickte, während sie den letzten Namen umkreiste. »Alina Orlow, die Frau, die alles in Gang gebracht hat. Was könnte Jansen gehabt haben, was für sie von Interesse ist? Wollte sie ihn vielleicht als Eintrittsticket zu Duvals Forschung benutzen?«

»Vielleicht werden wir morgen mehr wissen«, sagte Martin. »Ich habe uns nämlich für einen Workshop angemeldet, der von ihrem Bruder Yuri geleitet wird. Umfeldrecherche 2.0 im Hackerspace. Du kannst dich freuen, du wirst dort nämlich mit deinem Genom Bekanntschaft machen.«

32

Zufällig fand man die ehemalige Zentralwäscherei kaum, sie war von hohen Zäunen umschlossen. Wo früher täglich fünfzig Tonnen Wäsche gewaschen wurden, sammelten sich heute *Künstler*innen, Musiker*innen, Hobbygärtner*innen, Urbanist*innen und Utopist*innen sowie Aktivist*innen, Enthusiasten und Machermenschen*, wie sie in einem gemeinsamen Flugblatt am Schwarzen Brett schrieben. In den vergangenen Jahrzehnten hatte jede Generation in der Stadt eine eigene zwischengenutzte Fabrik gehabt, die in der kollektiven Erinnerung weiterlebte. Rosa dachte an die Partys in der einstigen Farbenfabrik, wo man nur über eine steile Rutschbahn auf die Tanzfläche gelangte. Und an den selbstgebauten Pool im Keller.

»Wollen wir?«, fragte Martin. Er schien heute ausnehmend gut gelaunt. Auf einer Laderampe am Eingang wurde gerade eine Sitzung abgehalten. Der Boden war mit Perserteppichen ausgelegt, und Sofas vom Flohmarkt verbreiteten eine Tante-Emma-Atmosphäre, die von der Kargheit der leeren Fabrikhalle im Hintergrund gebrochen wurde. Die Menschen, die hier ein und aus gingen, trugen hochgezogene Sportsocken zu 80er-Jahre-Trainingsshorts, bunte Latzhosen und Blaumänner. Wobei es Rosa dabei weniger um Funktion als um Zugehörigkeit zu gehen schien. Sie blickte an sich hinab, auf das schlichte Shirt, den Jeansrock, die ausgetretenen Lieblingsturnschuhe … und fühlte sich plötzlich langweilig oder gealtert oder beides.

Das Labor lag im obersten Stock, doch Rosa und Martin stiegen nicht in den Lift. Die Wände des Treppenhauses waren mit Graffiti und Parolen besprüht, Rosa konnte das Schlüsselsymbol der Open-Science-Bewegung ausmachen. Vor einer besonders aufwendigen Wandarbeit blieben sie stehen. *Where Is Your Vulva?* stand in geschwungenen Lettern geschrieben. Auf die Frage waren verschiedene Antworten gezeichnet und mit Kleister angebracht worden: Vulven in Feigen. Vulven, die zu geöffneten Augen wurden, die in den Kosmos blickten. Blumenvulven. Herzvulven. Zerknitterte Schamlippen, innere und äußere. Vulven mit Farbverlauf. Pastellvulven. Muschelvulven.

»Wusstest du, dass es innerhalb der Biohacker-Szene eine queer-feministische Community gibt?«, fragte Martin, der sich offenbar vorbildlich auf den Besuch im Hackerspace vorbereitet hatte.

»Ich kenne nur die Geschichten, die seit Jahren durch die Presse geistern«, erwiderte Rosa. »Von Leuten, die sich in Küchen, Hobbykellern oder Garagen eigene Labore einrichten und dort Gene analysieren, vielleicht auch manipulieren. Aber eigentlich ganz logisch, dass da ein Interesse besteht, selbst Hand anzulegen und ohne kostspielige medizinische Behandlungen am gewünschten Geschlecht zu arbeiten.«

Die Tür zum Labor stand weit offen. Von den Gittern der Neonröhren, mit denen die Decke verkleidet war, hingen Stücke von geschliffenem Glas, die Licht in Regenbogenfarben durch den Raum warfen. *Crispr-BABY, Occupy Biology, Biology of the 99 Percent* war auf eine Glasvitrine am Eingang geschrieben. In der Vitrine war eine Plastikpuppe zu sehen und ein unterzeichnetes Manifest:

Wir sind bereit, Dinge zu erforschen und Grenzen zu überschreiten. Wir sind bereit, Dinge zu akzeptieren, die außerhalb dessen liegen, was die »Mehrheit« als »normal« bezeichnen würde.
Wir definieren unsere eigenen Maßstäbe.

Die Worte im Glaskasten ließen Rosa erschaudern. Martin hingegen schien ein Faible für Biopunks und Do-it-yourself-Biologinnen zu haben.

»Das erinnert mich an die ersten Computerbastler, verrückte Nerds, ohne die es nie gelungen wäre, die Technologie zu demokratisieren«, sagte er.

»Ich weiß nicht, ob sich das vergleichen lässt«, sagte Rosa. »Ich hatte mal im Studium ein Seminar über die *Gentlemen scientists* der vergangenen Jahrhunderte. Hobby-Schmetterlingssammler und Freizeitbotanikerinnen. Auch Darwin gehörte dazu. Ich glaube, das waren eher die Vorgänger der heutigen Biopunks.«

Sie gingen weiter zur Bar, auf der in verschiedenen Vasen eine trübe Flüssigkeit blubberte. Wasserkefir, wie Rosa sofort erkannte, da sie selbst Kefirkulturen hielt, um aromatisierte Limonade herzustellen.

»Mit dem entscheidenden Unterschied, dass die heutigen Experimente nicht mehr nur Pflanzen und Tiere betreffen, sondern auch den Menschen selbst«, sagte Martin und blickte kritisch auf den Wasserkefir, den Rosa ihm eingeschenkt hatte. »Im Prinzip braucht man heute bloß einige Materialien aus dem Drogeriemarkt, ein paar Geräte, die mittlerweile im Netz billig zu kriegen sind. Und ein paar frei zugängliche Anleitungen und Videos. Damit lassen sich Dinge tun, die zuvor nur in professionellen Labors möglich waren. Etwa am eigenen Genom zu arbeiten.«

Er kostete einen Schluck des Wasserkefirs und verzog das Gesicht. Rosa konnte es ihm nicht verdenken.

»Die zweite Gärung fehlt«, sagte sie. »Für die gibt man nochmals Zucker, geschnittene Früchte oder Kräuter hinzu, Thymian zum Beispiel. Ich mach dir mal eine richtige Kefirlimonade.«

»Oh, eilt aber nicht«, erwiderte Martin, während sich eine Verbindungstür zum hinteren Bereich des Labors öffnete.

»Na, dann mal los«, sagte Rosa mit einem flauen Gefühl im Magen, das nicht vom Wasserkefir kam.

»Keine Angst, das ist vollkommen ungefährlich«, sagte Yuri Orlow und salzte nach. Sie saßen mit sieben anderen Workshop-Teilnehmern an einem langen Tisch, jeder einen Einwegplastikbecher vor sich. Darin: die eigene Spucke, etwas Spülmittel, Kontaktlinsenreiniger und eine Prise Salz.

»Könnte man sogar auf Ex trinken«, sagte Yuri und blickte in die Runde, die mehrheitlich aus jungen Leuten bestand. Rosa hatte ihn sofort wiedererkannt. Auch wenn er heute den mit Strasssteinen beklebten Mundschutz durch eine gewöhnliche Hygienemaske ersetzt und die Haare zu einem Dutt gebunden hatte.

Der Versuch sollte die eigene DNA in einem Schnapsglas sichtbar machen. Zuvor hatten sie an Zitronenhälften gelutscht, um ihre Speichelproduktion anzuregen. »In der Spucke schwimmen Zellen aus unserer Mundschleimhaut. Im Prinzip sind Zellen nichts anderes als winzige Fettbläschen«, erklärte Yuri weiter. »Die haben wir mit etwas Spülmittel aufgelöst. Besser gesagt, ihre äußere Membran. Und die gibt uns nun den Blick auf das frei, was darunter liegt.«

Dann machte er vor, wie sie sehr vorsichtig den Rum am Rand des Schnapsglases hinunterlaufen lassen mussten, bis sich eine braunklare Schicht über die trübe Melange legte.

Rosa stockte einen Moment lang der Atem, als sich im braunen Rum weiße Fäden nach oben schlängelten. Sie sahen zwar bei allen Teilnehmern gleich aus und waren doch so einzigartig wie der Mensch selbst. Fast kam es Rosa pietätlos vor, als sie kurz darauf mit einem Zahnstocher die glibberigen Fäden aus dem Becher fischte, die nichts Geringeres enthielten als ihren innersten Bauplan.

»Wir hatten hier auch schon Besuch von der Bundespolizei«, sagte Yuri Orlow und zeigte auf ein laminiertes Zertifikat, das am Kühlschrank des Labors hing: *Biosafety officer, safety level 1.*

Nachdem Martin ihm den Grund ihres Besuches erklärt hatte, holte er Tabak und Papierchen aus der Tasche des Laborkittels, den er über einem mit Kakteen bedruckten Hemd trug. »Können wir kurz raus?«

Yuri führte sie durch einen Notausgang auf eine Feuertreppe, die sich an der Außenwand der Fabrik hinaufzog.

»Ich habe von Anfang an nicht verstanden, was sie mit dem Reproduktionsfuzzi wollte …«, sagte er und sank auf die Betonstufen. Die silbernen Kreolen in seinen Ohrläppchen leuchteten im Gegenlicht. Er begann, sich eine Zigarette zu drehen.

»Sie kannten Moritz Jansen?«, fragte Rosa nach.

»Kennen ist übertrieben. Er hat Alina manchmal im Labor abgeholt. Kam aber nie rein, sondern hat im Treppenhaus auf sie gewartet. Ich nehme an, meine Schwester steckt in Schwierigkeiten?« Yuri hielt die Selbstgedrehte hoch, um die Klebestelle mit der Zunge zu befeuchten, dabei wurden geometrische Tattoos auf seinen Unterarmen sichtbar. »Na ja, die Frage erübrigt sich wohl bei einem Besuch der Kriminalpolizei.«

»Wann haben Sie Ihre Schwester zum letzten Mal gesehen?«, fragte Rosa.

»Am vorletzten Sonntag. Sie hat sich bei mir einen Schlafsack geborgt für ihren *Nature*-Trip in den Bergen.«

»Es wäre im Interesse Ihrer Schwester, wenn sie sich so schnell wie möglich bei uns meldet. Sie war die Letzte, die Moritz Jansen lebend gesehen hat. Ihr Verschwinden wirft doch so einige Fragen auf.«

»Da fällt mir ein«, sagte Yuri, »vor ein paar Wochen war diese ehemalige Professorin von Alina hier. Nicht gerade der größte Fan meiner Schwester, seit der Sache mit dem Hochschulrechner.« Er grinste und zündete die Zigarette an. »Jedenfalls haben sich die beiden von null auf hundert so heftig gestritten, dass alle im Labor das Weite gesucht haben.«

»Sie haben also nicht mitgekriegt, worum es ging?«

»Alina meinte danach nur, dass Duval sie kreuzweise könne. Ich dachte in dem Moment, es geht um die Open-Science-Bewegung. Dass Frau Professorin wohl Angst hat, dass Alina ihr wieder irgendwelche Paper leakt. Aber vielleicht hat sie ihr auch den Lover nicht gegönnt?«

33

Seit die Parkplätze am Zähringerplatz aufgehoben waren, hatte das Viertel ein neues Herz. Im Schatten der Bäume lockten Sitzbänke, und Boule-Kugeln rumpelten durch den Kies, gefolgt von Ausrufen und Beifall, wenn sie sich der hölzernen Zielkugel näherten. Auf dem Brunnenrand trank man den Aperitif, die nackten Beine im kalten Wasser. Meistens nahm man ein oder zwei Gläser mehr von zu Hause mit, für den Fall, dass noch zufällig jemand vorbeikam, den man kannte.

»Rosa!«, rief Richi erfreut. »Dich kriegt man ja kaum mehr zu Gesicht. Du kannst dich *unmöglich* vorbeischleichen.« Er fischte nach der Flasche Weißwein, die zur Kühlung im Brunnenwasser schwamm. »Basilikum Spritz, mein derzeitiger Favorit.«

»Und meine liebste Füllpflanze«, sagte Rosa. »Das ist schon beinahe Erpressung.« Die Sorte Aromatto hatte sie vor einigen Jahren auf dem Markt entdeckt. Seither schätzte sie ihren unkomplizierten Wuchs und noch mehr die hübschen Blüten, die so gut in die Lücken zwischen höher wachsenden Pflanzen wie Sonnenhut und Engelstrompete passten. Richi hatte die dunkelgrün marmorierten Blätter zu einem Sirup gekocht, den er nun aus einem Marmeladenglas löffelte.

»*Santé!*«, sagte er, nachdem er die Gläser mit Weißwein und Mineralwasser aufgefüllt hatte, und stieß mit Rosa an. Auf dem ganzen Platz aßen Leute von mitgebrachten Platten mit kalten Snacks, als wären sie alle Gäste eines großen Sommerfests. Bestimmt genossen auch sie noch mal die Ruhe vor dem Sturm, denn am nächsten Tag fand die Street Parade statt. Die größte Technoparty der Welt flutete die Stadt jedes Jahr mit Hunderttausenden von Feiernden. Anschließend empfahl es sich, einige Tage auf ein Bad im See zu verzichten. Und abzuwarten, bis der nächste Regen den Urin aus den Gassen und Parkanlagen wegspülte.

Kurz darauf gesellte sich Erik zu ihnen, der direkt aus der Klinik kam. Während er fragte, wie es um die Recherche zur Genschere stehe, krempelte er die Hosenbeine hoch und ließ sich mit einem erleichterten Seufzer neben ihnen nieder.

Rosa kostete von dem gebackenen Ziegenkäse, den Richi ihr anbot, dazu gab es mit Honig beträufelte Feigen aus dem Schwarzen Garten und geröstete Walnüsse. Dann erzählte sie von dem Schnapsglas-Experiment. »Sie sind davon überzeugt, dass sie die Welt mit Bites und Genen zu einem besseren Ort machen. Früher brauchte man in der Spitzenforschung Dinge wie Fusionsreaktoren oder Plutonium. Heute heißen die Zutaten nur noch: Wissen, Information und Code.«

Richi hielt fragend die Weinflasche in die Höhe.

»Entschuldigt«, sagte Rosa. »Ich langweile euch bestimmt. Das ist sicher nichts, was man nach Feierabend hören möchte.«

»Im Gegenteil«, erwiderte Erik. »Das ist hochspannend.

Der genetische Code ist aus einem Milliarden von Jahren andauernden Krieg zwischen Viren und Bakterien hervorgegangen. Mittlerweile haben fast alle Lebewesen eine eigene DNA. Und mit CRISPR halten wir so etwas wie den Schlüssel zur Editierung allen Lebens in der Hand. Mittlerweile funktioniert das System nicht nur wie eine Schere, es ist noch viel präziser geworden in der Anwendung. Eher wie ein Schweizer Taschenmesser.«

»Ich will euch ja den Spaß nicht verderben«, sagte Richi. »Aber euch ist schon klar, was man mit so einer Technologie auch alles anstellen könnte? Und das sage ich jetzt nicht, weil ich den Möbius spiele …«

Eine Stunde später verabschiedeten sie sich vor der Antikschreinerei. Federboas, Schallplatten und lebensgroße, sich verrenkende Puppen mit farbigen Perücken zierten diesmal das Schaufenster. Rosa ging nach hinten in den Garten und griff nach einer der Gießkannen, die mit sonnenwarmem Wasser gefüllt waren.

Es stimmte schon, was Richi sagte: Menschen waren gut darin, Neues zu erfinden. Aber schlecht darin, die Folgen abzuschätzen. Das zog sich durch die Geschichte: Werkzeuge wurden immer auch zu Kriegsgeräten. Und die erste nukleare Kettenreaktion läutete nicht einfach ein neues Energiezeitalter ein, sondern führte auch zu Katastrophen.

Feine Rinnsale flossen durch die Beete, bevor sie in der Erde versickerten. Die Vorstellung, dass bei einem Eingriff in die Keimbahn Veränderungen im menschlichen Genom für immer gespeichert werden würden, machte Rosa Angst. Gehörte es nicht allen Menschen? Brachte man dadurch nicht das natürliche Gleichgewicht für immer durcheinander? Nach allem, was sie wusste, war dies vermutlich längst schon geschehen. Vielleicht hatte Erik recht, und es wäre in Zukunft möglich, ungerechtes genetisches Schicksal zu korrigieren. Doch war sie fest davon überzeugt, dass die Natur immer neue Wege finden würde, dem Zufall oder dem Schicksal Raum zu lassen.

Apropos! Sie musste sich endlich mal ihre Krankenakte ansehen, denn in den vergangenen Tagen hatte ihr Vertrauen in die Reproduktionsmedizin merklich nachgelassen. Rasch füllte sie die Gießkannen am Wasserhahn neu auf und eilte ins Haus.

Draußen dämmerte es bereits, als sich Rosa durch die Akten auf ihrem Tablet wischte, der kalte Schein erhellte ihr Gesicht. Die Eizellen waren der Universitätsklinik übergeben worden, wie eine Quittung bewies. Rosa schob das Gerät weg.

Im Kühlschrank hatte sie alles, was es für eine Portion Sommerrollen brauchte. Bald darauf füllte sie mit geschickten Bewegungen die eingeweichten Reisblätter mit gelber Paprika, Gurke, Pfefferminzblättern, Frühlingszwiebeln, Romanasalat und knusprigem Tofu. Als sie schon fast fertig war, merkte sie, dass die zerstoßenen Erdnüsse fehlten. Rasch stellte sie den schweren Mörser auf den Tisch, dabei entglitt ihr der Stößel. Mit einem bedrohlichen Knacken landete er auf dem Tablet.

Leise schimpfend wischte Rosa die Nussbrösel weg und vergewisserte sich, dass das Gerät noch funktionierte. Da leuchtete plötzlich Albas Name auf und erinnerte Rosa daran, dass sie die Fotos ihres neugeborenen Neffen seit Tagen schnell wegklickte. Eigentlich wollte sie mit der Patientenakte ihrer Schwester dasselbe machen, doch da sprangen sie schon die ersten Sätze an.

Als sie mit der Lektüre fertig war, starrte Rosa auf ihre Spiegelung im dunklen Bildschirm. Wäre das Bild schärfer gewesen, dann hätte sie die tiefen Furchen gesehen, die auf ihrer Stirn standen. Und der Appetit war ihr auch vergangen.

Benommen holte sie im oberen Stock eine Schachtel aus ihrem Sekretär. Sie legte sich hin. Der Holzboden unter dem Futon ächzte, als sie sich zur Seite drehte und die Erinnerungskiste öffnete. Ein Blick auf die vergilbte Fotografie – und sofort war alles wieder da: der Glanz der Weihnachtsbeleuchtung und der Geruch nach gelbem Wachs und Zimtstangen, unter dem eine Anspannung lag, die sich auch vom erwartungsvollen Knistern des Geschenkpapiers nur für einen kurzen Moment verdrängen ließ. Alba, nicht mehr als ein Bündel im Arm ihrer Mutter, den Daumen zwischen halb geöffneten Lippen. Rosa und ihre Schwester Valentina, vor der Tanne auf dem Boden kniend, in juckenden Wollstrumpfhosen, karierten Kleidchen und Lackschuhen. Weit dahinter, im Schatten des Weihnachtsbaums: ihr Vater.

Es musste in der Zeit gewesen sein, als Vinzenz immer öfter abwesend wirkte. Er rückte auf den Fotos weiter und weiter an den Rand, als wollte er sich unbemerkt aus seinem Leben schleichen. Vielleicht hatte Rosa seine Zerrissenheit zwischen Verantwortung und Abgestumpftheit schon als Kind gespürt. Zumindest erinnerte sie sich an das Gefühl von Fremdheit. Wenn sie andere Familien beobachtete oder bei einer Freundin zum Essen eingeladen war, fühlte sie etwas, das sie in ihrem eigenen Zuhause vermisste. Lange Zeit – die verdeckten Bemerkungen ihrer Mutter hatten das ihre dazu beigetragen – hatte sie die Schuld dafür bei sich selbst gesucht. Weil sie nicht genügte. Nicht dankbar genug war. Zu empfindlich …

Das plötzliche Summen des Telefons riss Rosa aus ihren Gedanken.

Eine Viertelstunde später stieg sie in Martins Wagen, der mit laufendem Motor bei der Bushaltestelle Neumarkt wartete. »Es gibt Neuigkeiten«, sagte er. Sie bogen beim Kunsthaus rechts ab in Richtung Bellevue. »Fisler von der Rechtsmedizin hat herausgefunden, dass Jansen das Ketamin gespritzt wurde. Der Ketamingehalt im Blut war wahnsinnig hoch, das hat ihn stutzig gemacht. Daraufhin hat er weitere Tests durchgeführt und den Leichnam nochmals ganz genau untersucht. Und siehe da, es gibt eine Einstichstelle am Bein: Nun hat Ryser ihren Mord.«

»Und wohin fahren wir jetzt?«

»Zu Ellie Jansen.« Die Ampel wechselte auf Grün, und Martin trat aufs Gas. »Da wir nun tatsächlich in einem Mordfall ermitteln, ging das auf einmal ganz schnell mit den Telefondaten. Die Witwe war an dem Freitag nicht nur in Wildhaus, sondern auch an der berüchtigten Ecke im Niederdorf.«

Als sie den Bungalow zwischen den Weinbergen erreichten, in dem Ellie Jansen wohnte, standen bereits ein Einsatzwagen der Spurensicherung sowie eine Streife der Kantonspolizei davor. Im Innern sah es ähnlich aus wie bei ihrem letzten Besuch, nur hatte das Durcheinander diesmal eine andere Ursache.

»Ich glaube, dafür braucht sie eine wirklich gute Erklärung«, sagte Ryser. Sie hielt einen Plastikbeutel hoch, in dem sich eine gläserne Ampulle befand. »Klinisch reines Ketamin, so was wird zur Schmerzbehandlung in der Notfallmedizin verwendet oder für die Narkotisierung von Patienten mit niedrigem Blutdruck ... In der Hausapotheke gibt es noch mehr davon. Viel mehr.«

34

Aus dem Rosenhof stampfte der Bass, ein letzter Test für die bald beginnende Party. Eine von vielen, die auf den öffentlichen Plätzen der Stadt steigen würden, während die Love-Mobiles um den See zogen. Am Ende der engen Gassen blitzte die Limmat auf, dort reihte sich heute eine Bar an die nächste, unterbrochen nur von mit wummernder Musik beschallten *stages* und *floors,* und ein Toilettenbesuch kostete zwei Franken. Auf der Rückseite der Altstadt, in den Straßen hinter dem Zähringerplatz, wappnete sich die Stadtreinigung mit schiffscontainergroßen Behältern für die bevorstehende Schlacht.

Schnell zog Rosa Albas ausgedruckte Krankenakte aus dem Rucksack. Ihr blieb nur eine gute Stunde bis zur Einvernahme von Ellie Jansen, die sich nun in Untersuchungshaft befand.

Der pensionierte Arzt hatte gütige Augen. Rosa fragte sich, wie vielen Menschen er in seiner Laufbahn schon eine tödliche Diagnose hatte überbringen müssen. Sie saßen an einem der runden Bistrotische bei Manon. Zweimal im Monat war das *Café-Med* bei ihr zu Gast. *Klartext statt Kauderwelsch* stand auf dem Flyer. Hier konnten Angehörige und Betroffene bei Kaffee und Kuchen kostenlos eine zweite Meinung einholen. BRCA2-Genmutation, der Name aus der Krankenakte klang nach Science-Fiction. Rosa hatte zwar im Netz danach gesucht, aber wie sich das mit der Vererbung verhielt, war ihr noch immer nicht klar.

»Zusammengefasst steht hier, dass Ihre Schwester auf eine Schwangerschaft verzichtet, weil ein Elternteil an den Folgen einer schweren Krebserkrankung verstorben ist.« Der Arzt ließ den Ausdruck sinken.

Moment mal, dachte Rosa. Das konnte ja gar nicht sein. Ihre Eltern waren quicklebendig, das musste ja heißen …

»Sie meinen also, sie wollte nicht selber schwanger werden, weil die Krankheit erblich ist?«, fragte Rosa schnell, um ihre Verwirrung zu kaschieren. Das Blut rauschte in ihren Ohren. Es musste heißen, dass Vinzenz nicht Albas leiblicher Vater war.

»Das steht hier jedenfalls so«, sagte der Arzt. »Doch das ist noch lange kein Todesurteil. Sie und ich und jeder kommt mit diesem Gen auf die Welt. Aber in einigen sehr seltenen Fällen wird damit auch eine Mutation vererbt. Wenn man die in sich trägt, kann das eine Krebserkrankung begünstigen.«

»*Kann* begünstigen? Sicher ist es also nicht?«, fragte Rosa.

»Die Mutation wird mit einer fünfzigprozentigen Wahrscheinlichkeit weitergegeben«, sagte der Arzt. »Doch Gene schweigen sich darüber aus, zu welchem Zeitpunkt eine Krankheit ausbricht. Oder ob sie überhaupt ausbricht. Und auch darüber, welchen Verlauf sie nimmt.«

Rosa horchte auf, als er ihr erklärte, dass äußere Faktoren wie Alkohol, Nikotin und andere Zellgifte eine mindestens ebenso wichtige Rolle spielten. Genauso wie die Luft, die man atmete. Die Gefühle, die man empfand. Einfach das ganze Leben, das man lebte.

»Stellen Sie sich eine Murmel vor, die auf dem Gipfel eines Berges liegt«, sagte der Arzt. »Rollt sie den Berg hinunter, hat sie die Wahl zwischen allen möglichen Tälern, Senken und Abgründen. Sie gewinnt an Fahrt – und springt vielleicht wegen eines winzigen Steinchens aus der Bahn und landet ganz woanders. Und genau solche Winzigkeiten bestimmen unseren Lebensweg und machen uns am Ende zu dem, was wir sind.«

Rosa skizzierte auf ihrem Notizblock mit wenigen Strichen eine Serpentine, auf der Murmeln statt Autos den Berg hinunterkullerten. Und fragte sich, ob sie so frei war, wie sie immer geglaubt hatte. *Du kannst alles werden, was du willst.* Das Versprechen war über ihrer Jugend geschwebt wie die dazugehörige Hymne der Spice Girls. Doch je älter sie wurde, je länger die Zeitspanne, auf die sie zurückblicken konnte, umso klarer sah Rosa, dass sie ihre Wahlmöglichkeiten selbst beschränkte, sodass sie über einen gewissen Bereich nicht mehr hinausreichten. Gefangen in den immer gleichen, Sicherheit spendenden Mustern. Sie war sich nicht sicher, ob ihre Murmel in der Lage war, nochmals das Tal zu wechseln. Oder wenigstens die Serpentine.

35

»Davor habe ich in einem permanenten Daueralarm gelebt«, sagte Ellie Jansen. »Wenn du am Morgen nicht weißt, wie du den Tag überstehen sollst. Immer, immer dieses verdammte Nichts. Jeden Tag und jeden Morgen wieder neu. Verstehen Sie?«

Ihr Blick schweifte durch den Vernehmungsraum, an Martin und Rosa vorbei, zum Fenster. Die Kunsthochschule gegenüber war an diesem Samstagmorgen verwaist. Dann fixierte die Witwe wieder das Fläschchen mit Nasenspray, das in einem beschrifteten Plastikbeutel auf der Tischplatte vor ihr lag.

»Das war für mich einfach nur ein riesiges Geschenk.«

Sie schilderte endlose Therapieversuche mit unwirksamen Antidepressiva. Und wie sie von einer ehemaligen Arbeitskollegin aus der psychiatrischen Klinik von einem neuen Ansatz gehört hatte: Bei Depressionen waren mit minimalen Dosen Ketamin beachtliche Erfolge erzielt worden. »Den Spray hatte ich immer in der Handtasche dabei. Sie können die Zusammensetzung überprüfen lassen. Dann werden Sie sehen, dass ich Ihnen die Wahrheit sage.« Ellie Jansen schob das Fläschchen von sich weg. »Es ging mir nicht um die halluzinogene Wirkung oder um den Rausch. Auch nicht darum, künstlich meinen Körper vom Geist zu trennen. Wobei mir das vielleicht auch geholfen hätte. Nein, ich wollte einfach ein paar Stunden zur Ruhe kommen.«

»Warum haben Sie sich für die Therapie nicht in ärztliche Behandlung begeben?«, fragte Martin.

»War ich doch. Aber bei uns steckt die Forschung dazu, anders als etwa in Amerika, noch in den Kinderschuhen. Es wird noch Ewigkeiten dauern, bis eine Therapie zugelassen ist. Diese Zeit hatte ich nicht!« Sie reckte das Kinn vor. »Außerdem bin ich vom Fach.«

»Sie haben das medizinische Ketamin in den Ampullen in Ihrem Badezimmerschrank also für Do-it-yourself-Microdosing verwendet?«

»Wenn Sie das so nennen wollen …«

»Und warum haben Sie verschwiegen, dass Sie während Ihrer Bäderkur einen Ausflug nach Zürich gemacht haben?«

»Das war ein Fehler. Ich hätte von Anfang an sagen sollen, dass ich an jenem Tag kurz im Niederdorf war.« Ellie Jansen tupfte sich mit dem Ärmel ihrer Bluse die Stirn, auf der Schweißperlen standen. »Doch ganz ehrlich: Ich hatte Angst. Einfach nur Angst, meine Söhne zu verlieren.« Ihre Stimme verlor den Halt. Sie schluckte einige Male trocken.

»Alles hat sich so gut ineinandergefügt. Im Kurhaus hatte niemand meine Abwesenheit bemerkt. Es war so einfach, den Dingen ihren Lauf zu lassen. Bestimmt hätten Sie mir auch nicht geglaubt, dass ich gleich wieder nach Wildhaus zurückgefahren bin, nachdem ich an der Häringstraße vor verschlossenen Türen stand.«

»Was wollten Sie denn im Neaira?«, fragte Rosa.

»Ich wollte … mit jemandem reden, Beweise finden. Irgendetwas, was mir bei der Scheidung vor Gericht helfen könnte.«

»Und warum kamen Sie ausgerechnet an diesem Tag auf die Idee, das Etablissement aufzusuchen?«

»Ein anonymer Tipp …« Ellie Jansen streifte den Ehering, der ihr zu groß geworden war, vom Finger und schob ihn auf einen anderen.

»Jetzt reicht's mir aber«, sagte Martin entnervt. »Wer hat Ihnen den Tipp gegeben?«

»Ich musste versprechen, nichts zu sagen, sonst …«, begann sie. »Obwohl – das spielt nun keine Rolle mehr, Sie wissen nun ja von der Sache mit dem Ketamin.« Ellie Jansen atmete tief ein und dann wieder aus. »Der Tipp kam von Marie Duval, von Moritz' Geschäftspartnerin.«

36

Alba hatte schon immer ein paar Jahre jünger ausgesehen, als sie eigentlich war. »Das liegt daran, dass du ein Schaltjahrkind bist«, witzelten sie früher immer, wenn die kleine Schwester wieder irgendwo den Ausweis zeigen musste, um ein Bier zu kriegen. Denn genau genommen hatte sie nur alle vier Jahre Geburtstag. Erst jenseits der zwanzig hatte ihr rundliches Gesicht die Konturen erhalten, die sie auf eine unaufdringliche Art schön machten. Albas große, weit auseinander stehende Augen mit den langen Wimpern verstärkten das Kindchenschema und konnten über ihr störrisches Wesen hinwegtäuschen.

Rosa, die jung hatte Verantwortung übernehmen müssen, ärgerte sich früher oft über die Unbekümmertheit, mit der sich Alba im Familiensystem bewegte. Ihre Schwester besaß noch heute die Selbstvergessenheit eines Kindes, das barfuß über den warmen Asphalt rennt. Schwebend, fast schwerelos, ohne das Wissen um die Last der Zeit, die sich auf seine Schultern legen wird. Doch nun sah Rosa ihre Schwester anders.

»Familie geht vor, kein Thema!«, sagte Martin, als sie nach der Vernehmung, die bis zum Mittag gedauert hatte, um ein paar freie Stunden bat. Ellie Jansen war wieder ins Untersuchungsgefängnis zurückgebracht worden.

Das mit dem Microdosing klang zwar schräg, aber in seiner ganzen Schrägheit auch wieder glaubhaft, fand zumindest Rosa. Martin kaufte der Witwe all die seltsamen Zufälle nicht ab. Doch Ryser hatte ihn explizit angewiesen, auch andere Fährten zu verfolgen. Was, wenn jemand wusste, dass Ellie Jansen die Ketamin-Ampullen zu Hause hortete, und den Stoff genau deshalb als Mordwaffe ausgewählt hatte?

Die Analyse einer Haarprobe der Witwe würde rasch zeigen, ob sie ihnen bezüglich ihres eigenen Konsums einen Bären aufgebunden hatte – oder nicht.

Rosa machte sich auf den Weg zu ihrer Schwester. Hinaus aus dem wummernden, pumpenden Bienenstock, in den sich die Innenstadt kurz vor Beginn der Parade verwandelt hatte. Seit Rosa die Krankenakte gelesen hatte, fühlte sie sich … Ja, wie fühlte sie sich eigentlich? Rein rational schien sie die Situation erfasst zu haben, doch alles andere in ihr war taub.

Ihr war beinahe, als würde sie durch das Leben von jemand anderem radeln, als sie die stoppeligen Felder entlangfuhr, auf denen bis vor kurzem noch schwere Ähren im Wind wogten. Es roch bereits nach Land. Nach wilder Kamille und sandigen Wegen.

»Mutter und Neugeborenes müssen *unbedingt* weiterschlafen«, wehrte Rosa lächelnd ab, als Alba, die auf Zehenspitzen die Haustüre geöffnet hatte, sie hereinbitten wollte. Stattdessen schlug Rosa vor, ihr bei der Apfelernte zur Hand zu gehen. Normalerweise boten Alba und Katrin im Sommer naturpädagogische Wochen für Schulkinder an, doch dieses Jahr wollten sie sich ganz auf den eigenen Nachwuchs konzentrieren.

»Die Bäume tragen trotzdem«, sagte Alba und zeigte auf die Streuobstwiesen, die den alten Bauernhof umgaben. »Dieses Jahr noch mehr als sonst, hab ich das Gefühl. Besonders die frühen Sorten.«

Vom Sportplatz kam der vertraute Lärm von Füßen, die gegen Bälle traten. Ein Summen drang aus dem Efeu, mit dem das Scheunentor bewachsen war. Im Halbdunkel der Scheune roch es modrig nach Ackererde und gelagerten Kartoffeln. In einer Ecke waren Kisten mit gepflückten Äpfeln ausgelegt, die sie jetzt nach draußen zum Brunnen trugen. Dort hatte Alba bereits die mechanische Saftpresse aufgestellt. Sie zerkleinerten die Äpfel und füllten sie in feinmaschige Netze. Stumm überlegte Rosa, wie sie am besten anfangen sollte. Sie rechnete damit, dass Alba sich sofort verschließen würde. Schon als Kind hatte sie traurige Stellen aus Bilderbüchern rausgeschnitten und unter dem Bett versteckt, als ließen sich ungeheuerliche Bedrohungen so aus der Welt schaffen. Doch es half nichts, die Frage musste jetzt einfach raus.

»Ich habe ihn erst kurz vor seinem Tod kennengelernt. Er hat mir geschrieben, dass ich seine leibliche Tochter bin. Ein paar Wochen darauf, an Allerheiligen vor vierzehn Jahren, ist er gestorben«, erzählte Alba mit gefasster Stimme, viel zu gefasst, wie Rosa fand. »Da ahnte noch niemand, dass seine Krankheit System haben könnte. Eines, das sich bei jedem neuen Kind, bei jeder Generation mit einer Wahrscheinlichkeit von fünfzig zu fünfzig weitervererbt. Das habe ich erst später erfahren.«

»Wie hat er dich gefunden?«

»Ich hab diesen Brief bekommen, in einer krakeligen Handschrift, jeder Buchstabe zeigte in eine andere Richtung. Und doch ordneten sie mein Leben neu.«

»Und Josefa?«

»Ein Blick in ihr Gesicht, und ich wusste, dass es stimmt.«

»Es wäre dein Recht gewesen, ihn früher kennenzulernen!«

»Was hätte das geändert?«

Statt zu antworten, legte Rosa eines der prall gefüllten Tücher in die Presse und drehte die Ratsche, bis Saft in den Holzeimer floss. Wie hätten sie und Valentina reagiert, wenn sie erfahren hätten, dass Alba »nur« ihre Halbschwester war? Wahrscheinlich wäre es ihr als Kind tatsächlich lieber gewesen, mit einer Lüge zu leben, als noch mehr aus dem Rahmen zu fallen, als sie das sowieso schon taten.

»Und Vinzenz hat das seither in sich hineingefressen?«, fragte Rosa.

»Ich bin mir sicher, dass er es zumindest ahnt. Ja, vielleicht hat er auch von der Affäre gewusst«, sagte Alba. »Irgendwie war ich sogar froh, weil ich eine Erklärung dafür hatte, warum er mich nie so richtig an sich heranließ. Die Zeit im Klub und das Jobben an der Bar haben mir geholfen. Und später dann Katrin. Das Ganze kam erst wieder hoch, als wir beschlossen, eine Familie zu gründen.«

»Hast du dich testen lassen?«, fragte Rosa stattdessen.

»Ich wollte zuerst.« Alba blickte in die Scheune. Weiße Federn hingen wie ein Fächer an der Holzwand und zitterten im Durchzug. Gaben des Pfaus, den sie aus einem geschlossenen Freizeitpark gerettet hatten. Alba schluckte zweimal, ehe sie weitersprach. »Ich habe mich fast verrückt gemacht. *Kugel auf Rot. Kugel auf Schwarz.* Wie beim Roulette, nur dass es dabei um dein Leben geht. Mal angenommen, die Kugel wäre auf Rot gelandet. Dann wüsste ich auch nicht mehr, als dass ich aufgrund der Mutation ein erhöhtes Risiko habe, an einer bestimmten Art von Krebs zu erkranken. Ein Krebs, der sich sehr aggressiv ausbreitet. Für den es kaum eine Vorsorge gibt. Und der fast immer so spät entdeckt wird, dass er tödlich verläuft.«

Rosa fühlte, wie sich die Härchen auf ihren Unterarmen aufstellten, als Alba sagte: »Solange sich das nicht ändert, werde ich mich nicht testen lassen. Ich würde es nicht ertragen, mit der Gewissheit leben zu müssen. Auf diese Weise kann ich mir das Glas wenigstens als halb voll vorstellen.«

»Du hast dich also deswegen gegen eine Schwangerschaft entschieden?«

»Am Ende: Ja. Auch wenn Jansen angeboten hat, uns in die Versuchsgruppe einer Studie für eine neue Gentherapie aufzunehmen, die das Problem vielleicht beheben könnte.«

»Was hat er?« Rosa richtete sich kerzengerade auf und sah ihrer Schwester in die Augen. »Versuch, dich so genau wie möglich zu erinnern. Ich muss alles darüber wissen.« Dann schaltete sie die Aufnahmefunktion ihres Telefons ein.

37

Das Telefon auf dem Tisch klingelte schon wieder. Sophie Laroux atmete so tief ein, dass sich ihre Nasenflügel weiteten. Sie schloss die Augen, zählte innerlich bis zehn. Und schaltete den Ton aus.

Dann verschränkte sie die Arme und trat ans Fenster. Die Hitze des Tages ließ langsam nach, auch wenn die Stadt noch immer zu kochen schien vor lauter Menschen. Die Parade am See näherte sich ihrem Finale. Kilian hatte ihr dringend geraten, nur noch in seinem Beisein eine Aussage zu machen, noch besser erst vor dem Richter. Doch sie war sich nicht sicher, wie seine Einschätzung wäre, wenn der Anwalt die ganze Geschichte kennen würde. Wenn er von den Mädchen vom Strichplatz wüsste, von den Eizellentnahmen, den Schwangerschaften. Und den Untersuchungen im Labor.

Sie war sich die ganze Zeit über sicher gewesen, das Richtige zu tun. Ganz abgesehen davon hatte sie auch bezahlt. Und zwar gut. Für die Frauen bedeutete das einige Tage ohne den Geruch von Sperma, das unsichtbar an ihren Fingern klebte und auch unter der Dusche nicht verschwand. Stattdessen konnten sie sich in einem Hotel mit Vollpension von den Schwangerschaftsabbrüchen erholen.

Sophie Laroux ging zu einem Sideboard am Eingang

und zog ein silbernes Etui mit Zigarillos aus der Schublade. Für einen Moment war ihr, als ob sie nicht allein wäre. Sie lauschte, dann schüttelte sie den Kopf. Wenn das ausgestanden war, brauchte sie dringend wieder einmal Urlaub. Ein paar Wochen in Paris wären gut. Nein, weiter weg. Vielleicht Bangkok?

Sie öffnete das Fenster und blies den scharfen Rauch des Zigarillo nach draußen, wo die Dezibel knisterten. Sie hatte ja nur die Verbindung hergestellt. Quasi ein erweiterter Dienst für den langjährigen Kunden, der Moritz Jansen gewesen war.

Doch spätestens, als Marie Duval sich einschaltete, hätte sie misstrauischer werden müssen. Vielleicht war es tatsächlich das Beste, wenn sie selbst reinen Tisch machte. Tonya würde singen wie die Vögelchen in der Voliere am See, wenn die Polizei den Druck noch etwas erhöhte. Besser, sie kam ihr zuvor …

Plötzlich spürte Sophie Laroux einen Stoß, dann verloren ihre Füße den Boden. Ihr Körper den Schwerpunkt. Sie kippte nach vorn. Unbarmherzig zog es sie nach unten. Sophie Laroux wollte schreien. Doch ihre Kehle blieb stumm.

38

»Die Ähnlichkeiten sind schon beinahe bizarr«, bemerkte Rosa. Sie war von Albas Bauernhof direkt in die mit rot-weißen Bändern gesperrte Häringstraße gekommen, wo sich bereits mehrere Streifenwagen versammelt hatten. Sophie Laroux war aus demselben Fenster gestürzt wie Jahre zuvor unter mysteriösen Umständen die Freier. Doch sie hatte Glück im Unglück gehabt. Rosa blickte aus dem Fenster, vier Stockwerke in die Tiefe. Wäre dort nicht ein offener Container der Stadtreinigung mit an der Parade eingesammelten Plastikflaschen gestanden, für Laroux wäre alles vorbei gewesen. Doch so lag sie mit diversen Brüchen und einer Schädelfraktur im Krankenhaus, wo sie bald operiert werden würde. »Einvernehmungsfähig ist sie nicht, nehme ich an?«, fragte Rosa.

»Keine Chance …«, sagte Martin und öffnete die Türe. Das mit schweren Koffern beladene Team des Forensischen Instituts stand schon im Flur der Dachwohnung. »Zur Sicherheit hat Ryser aber zwei Wachleute vor ihrem Zimmer platziert. Nach allem, was passiert ist, sicher sinnvoll. Zumindest, bis wir mehr wissen.«

»Was ist mit der Kameraanalage?«, fragte Rosa und zeigte auf den buchgroßen Bildschirm, der neben der Klingel in die Wand eingelassen war.

»Die hat offenbar keine Aufzeichnungsfunktion.« Martin rückte einen Schritt zur Seite, um den Kollegen von der Spurensicherung Platz zu machen. »Wollen wir nicht lieber irgendwo was trinken gehen, als hier weiter im Weg rumzustehen?«, fragte er Rosa dann.

»Du meinst streng beruflich?«

»Kaffee statt Gin-Tonic. Versprochen!«

»Übrigens: Ich muss dir unbedingt vom Besuch bei meiner Schwester erzählen«, sagte Rosa. »Du wirst es nicht glauben …«

»Das ist ja der Wahnsinn!« Martin drehte sich mit erhobenen Händen im Kreis, um deutlich zu machen, dass er nicht einfach das Waschhaus meinte oder die uralte Esche oder den Schwarzen Garten, sondern einfach *alles*. Auf dem Zähringerplatz hatte so viel Betrieb geherrscht, dass Rosa nur schon vom Vorbeigehen die Ohren sausten. Der Umzug war bereits zu Ende, und die Leute vertrieben sich auf den zahlreichen Straßenpartys die Zeit, bis bei Einbruch der Dunkelheit die Abendpartys begannen. So hatte Rosa vorgeschlagen, die Besprechung bei ihr zu Hause abzuhalten. Denn im Hinterhof, der sozusagen im Auge des Sturms lag, war es auch heute erstaunlich friedlich.

»Als ich eingezogen bin, gab es hier nicht mehr als ein paar kümmerliche Büsche«, sagte Rosa und füllte Kaffeepulver in die Bialetti. Dann erzählte sie ihm die Sage, die zum Schwarzen Garten gehörte.

Hier lebte einmal ein Glockengießer. Er hatte eine Frau aus dem Morgenland, so schön wie die Kamelien, Lilien und Dattelpalmen, die um den Springbrunnen in seinem

Innenhof wuchsen. Der Paradiesgarten sollte die Gattin vergessen lassen, dass sie eingesperrt war. Denn der Glockengießer, rasend vor Eifersucht, versteckte sie hinter hohen Mauern. Keiner bekam sie jemals zu Gesicht. Aber wenn irgendwo im Niederdorf ein Kind geboren wurde oder ein Lebenslicht erlosch, brachte ein stummer Diener samtige Früchte, farbenfrohe Blumensträuße oder üppige Kräuterkränze aus dem Schwarzen Garten – zu jeder Jahreszeit, immer frisch.

Gerüchte über Magie und Zauberei verbreiteten sich wie die seltsamen Duftwolken, die an manchen Tagen über die Mauern wehten, Düfte nach Rosenholz und Moschus, Neroli und Zimt. Weil er es vor Neugier nicht mehr aushielt, ließ ein Junker, dessen Grundstück an das des Glockengießers grenzte, einen hohen Turm bauen. Doch als er es endlich über die Mauer geschafft hatte und auf der anderen Seite wieder hinabstieg, fand er dort – nichts.

Vom Glockengießer keine Spur, auch nicht von seiner Frau. Kein Kleid. Kein Körper. Nicht einmal ein Knöchelchen. Nur schwarz verbrannte Einöde.

»Und nun hütest du die Geheimnisse des Schwarzen Gartens?«, fragte Martin und zerrieb einen Zweig Rosmarin zwischen den Fingern.

Rosa lachte. »Ich lese jeden Morgen in den Kristalltropfen, die sich auf den Blättern sammeln.«

»Dann frage ich vielleicht besser nicht, was sie über mich sagen«, meinte Martin mit einem Lächeln.

Worauf Rosa rasch den Laptop aufklappte. »Wir müssen einen genetischen Abgleich der Spuren im Neaira mit allen infrage kommenden Personen in die Wege leiten ...«

Sie tippte geräuschvoll. »Gib es sonst noch Überwachungskameras in der Gegend?«

»Soviel ich weiß, nein. Anwohner haben die zwar immer wieder gefordert, aber das hat wiederum zu lautstarken Gegenprotesten geführt, mit dem Ergebnis, dass alles beim Alten blieb«, sagte Martin und setzte sich ihr gegenüber. »Was war eigentlich mit deiner Schwester?«

Die folgende Viertelstunde berichtete ihm Rosa, auf welchem Weg ihr jüngster Neffe entstanden war. Selbstverständlich ließ sie sämtliche Elemente weg, die mit ihrem eigenen *Social-Freezing*-Eingriff zu tun hatten. Dann spielte sie ihm die Aufnahme von Alba ab.

»Du meinst, sie haben tatsächlich in die Keimbahn eingegriffen? Und die Embryonen auch noch eingesetzt?«, fragte Martin danach ungläubig.

»Zumindest glaubt meine Schwester, ein solches Angebot bekommen zu haben.«

»Wenn das wirklich stimmt …« Martin pfiff zwischen den Zähnen. »Das wäre ein Skandal, das willst du dir nicht vorstellen.«

Rosa tippte ein paar Begriffe in die Suchmaschine ein. In den meisten Ländern waren Versuche an menschlichen Embryonen verboten. Und wenn nicht, dann mussten die Embryonen nach wenigen Wochen wieder zerstört werden. »Viel zu befürchten hätte Duval aber nicht, zumindest nicht rechtlich«, gab sie zu bedenken. »Das Fortpflanzungsgesetz sieht für so was eine Freiheitsstrafe von bis zu drei Jahren vor – oder eine Geldbuße. Zudem addieren sich die Fälle nicht, auch wenn mehrere Embryonen editiert wurden …«

»Ich bin ja kein Wissenschaftler«, sagte Martin. »Aber ist das nicht schon fast eine Einladung?«

»Wenn Duval solche Versuche wirklich gemacht hat«, antwortete Rosa, »dann dürfte sie in den letzten Jahren eine Menge Eizellen benötigt haben. Und die besorgt man am besten dort, wo niemand groß nachfragt. Zum Beispiel im Rotlichtmilieu.«

»Das würde auch erklären, warum Sophie Laroux verschwinden musste«, kombinierte Martin.

»Der Kaffee!« Rosa sprang auf und eilte in die Küche, wo die glühende Bialetti wütend um sich spritzte. Sie stellte ein Kännchen mit kalter Milch auf ein Tablett, legte Ingwerkekse dazu und zwei von Stellas Tassen. Als sie sich umdrehte, wäre sie beinahe mit Martin zusammengestoßen.

»Kann ich was helfen?«, fragte er.

Rosa konnte das Kännchen gerade noch stabilisieren, bevor sie Martin das Tablett reichte. Als er es hinaus in den Garten trug, fiel ihr auf, dass er mindestens ebenso rote Ohrenspitzen hatte wie sie.

39

Für manche war es ein Sieg des Lebens, wenn die Menge um die dekorierten Wagen hüpfte und sich die Straßen rund ums Seebecken in einen einzigen tanzenden Körper verwandelten. Ein Körper, entblößt, geschminkt und verkleidet, der gegen die Endlichkeit anfeierte. Nur noch da, um zu küssen, zu trinken und zu lieben.

Doch im grellen Licht des Morgens zeigte sich, wer den längeren Atem hatte. Letzte Raver trotteten mit verschmierter Glitterschminke in Richtung Bahnhof, schleppten zerzausten Tüll durch den Schmutz. Andere stellten sich bei einer der zahlreichen Tagespartys unter und warteten dort auf die Nacht, um den Realitätscheck so weit wie möglich hinauszuschieben.

Alina Orlow hingegen stieg vor dem Hauptbahnhof in die Trambahn und fuhr auf direktem Weg nach Hause. Als sie die unbeantworteten Anrufe ihrer Mitbewohnerin gesehen hatte, wusste sie gleich, dass etwas geschehen sein musste. Es war vereinbart, dass sie sich nur im Notfall melden sollte. Nachdem Alina ihre Nachrichten abgehört hatte, nahm sie gleich den ersten Zug zurück nach Zürich. Mit einem Kopf voller Fragen und Panik im Bauch.

Drei Stunden später saß sie im Vernehmungszimmer am Mühleweg und rückte ihre Brille mit den selbsttönenden

Gläsern gerade. »Zuerst hab ich geglaubt, er ist nur kurz zum Bäcker …«

»Und Sie haben nicht daran gedacht, dass etwas passiert sein könnte?« Martins Stimme klang weicher als bei den vorherigen Einvernahmen. Selbst in abgeschnittenen Jeans, über denen sie ein weites Herrenhemd trug, schien Alina eine gewisse Wirkung auf ihn zu haben.

»Diese überstürzte Trennung von seiner Frau war mir von Anfang an nicht geheuer«, erklärte sie.

»Warum das? Das Scheidungsverfahren lief doch bereits.«

»Da steckte noch zu viel Energie drin. Es kam mir vor, als wolle seine Ex nicht loslassen. Auch wenn sie ihn bekämpfte, oder vielleicht gerade dadurch.« Alina brauchte einen Moment, bis ihre Unterlippe nicht mehr zitterte. »Ich war mir sicher, dass er zu ihr zurückgegangen ist.«

»Haben Sie an dem Abend gemeinsam Drogen konsumiert?«, fragte Rosa und schenkte Filterkaffee nach.

»Ein bisschen …« Alina richtete sich auf, bis ihr Rücken ganz gerade war. »Aber nichts im Vergleich zu dem, was jedes Wochenende in den Klubs eingeworfen wird.«

»Was haben Sie denn *eingeworfen*?«

»MDMA-Kristalle, in Champagner aufgelöst, wenn Sie es genau wissen wollen.«

»Kein Ketamin?«

»Bestimmt nicht. Das nimmt man doch erst, wenn alles andere nicht mehr einfährt.«

»Und die Vermisstensuche am nächsten Tag haben Sie verschlafen, oder wie? Sie wohnen doch gleich beim See …«

»Eben. Deshalb weiß ich auch, dass permanent irgendwas los ist.«

»Wann haben Sie von Moritz Jansens Tod erfahren?«

»Erst gestern Abend. Meine Mitbewohnerin hatte mir zwar schon am Mittwoch aufs Band gesprochen, nachdem die Polizei da war. Doch ich hatte das Telefon seit meiner Abreise vor knapp zwei Wochen ausgeschaltet: digitales Entgiften. Sagt Ihnen vielleicht was.«

»Und was war am letzten Dienstag?«, fragte Martin. »Da wurde Ihr Handy bei Zillis geortet.«

Alina stutzte. »Ah, jetzt weiß ich es wieder.« Sie lächelte leicht verlegen. »Ich war vom Weg abgekommen – und musste mich kurz im Gelände orientieren. Aber das Telefon habe ich anschließend gleich wieder ausgemacht.«

»Die Nummer ist ja noch nicht mal auf Ihren Namen zugelassen«, sagte Rosa.

»Damit Tech-Riesen jeden meiner Schritte verfolgen? Sie können mich gerne deswegen anzeigen. Würde ich jederzeit wieder so machen.« Alina wandte sich an Martin. »Aber eigentlich wollte ich Ihnen ja helfen.« Sie fischte einen Gegenstand aus ihrer Jeans. »Hinterlassen Sie eigentlich immer so ein Chaos bei Ihren Hausdurchsuchungen?«

»Lässt sich manchmal nicht vermeiden«, brummte Martin.

»Immerhin habe ich dadurch einen Zettel gefunden, den Moritz mir hingelegt haben muss, mit einer Weltkugel darauf. Wir haben am Abend vor …«, Alina stockte, »vor seinem Tod über ein Bild gesprochen, das bei mir an der Wand hängt.« Sie reichte Martin eine Speicherkarte. »Die war im

Rahmen versteckt. Darauf befinden sich Informationen über ein Projekt namens …«

»*Human Nature*«, beendete Martin den Satz.

Alina Orlow sah ihn verdutzt an. »Auf der Karte ist aber offenbar nur ein Teil der Studie drauf, auch die Teilnehmenden sind anonymisiert. Aber es sind doch genügend Informationen da, die für die Presse interessant sein könnten. Es gibt sogar einen Unterordner, in dem die Ergebnisse in leicht verständlicher Sprache für Laien zusammengefasst sind.«

»Hatte Moritz Jansen also vor, die zu enthüllen?«

»Ich wusste jedenfalls nichts davon …«, sagte Alina. »Die Studie beschreibt eine Methode, um bei der Anwendung der Genschere Off-Target-Effekte auszuschalten. Ziemlich raffiniert. Die Versuche wurden auch erfolgreich an einer kleinen Versuchsgruppe implementiert.«

»Sie meinen, Eingriffe in die Keimbahn?«

»Genau das meine ich! Doch ich müsste alle Resultate kennen, um das genauer zu beurteilen. Aber die will Duval ja sicher für sich behalten, Patentschutz …« Alina schob ihre Hände zurück in die Hosentaschen.

»Wie stehen Sie zu Marie Duval?«

»Wie man halt zu jemandem steht, der einem aus Angst vor Konkurrenz den Studienplatz weggenommen hat … und den Mann.«

»Glauben Sie, Marie Duval hat Moritz Jansen umgebracht? Warum haben Sie sich vor ein paar Wochen gestritten?«

Alina hob eine Augenbraue und tippte auf die Speicherkarte. »Jetzt ergibt alles einen Sinn. Damals im Hackerspace habe ich gar nicht richtig verstanden, was sie von mir will. Lauter verdeckte Vorwürfe, aufgewärmte Geschichten. Ich dachte, es hätte mit meiner Beziehung mit Moritz zu tun. Ich wusste ja, dass sie mal zusammen waren. Er hat an dem Abend am See so eine seltsame Andeutung gemacht. Dass die männermordende Prinzessin Turandot auch für Puccinis eigene Unfähigkeit stand, mit der Frau zusammen zu sein, die er liebte.« Sie holte tief Luft und atmete mit einem leisen Seufzer wieder aus. »Ich dachte, er meinte damit seine Exfrau. Aber damit lag ich wohl falsch. Marie Duval würde wohl lieber sterben, als ihre CRISPR-Methode der Öffentlichkeit zu überlassen. Und genau das wollte Moritz anscheinend.«

40

»Theoretisch setzt uns nur noch die Fantasie Grenzen«, sagte Marie Duval und stülpte ein Paar Einweghandschuhe über. »Mit der neuen Technologie geht alles schneller, einfacher, günstiger.« Sie rollte auf einem hohen Stuhl das *dry desk* entlang, an dem im Labor gearbeitet wurde. Nach der Unterredung mit Alina Orlow waren Rosa und Martin sofort in das Start-up gefahren. Obwohl es Sonntag war, hatten sie Marie Duval bei der Arbeit angetroffen. Durchsichtige Trennwände, die mit mathematischen Formeln und DNA-Strickleitern bekritzelt waren, unterteilten das Labor. Am Ende jeder Arbeitsreihe gab es ein separates Büro, um die Resultate der Experimente in das Computersystem einzuspeisen. In den Regalen stauten sich Plastikbehälter aller Art mit verschiedenfarbigen Deckeln. Röhrchen. Petrischalen. Pipetten. Und andere Gerätschaften, für die Rosa keine Namen hatte.

»Sie wollen das Rennen um jeden Preis gewinnen, nicht?«, fragte Martin, der ebenfalls einen weißen Laborkittel trug. Bei dieser Sicherheitsstufe war das Vorschrift.

Falls er Duval verunsicherte, dann wusste sie das gut zu überspielen. Sie ließ sich Zeit. Stellte mit ruhigen Griffen das Sample in ein Drehmodul und startete den Schüttelvorgang.

»Normalerweise heimsen die Professoren, in deren Labor eine Entdeckung gemacht wird, alle Lorbeeren ein. So funktioniert das in der Wissenschaft …« Duval erzählte, wie die CRISPR-Technologie per Zufall bei einem Experiment mit Joghurtkulturen entdeckt worden war. Berichtete von Schweineorganen, die heute so umgeschrieben wurden, dass sie Menschen implantiert werden konnten. Es gab gegen Malaria resistente Mücken. Und Beagles, deren Muskelmasse verdoppelt worden war.

»Wenn man aber das Genom von Embryos verändert«, unterbrach Rosa, »dann haben die genetischen Veränderungen nicht nur Auswirkungen auf den Menschen, bei dem sie vorgenommen wurden. Sondern auch bei allen weiteren Generationen. Richtig?«

»Sie spielen auf den chinesischen Forscher an, der die Zwillingsmädchen mit der HIV-positiven Mutter manipuliert hat? Er hätte das nicht tun dürfen, nicht ohne die Off-Target-Effekte zu beseitigen.«

»Und Sie können das?«

Duval ging zu einem der Brutschränke, die konstant auf 37 Grad gehalten wurden, Körpertemperatur. Sie stellte eine Petrischale unter das Mikroskop. »Sehen Sie selbst.«

Rosa beugte sich über das Gerät und erkannte eine gezackte Struktur, beinahe wie hautfarbene Schneekristalle.

»Das sind Krebszellen. Sie wuchern immer weiter. Immer schneller. Doch mit der Genschere konnten wir sie eliminieren.«

»Haben Sie je veränderte Eizellen bei einem Menschen eingesetzt?«

»Sie meinen, ob ich die Forschung an Embryonen befürworte? Was denken Sie, wäre das schlimmer oder weniger schlimm, als wenn wir das mit Versuchstieren tun?«, fragte Duval und verstaute die Proben aus der Schüttelmaschine in einem der Kühlschränke, die unter dem *desk* standen.

»Wir hatten heute früh Besuch von Alina Orlow.«

Als Martin den Namen erwähnte, ging ein kaum merklicher Ruck durch den Körper der Wissenschaftlerin.

»Haben Sie sich danach erkundigt, wo sie in der Nacht war, als Jansen starb?«

»Alinas Antwort war die gleiche wie die Ihre: zu Hause. Nur hat sie da eine Speicherkarte von Jansen gefunden, mit Informationen zu einem Projekt namens *Human Nature*. Haben Sie sich deshalb mit ihr gestritten in der Fabrik?«

»Quatsch!« Duval winkte ab. »Wir haben schon vor Jahren mit *Human Nature* begonnen. Es füllt eine Lücke in der Forschung, das, was sich an der Hochschule nicht machen lässt. Zu schwerfällig die Systeme, zu viel Grundlagenforschung. Nach meiner Zeit in Berkeley wollte ich etwas Eigenes aufbauen. Zufällig bin ich Moritz auf einer Fachtagung im Berner Oberland wiederbegegnet. Kurz darauf ist er bei CRISPR-Cure eingestiegen.«

»Und der Streit mit Alina?«, fragte Rosa erneut, entschlossen, sich nicht ablenken zu lassen.

»Sie war vor einigen Wochen mit Moritz hier im Startup. Ich habe sie dabei erwischt, wie sie meinen Schreibtisch durchwühlte. Danach war eine Mappe mit Unterlagen verschwunden.« Sie räumte die Petrischale mit den Krebszellen weg. »Die Mappe ist dann später wieder aufgetaucht.«

»Handelte es sich dabei etwa um Informationen zu den Eizellen von Prostituierten, die Sie für Ihre Forschung verwenden?«, fragte Martin.

Duval drehte sich zu ihm um. »Manchmal muss man sich zu helfen wissen«, sagte sie. »In anderen Ländern sind solche Versuche übrigens erlaubt. Wenn die Ergebnisse bahnbrechend genug sind, dann wird trotzdem jeder, der etwas davon versteht, das Paper lesen wollen.«

»Wo waren Sie eigentlich gestern am frühen Abend?«, schaltete sich Rosa dazwischen. »Da ist Sophie Laroux nämlich in der Häringstraße aus dem vierten Stock gestürzt. Oder soll ich sagen, gestürzt worden?«

»Oh, das ist ja fürchterlich. Ich war hier im Büro, wie Ihnen mein Geschäftsführer bestätigen wird. Sie kennen Ravi Kathoon bereits. Mit Laroux hatte ich kaum etwas zu tun. Moritz hat den Kontakt hergestellt – und auch die Entnahmen der Eizellen hat er selbstständig durchgeführt. Mein Job begann erst hier im Labor, wenn die Stickstofftanks eintrafen.«

»Auf der Speicherkarte gibt es Dokumente, die den Schluss nahelegen, dass Sie in einer Versuchsgruppe auch Embryonen mit manipulierter DNA eingepflanzt haben.«

»Tatsächlich, gibt es die?« Marie Duval öffnete mit einer Schlüsselkarte die Glastür und trat aus dem Labor hinaus. Rosa und Martin folgten ihr.

Ihre Schritte hallten auf dem weiten Gang, der zu Duvals Büro führte. Dort entsperrte sie den Rechner. »Nur zu. Machen Sie sich ein eigenes Bild. Hier sind alle Informationen zu *Human Nature*.«

Martin blickte kurz auf den Schirm. Natürlich wusste

Duval, dass er die Resultate weder richtig lesen noch interpretieren konnte.

»Warum haben Sie sich am Tag vor Moritz Jansens Tod bei seiner Frau gemeldet?«, fragte er und wandte sich vom Bildschirm ab.

»Sie hatte mich zuvor mehrfach kontaktiert.«

»War sie eifersüchtig? Schließlich waren Sie mal mit Moritz Jansen zusammen.«

»Ich dachte, es wäre vielleicht gut, wenn sie mit eigenen Augen sieht, was Moritz so treibt. Das hätte ihr bestimmt auch geholfen, ihn ziehen zu lassen.« Während Duval von langen Gesprächen erzählte, die sie angeblich mit Ellie Jansen geführt hatte, sah sich Rosa im Büro um.

Der fast leere Schreibtisch mit der glänzenden Oberfläche war so unauffällig wie die Utensilien, die fein säuberlich darauf aufgereiht waren: ein Tacker, neonfarbene Leuchtstifte, selbstklebende Zettel.

In der Ecke stand ein Stahlspind. Rosa zog die Tür auf. An einer Stange hingen in dünne Folie gehüllte Kleider, die offenbar direkt aus der Textilreinigung kamen. Der Schrank wirkte, als wäre die Professorin es gewohnt, viel unterwegs zu sein. Das einzige persönliche Detail war ein Foto, das an die Innenseite der Stahltür geklebt war. Es zeigte die Wissenschaftlerin in jüngeren Jahren mit hochgeschobener Taucherbrille auf einem Felsen, hinter ihr das leuchtende Meer.

»Das war auf den Kykladen. Großartig zum Tauchen«, sagte Marie Duval, die hinter Rosa getreten war. »Wir tragen alle ein kleines Stück Urmeer in uns. Es gibt kaum zwei Flüssigkeiten, die einander in ihrer chemischen Zusammensetzung mehr ähneln als menschliches Blut und Meerwasser. Am Anfang unseres Lebens, wenn wir in der Fruchtblase schweben, gleichen unsere frühesten körperlichen Merkmale denen der Fische.«

»Tauchen Sie noch regelmäßig?«, fragte Rosa.

»Schon lange nicht mehr. Ich vermisse es aber. Dieses Gefühl, wenn das Blut aus den Extremitäten in die Körpermitte strömt, das Herz langsamer schlägt. Immer langsamer, bis alle Sinne abstumpfen und da nur noch ein tiefes Gefühl von Frieden ist.«

Auch Rosa kannte diese Welt abseits der Wirklichkeit, mit wogenden Wasserpflanzen und schimmernden Nebeln aus Plankton in einem tiefen, dunklen Blau, darunter schwarze Dunkelheit, die alles verschluckt …

Duvals Stimme holte sie in das spartanische Büro zurück.

»Mittlerweile weiß ich: Freitauchen hat mehr mit Forschung gemein, als ich mal dachte. Keine Kompromisse. Immer das Ziel vor Augen. Nie an den Rückweg denken.«

Duval schloss den Spind mit einem Ruck und zog den Schlüssel ab. »Brauchen Sie sonst noch was?« Sie wandte sich zum Ausgang. »Ich habe zu tun.«

Rosa griff nach ihrer Tasche, die sie auf dem Boden neben dem Schreibtisch abgestellt hatte. Dabei fiel ihr ein dicker Kabelstrang auf. Er lief an den Tischbeinen entlang und war mit einem Knoten befestigt, der ihr gerade erst an einem ganz anderen Ort begegnet war. Unbemerkt zückte sie ihr Telefon.

Kurz darauf verabschiedeten sie sich bei der Rezeption, wo noch immer Erklärvideos in Endlosschleife liefen.

41

Auf der ganzen Welt gab es nur drei Bäckereien, die das Originalrezept für die Blätterteigtörtchen kannten. Tag und Nacht sollen die Mönche früher in ihrer Lissabonner Geheimwerkstatt Pudding aus Eigelb gerührt haben. Wer in Zürich sein Fernweh stillen wollte, versuchte, eines jener zwanzig *pastéis de Bélem* zu ergattern, die Pablos Frau Aurelia jeden Tag backte. Rosa drückte den Stöpsel etwas tiefer ins Ohr, damit sie es hören würde, wenn Martin sich meldete. Er hielt in einem unauffällig geparkten Dienstwagen die Stellung, ganz in der Nähe von Marie Duvals Tesla, während eine weitere Kollegin in Zivil vor dem Hörsaal stationiert war. So ging das schon die ganze Woche. Mit einem gelegentlichen Abstecher nach Zug. Ryser hatte gleich am Abend nach dem Laborbesuch eine Observierung angeordnet. Und da Marie Duvals heutige Vorlesung noch bis kurz vor zwölf dauerte, hatte Rosa die Gelegenheit ergriffen, sich am Fuß des Hochschulhügels die Beine zu vertreten und in Pablos Lebensmittelladen am Neumarkt vorbeizuschauen.

Sie stellte einen Pappbecher unter die Kaffeemaschine, die frei zugänglich in der Weinecke stand. Dann drückte sie den Knopf und sah dem duftenden Rinnsal zu. Anschließend wiederholte sie das Prozedere.

»Eins pro Person ist zu wenig«, sagte Rosa lachend, als sie die *pastéis* bestellte, die hinter der Theke auf einem großen Blech lagerten. Aurelia meinte, sie brauche nur Mehl, Zucker, Eier, Milch und Butter. Keine Sahne. Keine Zauberei. Nur die richtige Temperatur und das richtige Mischverhältnis. Doch die Törtchen mussten eine Prise Magie enthalten. Sie schmeckten wie ein Morgen in der Stadt am Meer. Rosa zahlte. An der Wand hinter der Kasse befand sich eine stattliche Auswahl an Gewürzen aus der ganzen Welt. Ihr Blick blieb an einer Dose Salzflocken und wogenden, mit Seesternen gepunkteten Haarwolken hängen. Schnell klemmte sie die Tüte unter den Arm und schnappte sich die Kaffeebecher, ihr Abschiedsgruß wurde vom Gebimmel der Glocken an der Ladentür verschluckt.

»Sophie Laroux liegt noch immer auf der Intensivstation.« Martin pustete in den Kaffeebecher, entschied sich dann aber doch, ihn nochmals in die dafür vorgesehene Halterung des Dienstwagens zu stellen. »Wenn wir nur mit ihr sprechen könnten … Die Forensik hat versucht, den Hergang des Sturzes zu simulieren. Wenn sie tatsächlich jemand aus dem Fenster gestoßen hat, dann hatte er oder sie leichtes Spiel. Den Sturz selbst hat keiner gesehen, aber wir haben eine Zeugin im Haus gegenüber, die sich erinnert, wie Laroux davor am Fenster gestanden und geraucht hat, mit auf dem Fenstersims aufgestützten Armen. Wenn man sich von hinten anschleicht, entschlossen die Beine anhebt … *Zack!*«

Er schlug mit der flachen Hand auf das Steuerrad, der Knall ließ Rosa zusammenzucken. »Das braucht kaum

Kraft – nur den richtigen Moment. Den Rest erledigt die Schwerkraft. Und schon hat man sie zum Schweigen gebracht.«

»Wenn ich es mir so überlege, trägt eigentlich auch der Mord an Jansen die gleiche Handschrift«, sagte Rosa und wischte sich einen Blätterteigkrümel vom Handrücken, ohne die schmale Gasse aus den Augen zu lassen. Steinerne Stufen führten steil den Hang hinauf, die kürzeste Verbindung zum Hochschulviertel. Noch war es ruhig.

»Was wäre«, sie ließ ihren Gedanken freien Lauf, »wenn jemand, zum Beispiel eine geübte Freitaucherin, ihren Geschäftspartner überrascht, der nach einer ausgelassenen Nacht sowieso schon wackelig auf den Beinen ist. Sie verabredet sich mit ihm – vielleicht auf einer Motoryacht, auf der sie sich schon öfter getroffen haben. Doch an diesem Morgen taucht sie ihm unbemerkt entgegen, als er mit einem kleinen Beiboot hinauspaddelt. Sie wartet, bis das Wasser tief genug ist. Sie taucht unter das Bötchen, bringt es zum Kentern … und *zack!*«

Jetzt knallte Rosa ihre Handfläche auf die Ablage über dem Handschuhfach und nahm mit leiser Genugtuung wahr, dass Martin ebenfalls zusammenzuckte. »Genau wie beim Fenstersturz: Sie braucht nur die Hilfe des Wassers, schon wird das an Land herrschende Kräfteverhältnis zwischen ihr und Jansen aufgelöst.«

Martins Augen blitzten auf, als er den Gedanken weiterspann. »Sie hat ihn schon am Nachmittag unter einem Vorwand auf die *Venus* gelockt. Nach dem Mord fährt sie die Leiche mit der Yacht an die tiefste Stelle des Sees. Dort versenkt sie sie. Lässt den Motor laufen, damit es wie ein

Unfall wirkt. Arrangiert die Drogen um die benutzten Gläser vom Nachmittag. Und taucht unbemerkt zurück ans Ufer. Dort zieht sie sich um und startet pünktlich am *Ironpeople,* der ihr auch noch ein Alibi verschafft.« Martin pfiff durch die Zähne. »Ein beinahe perfekter Mord. Doch warum macht sie es so kompliziert? Hätte sie ihn nicht einfach beim Bootshaus treiben lassen können, bis ihn jemand findet?«

Rosa zog die Augenbrauen zusammen. »Vielleicht wollte sie Zeit gewinnen? Zwischen Jansens Tod und dem Fund seiner Leiche sind zwei volle Tage vergangen. Oder den Verdacht auf Sophie Laroux lenken? Mich hat gestern in Duvals Büro so ein Gefühl beschlichen, aber ich konnte es nicht zusammenbringen. Noch nicht.« Rosa faltete die leere Papiertüte aus Pablos Laden auf ihren Knien. »Erst heute, als mir beim Kaffeeholen diese schraffierte Seejungfrau auf der Salzpackung ins Auge stach.«

Martin sah sie skeptisch an.

»Ach, egal.« Sie winkte ab. »Aber was, wenn Duval ihm so etwas wie einen schönen Tod schenken wollte? Unter Wasser, im blaugrünen Licht. Die Begegnung mit einer magischen Figur, uralt und grausam. Ein Tod, beinahe wie eine Inszenierung.«

Martin zog die Nase kraus. »Meinst du nicht, du interpretierst da etwas zu viel rein? Nur wegen einer verflossenen Affäre? Außerdem ist sie Naturwissenschaftlerin und keine Germanistikprofessorin …«

»Unterschätz nicht, wozu eine narzisstisch gekränkte Liebhaberin in der Lage ist«, gab sie zurück.

Martin trommelte mit den Fingern auf das Lenkrad.

Doch Rosa ließ sich nicht beirren: »Auf diese Weise konnte Duval seine letzte Erinnerung formen. Und das Ende seines Lebens mit ihrem Leben verknüpfen.«

»Klingt mir alles immer noch zu pathetisch«, sagte Martin.

Rosa ließ genervt das Seitenfenster herunter, um den Raum zwischen ihnen mit frischer Luft und den Stimmen der Studierenden zu füllen, die in immer größeren Grüppchen die Stufen hinunterkamen. »Ich bin mir sicher, dass jeder Mord in einer bestimmten Welt stattfindet. Innerhalb dieser Welt muss er logisch sein. Die darin geltenden Gesetze sind es, die ihn auslösen. Das kann auch eine Welt sein, die du dir vielleicht nicht vorstellen kannst – wobei du *Welt* auch gerne durch *Psyche* ersetzen darfst. Wir verstehen doch auch nicht, was Duval in ihrem Labor genau tut.«

»Ja, aber wenn du einen Mord als Unfall tarnen willst, dann ist das ein bisschen so wie mit dem Lügen: Bleib möglichst nahe an der Wahrheit, und man wird dir eher glauben. Oder in unserem Fall: möglichst nahe an den Gewohnheiten und Routinen deines Opfers.« Martin dachte einen Moment nach. »Übertragen auf Duval, würde das heißen, dass sie sich an dem orientierte, was Jansen an diesem Abend mit seiner Geliebten sowieso tat. Und einfach noch einen draufsetzte.«

»Genau! Willst du wissen, warum ich mir da so sicher bin?« Rosa wartete nicht auf seine Antwort, sondern löste das Armband vom Handgelenk, das sie im Frauenbad von Margrit geschenkt bekommen hatte. Sie legte es in zwei Schlaufen um einen Kugelschreiber. »Der Konstriktorknoten ist ein totaler Exot. Ebenso selten wie der Schmetterlingsknoten oder der Zimmermannsschlag ... Ich hatte ihn viele Jahre nicht mehr gesehen.« Als das Bändchen eine schöne Brezel ergab, zog sie an den beiden Enden. »Fertig!« Rosa hielt den Stift in die Höhe. »Ein waschechter Konstriktorknoten.« Sie berichtete Martin von ihrem Besuch in Jansens Bootshaus und öffnete dann das Fotoarchiv ihres Telefons. »Das Bild habe ich gestern in Duvals Büro gemacht.«

Beim Anblick des Kabelstrangs, der mit einer dicken Schnur zusammengehalten wurde, runzelte Martin die Stirn. Er vergrößerte das Bild. »Tatsächlich, das könnte hinhauen.«

Rosa wischte weiter bis zu den Fotos, die Tom ihr vor einigen Tagen übermittelt hatte, nachdem sie ihn gebeten hatte, nochmals beim Bootshaus der Kinderwunschpraxis vorbeizugehen. Sie zeigten das Seil am Heck des Beiboots. Es war auf dieselbe Weise verknotet.

»Alles nur Indizien. Ich weiß, ich weiß ...« Rosa hob die Hände, ehe Martin einwenden konnte, dass dies als Beweis nicht ausreichen würde. »Aber auch Indizien lassen sich zu einem Bild zusammenfügen. Ob das für eine Verurteilung reicht, müssen ja zum Glück nicht wir entscheiden. Tom hat das Seil jedenfalls ins Forensische Institut gebracht. Wir werden ja sehen, ob sich nicht doch DNA-Spuren von Duval daran finden lassen ...«

»Sag mal, ist sie das nicht da drüben?«, unterbrach Martin. »Warum haben die nicht Bescheid gegeben, dass die Vorlesung früher zu Ende ist?«

Tatsächlich gingen die roten Hecklichter von Duvals Tesla an.

»Na dann, los«, sagte Martin und fuhr, mit gebührendem Abstand, dem Wagen hinterher. Leichter Nieselregen setzte ein, als sie oben am Hirschengraben ankamen und in Richtung Central abbogen. Sie folgten dem Tesla entlang der Limmat, vorbei an der spitz zulaufenden Landzunge hinter dem Landesmuseum, in Richtung Westen.

Noch lief der Verkehr stadtauswärts flüssig, was sich aber an einem Freitagnachmittag schlagartig ändern konnte, sobald die Pendler Feierabend machten.

»Zwei mögliche Ziele fallen schon mal weg«, sagte Martin, als sie auf der Autobahn in Richtung Bern die Stadt verließen: »Sie fährt ganz sicher nicht nach Hause nach Kilchberg und auch nicht nach Zug. Aber wohin will sie dann?«

42

Beinahe übersah man sie, die unscheinbare Stahltür ganz links in der Wand. Der Eingang zum Schweizer Fort Knox für Datensicherheit stand ganz in der Tradition des Landes, wertvolle Dinge diskret und unaufgeregt zu verstecken. In diesem Fall waren es Datenschätze, über die der Berg nicht nur wachte, er schützte die surrenden Server auch gleich mit einem unterirdischen Gletschersee vor Überhitzung.

Martin und Rosa hatten bei Spiez die Autobahn verlassen, die am Niesen vorbeiführte. Und waren dem Tesla im strömenden Regen durch das grüne Tal mit den schroffen Felswänden gefolgt. Auf dem Parkplatz der Datenfestung angelangt, hatten sie Marie Duval hinter der Stahltüre verschwinden sehen, noch ehe ihnen richtig klar war, was sie vor sich hatten. Zwischen Feldern und Bauernhöfen, nur zwei Kilometer vom Nobel-Skiort Gstaad entfernt, lagerten hier tief im Felsen, in einem alten Armeebunker, digitale Werte von Firmen aus aller Welt, von Bitcoin-Pionieren genauso wie staatlichen Aufsichtsbehörden.

»Das ist wohl so etwas wie das Nummernkonto 2.0«, sagte Martin.

Rosa suchte in ihrem Rucksack nach etwas Essbarem, doch außer ein paar Pfefferminzdrops fand sie nichts.

»Wetten, Duval hat hier die Resultate zu *Human Nature* gebunkert?«

»Und wenn«, sagte Rosa. »Unmöglich, so schnell eine Bewilligung von den Berner Kollegen zu kriegen, um da reinzukommen.« Sie steckte eines der verklebten Drops in den Mund.

»Ist auch gar nicht nötig, da kommt sie schon wieder.« Martin zeigte auf eine Gestalt, die mit eiligen Schritten an der feuchtgrauen Wand entlangging. Duval hatte eine Regenjacke angezogen, es musste kühl sein im Berg. Ihre Handtasche trug sie darunter, fest an sich gepresst.

»Das reicht jetzt«, sagte Martin. Er öffnete die Fahrertüre. »Wir stellen sie.«

»Warte!« Rosa zog ihn am Arm. »Wollen wir nicht lieber herausfinden, was sie jetzt vorhat, anstatt sie zu stellen und dann am Ende doch keine Beweise zu haben?«

Als sie durchs Tal zurückfuhren, begann Martin, die engen Kurven stärker zu schneiden, als es nötig gewesen wäre. An manchen Stellen neigten sich nasse Felsen über die Straße. Immer wieder wurden sie von höllisch knatternden Motorrädern überholt. Rosa war erleichtert, als sie den Brienzersee erreichten, über dessen türkises, von winzigen Sedimenten gefärbtes Gletscherwasser Wolkenschatten huschten. Die Straße schlängelte sich am Ufer entlang, vorbei an Dörfern mit lauter Holzchalets.

»Verdammt!« Martin trat fluchend auf die Bremse. Ein Traktor schob sich vor sie. Aus dem Anhänger tropfte eine verdächtig nach Dünger aussehende Flüssigkeit. »Ich sehe sie nicht mehr. Sie ist weg.«

Rosa versuchte, am Traktor vorbeizuschauen. Erfolglos.

Vom Tesla keine Spur. Als sie den Traktor an der nächstbesten Stelle mit durchdrehenden Reifen überholten, schickte Rosa ein kurzes Stoßgebet zum Himmel. Mangels Alternativen fuhren sie einfach auf derselben Straße weiter, an einem Militärflugplatz vorbei, auf dem gerade ein Kampfjet dröhnend landete, bis ganz nach hinten, wo sich die Aare in ein tiefes, enges Tal zwängte.

»Hab ich dich!«, sagte Rosa, halb zum Tablet, das sie auf den Knien balancierte, um Duvals Telefon zu orten, halb zu Martin. Dann zeigte sie auf ein Schild, das in Richtung Schattenhalb wies. »Da geht es hoch.«

43

Als sich Rosa in die Kabine drückte, war das Zeichen zur Abfahrt bereits erklungen. Ächzend setzte sich die volle Standseilbahn in Bewegung, die eine gewisse Ähnlichkeit mit dem Polybähnchen hatte. Kuhglocken bimmelten auf den Weiden. Rosa konnte Marie Duval sehen, sie stand zuvorderst auf der Plattform.

Bald schon vernahm man ein Rauschen, das immer lauter wurde und schließlich alle Geräusche übertoste. Fotokameras und Telefone wurden begeistert gezückt, als die Bahn an den ersten der sieben Kaskaden vorbeifuhr. Der Reichenbachfall donnerte mit solch einer Wucht ins Tal, dass das Wasser in verschleierten Nebeln wieder aufstieg, die der Wind nun herüberwehte. Rosa verschränkte die feuchten Arme und blickte nervös auf die Uhr.

Wenn wie jetzt viel Betrieb herrschte, dann fuhren die beiden sich auf halber Strecke kreuzenden Bahnen beinahe pausenlos. Sie hoffte, dass Martin die nächste erwischen würde. Sie hatten Duval gerade vor dem Tickethäuschen unten entdeckt, als zwei Reisebusse ihnen den Weg abschnitten. Woraufhin Rosa kurz entschlossen aus dem Wagen gesprungen war.

Wenige Minuten später erreichten sie das obere Stationshäuschen, das auf einem künstlichen Plateau in steil ansteigenden Felsen thronte. Rosa drängelte sich durch die Menschentrauben dem Ausgang zu. Die Saris von indischen Touristinnen funkelten in der Sonne, die durch die Wolken brach und unzählige Regenbogenreflexe in die Gischt zauberte. Rasch wurden Louis-Vuitton-Taschen über Unterarme gehängt und dunkle Sonnenbrillen montiert. Kaum jemand trug die richtigen Schuhe für den Weg über die glitschigen Stufen, die den Wasserfall hinaufführten.

Marie Duval überholte bereits ein paar Spaziergänger. Die bleiche Haut über Rosas Knie begann zu zwicken, als zeige die Narbe nicht nur Wetterwechsel, sondern auch Gefahr an. Das unaufhörliche Wirbeln und Tosen des Wassers machte Rosa schwindelig. Sie versuchte, Martin anzurufen, doch es kam direkt der Anrufbeantworter.

Während sie ihm eine Nachricht aufs Band sprach, begann Rosa ebenfalls den Aufstieg durch den Wald, der so feucht und dunkel war, dass die Bäume auf der Wetterseite einen dicken Pelz aus Moos trugen. Sie folgte Duval in einigem Abstand. Immer wieder musste sie Menschen ausweichen, die stehen blieben, um das Naturspektakel zu fotografieren. Plötzlich sah sie vor sich die Aussichtsplattform – und Duval, die auf den mit Maschendrahtzaun gesicherten Abgrund zuging.

Rosa beschleunigte den Schritt, überholte ein paar Wanderer, die empörte Laute von sich gaben. Sie begann zu rennen. Doch je näher sie der Plattform kam, umso stärker verschwamm alles um sie herum, als wäre eine Tür zur Vergangenheit aufgestoßen worden …

Ein Wohnblock in einem der Außenviertel, wo die Jungs nachts mit Wodkaflaschen und Springmessern um die Häuser zogen, auf der Suche nach Markenjacken und Markenschuhen, die sie jemandem abnehmen konnten, der schwächer war als sie oder einfach weniger kaltblütig. Wo Hoffnungslosigkeit auf dem Asphalt klebte wie die Spucke, die sie auf den Boden rotzten. Die Nachbarn hatten die Polizei in den frühen Morgenstunden gerufen. In der Familie war es schon öfter zu häuslicher Gewalt gekommen. Rosa, noch in der Ausbildung, hatte vor dem Wohnblock gewartet, während die zwei Kollegen klingelten. Plötzlich sprang im Erdgeschoss eine Balkontüre auf. Neonröhren an der Decke. Es roch nach heißem Fett, scharfem Curry – und Blut. Ohne auch nur eine Sekunde zu zögern, schwang sich Rosa am Geländer hoch. Ihre Schritte versanken auf dem mit Rasenteppich bedeckten Balkonboden. Der Mann stand mit dem Rücken zu ihr, in der rechten Hand ein verschmiertes Messer. Mit dem freien Arm hielt er die Frau im Schwitzkasten. Unter ihrem Kleid wölbte sich ein Neunmonatsbauch. Rosa duckte sich. Sie wich den mit leeren Dosen und Schnapsflaschen vollgestopften Papiertüten aus. Die Frau hatte sie gesehen. Stumm röchelte sie um Hilfe. Rosa schlich lautlos zur Balkontür, zog ihre Waffe hervor. Gerade als sie den Mann von hinten überwältigen wollte, passierte es. Ihr Fuß verhedderte sich. Ein Spielzeugtelefon mit rotem Hörer klingelte. Dann sah Rosa nur noch die unterlaufenen Augen des Mannes, der sich blitzschnell umdrehte. Und hörte sich selbst gellend schreien, während sie sich auf ihn stürzte. Doch es war zu spät ...

Das Geräusch des auf den Felsen schlagenden Wassers holte Rosa zurück. Gischt zog zu ihr hinauf, wie Rauch aus einem brennenden Haus. Wollte sich Marie Duval hinunterstürzen? Unmöglich. Der Abgrund war zu gut gesichert. Die Wissenschaftlerin zog einen grauschwarzen Gegenstand aus der Handtasche, kaum größer als ihre Hand. Sie hielt ihn über das Geländer, als müsse sie ausprobieren, wie sich loslassen anfühlen könnte. Das Ding, was auch immer es war, würde viele hundert Meter weiter unten aufschlagen und in tausend Stücke zersplittern.

Als sie Rosa entdeckte, zuckte Duval zurück. Unter ihnen toste der Wasserfall bedrohlich. Rosa löste ihre Dienstwaffe aus der Halterung und näherte sich langsam.

»Geben Sie mir das«, schrie sie.

Duvals Blick verfinsterte sich.

»Moritz hätte nicht gewollt, dass Sie Ihr gemeinsames Projekt vernichten«, rief Rosa gegen den Lärm an. »Nicht nach allem, was Sie beide dafür geopfert haben.«

Marie Duval ging einige Schritte, bis sie die Felswand im Rücken hatte, dann sackte sie zusammen. Als Rosa mit gezückter Waffe näher kam, wiegte sie ihren Oberkörper mechanisch vor und zurück.

»Niemand kann behaupten, dass ich eine andere Wahl gehabt hätte«, sagte sie und blickte durch Rosa hindurch. »Ich musste Moritz befreien. Genauso, wie ich die Embryonen einsetzen musste.« Sie presste den grauschwarzen Gegenstand, eine Festplatte, an sich. »Jede meiner Handlungen war unvermeidlich.«

Die Professorin zitterte in ihren vom Wasserfall durchnässten Kleidern. Als Rosa schon fast bei ihr war, sprang

Duval mit einem Satz auf und stieß Rosa zur Seite. Sie näherte sich erneut dem Zaun, mit dem der Abgrund rund um den Wasserfall gesichert war.

Es kam Rosa vor, als würde die Zeit festhängen.

Sie rappelte sich auf. Duval war schon fast beim Geländer. In letzter Sekunde schaffte es Rosa, nach ihrer Schulter zu greifen. Und riss sie zu Boden. Die Festplatte schlitterte auf dem rutschigen Felsen davon. Als Rosa danach greifen wollte, spürte sie einen dumpfen Schlag. Dann schwanden ihre Sinne.

44

»Ich musste es tun«, sagte Marie Duval beherrscht, auch wenn dabei auf ihrer Stirn eine pulsierende Ader hervortrat. Das Gesicht der Forscherin flimmerte über den Bildschirm ins Büro der Staatsanwältin. Ryser knackste mit den Fingerknöcheln und verfolgte angespannt, was im Nebenraum geschah.

Duval trug noch immer ihre schmutzigen Kleider, die Hände in den Handschellen lagen vor ihr wie tote Tiere. Abgesehen davon war sie ruhig und gefasst. Nichts in ihrer Miene deutete darauf hin, dass sie ein paar Stunden zuvor komplett aus der Rolle gefallen war.

»Ich musste es tun ...«, sagte sie, »weil nur ich allein es tun konnte. Niemand sonst. Haben Sie auch nur den Hauch einer Idee, was die Studie bedeutet?« Sie musterte Martin verächtlich. Seine Jeans, das weiße Baumwollshirt, die Lederjacke, die über seinem Stuhl hing.

»Warum wollten Sie die Festplatte dann den Reichenbachfall hinunterwerfen?«, fragte er, ohne auf ihre Provokation einzugehen.

Ihre Unterlippe schob sich leicht nach vorn. »Weil ich die Resultate der Studie nicht mit diesen Open-Science-Aktivisten teilen werde. Wenn die in der Spitzenliga spielen wollen, dann gehört da mehr dazu, als ein paar Fahnen zu hissen.«

»Eigentlich sollten Sie jetzt zu Hause sein«, hatte Ryser gemahnt, als Rosa den Nebenraum betrat. Die Beule an ihrem Hinterkopf pochte, dennoch hatte sie darauf bestanden, nach der Untersuchung beim Meiringer Dorfarzt und der Rückfahrt nach Zürich direkt mit an den Mühleweg zu kommen. Sie drückte eine weitere Schmerztablette aus der Packung, und Ryser reichte ihr ein Glas Leitungswasser. Die Aktion am Wasserfall war halbwegs glimpflich ausgegangen. Während Martin, der endlich oben angekommen war, sich an Duvals Fersen heftete, hatte ein geistesgegenwärtiges französisches Touristenpaar Rosa nicht nur versorgt, sondern auch das Objekt der Begierde gesichert. Nun wurde es von einem Spezialisten untersucht.

»Sieht nicht aus, als ob sie nochmals gestehen würde«, sagte Rosa mit Blick auf den Bildschirm, wo Martin die Ellenbogen auf der Tischplatte aufstützte und sich am Kopf kratzte.

»Ich habe ihn nicht getötet«, sagte Duval mit gläsernem Blick. Es war zum Verzweifeln.

Da Rosa das Geständnis beim Wasserfall nicht hatte aufzeichnen können, lief es auf einen reinen Indizienprozess hinaus. Denn das Geständnis war vor Gericht wertlos.

»Haben Sie die heutigen Börsenmeldungen gesehen?«, fragte Ryser, ohne vom Bildschirm wegzusehen. »Es sind Gerüchte durchgesickert, dass ein bahnbrechendes Verfahren für die Bekämpfung von Krebszellen patentiert werden soll, woraufhin die Aktienkurse der dafür infrage kommenden Unternehmen durch die Decke gegangen sind. Die Kapitalmärkte funktionieren nach eigenen Mechanismen. Es wird sie vermutlich auch nicht beeindrucken, wenn publik wird, dass wir gegen Marie Duval ein Strafverfahren eröffnen.«

Es klopfte an der Tür, und ein bleicher Informatiker mit Nickelbrille, den Rosa von der Hausdurchsuchung in Zug wiedererkannte, trat ein.

»Entweder hat sich da jemand richtig viel Mühe gegeben, keine Spuren zu hinterlassen.« Er legte die Festplatte auf den Tisch. »Oder das ist der falsche Träger. Hier ist rein gar nichts drauf.«

»Jemand muss ihr zuvorgekommen sein …« Rosa schlug mit der Hand auf die Tischplatte und verzog sogleich vor Schmerz das Gesicht. Damit hatte sich auch noch der letzte Beweis in Luft aufgelöst.

Es war schon spät, als Rosa und Martin niedergeschlagen zum Escher-Wyss-Platz spazierten. Motoren heulten auf, Gelächter und aufgeregtes Stimmengewirr erfüllten die Nacht, die hier unter der beleuchteten Hardbrücke gerade erst Fahrt aufnahm. Rosa befühlte die Beule an ihrem Kopf, die ihr wohl noch einige Tage zu schaffen machen würde. Aber auch Martin, der sich mehrfach dafür entschuldigt hatte, dass er zu spät dazwischengekommen war, sah ziemlich zerknittert aus. Und wofür das alles?

Bis auf ein paar illegale Eizellenentnahmen, für die Duval nicht mehr als eine Geldstrafe erhalten würde, konnten sie ihr nichts nachweisen.

»Hast du hier schon mal eine Wurst gegessen?«, fragte Martin und blieb vor einem beleuchteten Lokal mit rot-weißen Markisen stehen, vor dem eine überdimensionale Bratwurst auf einem Sockel thronte.

»Gehen die Kommissare nicht immer erst, *nachdem* sie einen Fall gelöst haben, in die Wurstbude?«

»Eigentlich schon«, sagte Martin. »Aber hier gibt es Currywurst mit einer Sauce, die von einem Sternekoch kreiert wurde. Das müsste dir doch eigentlich gefallen …«

»Tut es auch«, sagte Rosa und stellte sich mit Martin in die Schlange von hungrigen Nachtschwärmern.

»Gar nicht mal so schlecht«, sagte Rosa später, als sie an einem der Tische auf dem Bürgersteig mit dem Rücken zur Wand nebeneinandersaßen. Sie spießte eine weitere Rolle der veganen Currywurst auf die Gabel und tunkte sie in die Sauce, die wirklich etwas ganz Eigenes hatte, irgendeine Zutat, die sie nicht benennen konnte. Das gelang ihr sonst eigentlich immer. Aber heute war auch nicht sonst.

Kollegen hatten immer wieder von Fällen erzählt, in denen die Täter ein Geständnis abgelegt hatten, das aber formal nicht brauchbar war. Rosa hatte sie damit zu trösten versucht, dass dies ja nichts über die Qualität ihrer kriminalistischen Arbeit aussagte. Doch nun wusste sie, dass das nur ein sehr schwacher Trost war. Martin hatte mit allen Mitteln der Verhörkunst versucht, Duval zu einem zweiten Geständnis zu bringen. Er hatte Aussagen in einen anderen Kontext gesetzt. Er hatte sie zugespitzt, so wie Schlagzeilen zugespitzt werden, um eine Titelgeschichte zu skandalisieren. Am Ende hatte er sogar geblufft. Ohne Erfolg.

Martin stocherte in seinem Teller herum. »Das Einzige, was bei Duval im Verhör so etwas wie eine Emotion erzeugt hat, ist der Name Alina Orlow.«

Rosa hatte die Stimme der Professorin noch immer im Ohr. *Moritz war komplett verblendet, hat Alina behandelt, als wäre sie eine kostbare Perle. Aber in Wahrheit war sie nur ein Parasit, feist und glänzend und ohne eigenes Verdienst.* Tatsächlich war das der einzige Moment gewesen, in dem Rosa etwas von der Frau wiedererkannt hatte, die beim Wasserfall zusammengebrochen war. Warum nur hasste sie ihre ehemalige Studentin so? Das brachte Rosa auf einen Gedanken. »Diese Sache mit der leeren Festplatte ist schon zu seltsam«, sagte sie. »Wir sollten nicht vorschnell aufgeben.«

Dann erklärte sie Martin ihren Plan. Während sie sprach, rutschte seine Hand immer näher an ihre, bis sie sich fast berührten.

»Ja, einen Versuch ist es allemal wert …«, sagte er, als sie geendet hatte. Er nahm ihre Hand. »Und vielleicht sollten auch wir beide, wenn das alles vorbei ist, nochmals von vorne anfangen.«

Sie sah ihn verblüfft an. Noch ehe sie etwas erwidern konnte, schrillte sein Telefon. »Es ist Ryser«, sagte er und ging ran.

Seine Miene erhellte sich schlagartig. Sophie Laroux war aus dem künstlichen Koma geholt worden und nun sogar ansprechbar. Sie würde gegen Duval aussagen.

»Das Blatt hat sich gewendet«, meinte er vergnügt. »Und das Beste: Es gibt Kameras in den Räumen des Neaira, ein ganzes Überwachungssystem, zu dem nur Laroux Zugang hat.«

45
Einen Monat später

Mit quietschenden Bremsen fuhr der rote Nachtzug ein. Alina schulterte ihren Rucksack. Es war befreiend gewesen, ihr Leben zu sortieren, alles wegzupacken, bis nur noch das Notwendigste übrig blieb und sie nicht mehr vom materiellen Gewicht eines von Routinen bestimmten Lebens niedergedrückt wurde. Die auf dem Perron verstreuten Reisenden sammelten sich. Hektik kam auf, die nach hastig gerauchten Zigaretten, verschütteten Energydrinks und alten Münzen roch.

Alina hatte Glück: Einen halben Meter neben ihr öffnete sich unter nervösem Piepen eine verspiegelte Zugtür. Sie passierte die teuren Schlaf- und Liegewagen, die mit Fototapeten von Gebirgsketten beklebt waren und in denen schmale Leitern zu den Stockbetten hinaufführten. Alina hatte nur einen einfachen Sitzplatz am Gang gebucht, nachdem sie die Reservation geprüft hatte, setzte sie sich auf den leeren Platz daneben. Den Rucksack klemmte sie zwischen die Beine und lehnte dankbar den Kopf an die Scheibe, die ihre Wange kühlte. Sie tastete nach der Festplatte, sicher versteckt unter ihren Kleidern in einer Umhängetasche. Der Preis war hoch gewesen. Als ihr bewusst geworden war, dass Moritz auf ihrer Seite stand, war es längst zu spät. Sie hätte sich wohl auch den Ärger mit Marie Duval ersparen können. Den Austausch der Festplatte, bei dem sie sie überrascht hatte. Dabei hatte Duval zum Glück gar nicht gemerkt, was da geschehen war, hatte danach nur diese doofe Mappe vermisst. Aber die Aktion hatte ihr Misstrauen geweckt und eine Reaktion in Gang gesetzt, die keiner von ihnen mehr unterbrechen oder kontrollieren konnte. Sie lief einfach ab, wie bei einem chemischen Experiment.

Vielleicht, nein, bestimmt wäre es anders gekommen, wenn sie Moritz von Anfang an hätte vertrauen können. Doch das war ihr nicht gelungen. Obwohl sie sich in ihn verliebt hatte. Eigentlich war es ihr noch nie gelungen. Wie ein Tiefseefisch, der zusätzliche Sinne entwickelt, um in der lichtlosen Umgebung unter der Dämmerzone zu überleben, hatte sie schon früh gelernt, ohne Vertrauen auszukommen, und verfolgte stattdessen nur, was sich so gut wie möglich kontrollieren – und zur Not auch wieder verlassen – ließ.

Die Tür zum Abteil wurde aufgerissen. Ein Mann trat ein, er roch nach saurer Milch. Und blickte auch so drein. Als er die Schirmmütze vom Kopf nahm, kam schütteres graues Haar zum Vorschein. Er hielt ihr seinen Fahrausweis wie ein Beweismittel unter die Nase, worauf sie den Platz tauschten. Alina hielt angeekelt den Atem an.

Es war ja nicht so, dass sie wirklich eine andere Wahl hatten, als zu radikalen Mitteln zu greifen. Eigentlich hatte die keiner, der mit halbwegs offenen Augen durch diese Welt ging. Eine Welt, in der Flammen so hochschlugen, dass sie eigene Blitze bildeten. Eine Welt, die bald schon unter Tonnen von Schmelzwasser begraben sein würde. Sie fuhren mit Überschallgeschwindigkeit gegen eine menschengemachte Betonwand; und die Leute hatten nichts im Sinn, als auf schnellstem Wege ihre vollgefressenen Bäuche an der Costa Brava zu rösten. Oder in ihren letzten Lebensjahren auf einem Kreuzfahrtdampfer zu verblöden, mit lustigen Schirmchen-Drinks und All-inclusive-Arrangements ... Doch die Zeit würde kommen.

Und sie würden vorbereitet sein. Terra Nullius, das Niemandsland in einer Schleife der Donau, war nach dem Krieg vergessen worden. Keiner hatte darauf Anspruch erhoben. Nicht die Sieger. Nicht die Verlierer. Nun hatten sie es getan. Am Strom, der die Menschen zuvor getrennt hatte, in ein Oben und Unten, in Beletage und Gosse, entstand eine neue Republik.

Hunderttausende waren bereits digitale Bürger: arabische Scheichs, montenegrinische Richter, Banker aus Hongkong und Maharadschas aus Indien. Am Fluss, der mit seinen hellen Stränden auch noch Karibik-Atmosphäre verbreiten würde, wenn die Bahamas längst unter steigenden Pegeln versunken waren, würden sie zuerst auf Hausbooten leben, später in Hochhäusern aus Holz, dem Baumaterial der Zukunft. Ein gigantisches Blockchain-Projekt und ein internationaler Standort für die Forschung, versorgt von erneuerbaren Energien. Eine Forschung, die es ihnen ermöglichen würde, sich auf das vorzubereiten, was sie in den kommenden Jahrzehnten erwartete.

Die Minibar rumpelte den mit Teppich ausgelegten Korridor entlang. Alina, nur kurz eingenickt, streckte die verspannte Nackenmuskulatur. Der Zug passierte gerade

Buchs, kurz vor der österreichischen Grenze. Sie holte einen Pullover hervor und rollte ihn zu einem Kissen. Gegen neun Uhr morgens würde sie laut Fahrplan in Slowenien ankommen, wo die anderen in einem Camp auf sie warteten. Hoffentlich waren sie nicht sauer, dass sie selbst schon an der Festplatte rumgemacht hatte.

Ihr Bruder würde bestimmt wissen, wie man den Code knacken konnte. Und schließlich hatte sie die Daten ja auch besorgt.

Wenn sie tatsächlich den Schlüssel zu einer funktionierenden Genschere enthielten, dann mussten sie diesen unbedingt frei teilen. Jeder musste Zugang dazu haben. Denn damit wäre es den Menschen vielleicht möglich, sich an die drohenden Veränderungen anzupassen und die Erde auch in Zukunft zu besiedeln.

Das gleichmäßige Tuckern des Rollmaterials beruhigte ihre Gedanken, und sie war schon fast wieder eingedöst, als sie plötzlich eine Hand auf der Schulter fühlte.

Alina Orlow schreckte hoch und blickte in das Gesicht eines Zollbeamten. Hinter ihm standen eine Polizistin und ein Polizist in ziviler Kleidung, von denen sie gehofft hatte, sie nie wiederzusehen.

46

Es heißt immer, Glück sei flüchtig. Doch auf dem Gemüsemarkt am Bürkliplatz hatte es Bestand. Während am nahen Seeufer die Schwäne in den um diese frühe Stunde leise raunenden Wellen trieben, die langen Hälse noch in ihr Gefieder gesteckt, richteten sich rund um den Musikpavillon in der Mitte des Platzes, einst eleganter Treffpunkt der Bourgeoisie, wie jeden Freitagmorgen die Marktfahrer ein.

Jeder Handgriff saß, alle wussten, was sie zu tun hatten. Lichterketten erhellten die Szenerie. Rosa verfiel jedes Mal kurz in einen traumartigen Zustand ob der feilgebotenen Fülle, die nie süßer war als jetzt im September, zur Zeit der reifen Früchte.

Nachts war es schon wieder merklich kühler, doch tagsüber warf eine herbstgoldene Sonne lange Schatten. Rosa hatte schon etwas gegessen, bevor sie hergekommen war, denn mit leerem Magen kaufte sie immer mehr, als sie eigentlich brauchte. Einkaufszettel hin oder her.

Eine halbe Stunde später lud Rosa einen vollen Korb in Stellas Transporter, den sie für den Tag ausgeliehen hatte. Nach einer kurzen Urlaubswoche, die Rosa mit Rudern und dem Einkochen von Chutneys und Marmeladen zugebracht hatte, rief nun wieder der normale Dienst am

Forellensteig. Heute war sie dran mit Mittagessen kochen.

Den Auberginenauflauf hatte sie schon in einer Form geschichtet, mehrere Lagen Auberginenscheiben, Passata, Mozzarella und schwarze Oliven. Dazu gab es Cocotte-Brot, das fast einen ganzen Tag lang an der Wärme ging, bevor es in einem Gusseisentopf so knusprig gebacken wurde, dass man hören konnte, wie die Kruste beim Abkühlen sang. Und natürlich durfte eine große Schüssel Blattsalat mit Kapuzinerkresse nicht fehlen, deren orange Blüten zuoberst im Korb leuchteten.

Nachdem sie auf der Fahrerseite eingestiegen war, löste Rosa als Erstes das Band des Vanille-Duftbäumchens, das am Rückspiegel baumelte, und legte es ins Handschuhfach. Es erinnerte sie zu sehr an die Fahrt, nur ein paar Wochen und doch schon eine halbe Ewigkeit her, nach dem Eingriff in Jansens Praxis. Das Kinderthema musste warten, vorerst. Stattdessen wollte sie sich und Martin genug Zeit geben, um herauszufinden, was möglich war.

Wobei Richi das anders sah und sie immer wieder dazu ermuntert hatte, ihren Wunsch nach einem Kind klar zu formulieren. Und zwar von Anfang an. Vielleicht hatte er recht, aber zuerst musste sie die turbulenten vergangenen Wochen sich setzen lassen. Andrea Ryser würde in den kommenden Tagen die Strafverfahren am Gericht eröffnen. Unter dem Strich hatten sie wohl im Fall des Mordes an Moritz Jansen zu wenig stichhaltige Beweise, als dass es für eine Anklage reichte. Auch wenn sie tatsächlich DNA-Spuren von Duval am Konstriktorknoten auf dem Beiboot gefunden hatten, bewies das noch nicht, dass sie Jansen umgebracht hatte. Manchmal fragte sich Rosa, ob die Szene am Wasserfall wirklich stattgefunden hatte. Ihre Erinnerung daran war genauso verblasst, wie die Beule an ihrem Kopf wieder verschwunden war. Aussichtsreicher war der Prozess gegen Duval wegen der versuchten Tötung von Sophie Laroux.

Rosa hoffte, dass es für Jansens Familie zumindest ein wenig Genugtuung bedeutete, wenn die mutmaßliche Täterin wegen eines anderen Deliktes zu einer längeren Gefängnisstrafe verurteilt wurde. Und daran hatte sie keinen Zweifel, denn Sophie Laroux' Anwalt spielte virtuos auf der Klaviatur des Strafgesetzbuches. Rosa war sich sicher, dass Kilian Graf nicht nur eine Verurteilung von Duval, sondern auch ein ansehnliches Schmerzensgeld für seine Klientin herausholen würde, die sich zwar noch immer in der Reha-Klinik befand, aber auf dem Wege der Besserung.

Mit dem Abschluss des Falls war vor einigen Tagen auch die *Venus* freigegeben worden, die nach wie vor am Forellensteig ankerte. Der Besitzer hatte sie abgeholt, in Zukunft wollte er das Boot an eine Surfschule vermieten.

Bevor Rosa ihren Dienst am Forellensteig antrat, musste sie noch etwas erledigen. Rosa strich kurz über das in Seidenpapier eingeschlagene Päckchen auf dem Beifahrersitz. Ein letztes Überbleibsel aus den gesicherten Beweismitteln, für das sie nun keine Verwendung mehr hatten.

Rosa stand an der Reling der Fähre und blickte aus dem quadratischen Seitenfenster. Dahinter der See, eine gerahmte Landschaft mit Wellengekräusel und bewaldeten

Linien, die bereits von einem sanften Herbsthauch überzogen war.

Diesmal fügten sich die Teile ineinander.

Alina Orlow würde wegen versuchter Vernichtung von Beweismaterial wohl eine Buße und eine Haftstrafe auf Bewährung erhalten. Zwar hatten sie ihr die Festplatte mit den Studienresultaten zu *Human Nature* abnehmen können, doch für die Aufklärung des Falls war sie wertlos. Denn die Festplatte war mit einem speziellen Mechanismus gesichert: Man hatte nur eine bestimmte Anzahl Versuche, um die richtige Zahlenkombination einzugeben. Überschritt man die, löschte die Festplatte ihren Inhalt von selbst, was schon so manchen Bitcoin-Millionär sein Vermögen gekostet hatte. Alina hatte einiges unternommen, um den Code selbst zu knacken. Am Ende war ihr nur noch die Hoffnung geblieben, dass es ihrem Bruder und seinen Programmiererfreunden in Slowenien gelingen würde. Sie hatte sie – und sich selbst – überschätzt. Doch auch die Hacker in den Diensten der Polizei sahen keine Chance, den Sicherungsmechanismus auszuhebeln. So war die Festplatte in der Asservatenkammer verschwunden. Vielleicht würde man sie in einigen Jahren entschlüsseln können, wenn die Technik weiter vorangeschritten wäre.

Zuerst aber musste sich Marie Duval auch noch wegen der illegalen Keimbahneingriffe vor Gericht verantworten. Auch wenn sie die Eizellen nicht selbst entnommen hatte, würde Ryser das höchste Strafmaß fordern. So oder so: Mit an Sicherheit grenzender Wahrscheinlichkeit würde Duval in den kommenden Jahren kein Labor mehr betreten.

Ellie Jansen saß mit angewinkelten Beinen auf der Treppe vor dem Bungalow. Die Veranda war mit Umzugskisten vollgestellt. Wenn sie überrascht war, Rosa zu sehen, dann ließ sie es sich nicht anmerken.

»Den haben wir auf dem Boot gefunden«, sagte Rosa und reichte ihr den Strickpullover, der an jenem Morgen über der Schwimmleiter der *Venus* gehangen hatte. »Die Beweisaufnahme ist nun abgeschlossen. Ich dachte, vielleicht hätten Sie ihn gerne.«

Der Anflug eines Lächelns huschte über Ellie Jansens Gesicht. »Das ist sehr aufmerksam«, sagte sie und drückte den Pullover kurz an sich, als würde sie jemanden begrüßen. »Ich danke Ihnen.«

»Diesmal aber wirklich?« Rosa deutete auf die offene Haustüre, durch die Helfer eines Umzugsunternehmens ein und aus gingen.

Ellie Jansen nickte. »*Tabula rasa*, das Haus ist verkauft. Ebenso die Firmenanteile und die Praxis ... Haben Sie davon gehört?«

Rosa schüttelte den Kopf.

»Nachdem ich erfahren habe, was Duval getan hat, war mir klar, dass wir sofort aus dem Start-up aussteigen sollten. Die Erbteilung wird zwar noch Monate dauern, aber die Aktien haben wir bereits abgestoßen.« Ihre Augen blitzten. »Und zwar ganz kurz, *bevor* CRISPR-Cure an der Börse abgestürzt ist.«

»Manchmal gibt es eine Gerechtigkeit, die über dem Recht liegt«, sagte Rosa und dachte an das nicht verwendbare Geständnis von Duval. »Und was werden Sie nun tun?«

»Wir gründen eine Stiftung, die sich weltweit für eine offene Wissenschaft und die Einhaltung von ethischen Richtlinien in der Forschung engagiert. So kann ich wenigstens das fortführen, was Moritz das Leben gekostet hat …«

Ellie Jansen zog ihren Wollschal enger um die schmalen Schultern. »Manchmal glaubt man, über gewisse Dinge im Leben nie hinwegzukommen, sich nicht aus der Erstarrung lösen zu können. Doch vielleicht ist das Gegenteil der Fall. Vielleicht ist die einzige Konstante in unserem Leben die, dass wir immer wieder aufbrechen müssen. Das sagen wir uns jedenfalls.«

Sie winkte den Zwillingen, die in diesem Augenblick mit Kisten beladen aus dem Haus traten. Ihre Caps trugen sie nun verkehrt herum, sodass man ihre Gesichter sah.

Zurück am Hafen, ging Rosa nicht direkt zu Stellas Transporter unter den Platanen, sondern setzte sich auf die flache Treppe am Wasser. Gedankenverloren nahm sie ein abgestorbenes Stück Borke in die Hand, das der Baum beim Wachsen abgestoßen hatte. Sie blickte auf die hellen Flecken am Stamm, auf die neue Rinde darunter und auf den See, über dem sich der Herbsthimmel so weit und klar aufspannte, dass der Horizont nicht vom Wasser zu unterscheiden war. Dann holte sie ihr Telefon hervor und fragte Alba, wann sie ihren neugeborenen Neffen kennenlernen könne.

Dank

Raffael Müller, Margaux de Weck, Pascal Tanner, Ines Riemensperger, Franziska Engelhardt, Markus Kobler, Petra Götschi, Dominik Süess, Anita Negele, Rahel Bains, Mimi Nater, Romana und Riet Ganzoni, Francine Lombardo, Rodo Ganzoni, Massimo und Margherita Biondi, Ruedi Schneider.

Meinen Kindern, die unendlich viel Geduld mit mir und dem Schreiben haben. Meiner Familie und meinen Freund:innen, ohne die alles nichts wäre.

René Zeller (rz.), *special thanks, »bis ans Ende der Welt. Bis ans Ende der Zeit«.*

Géraldine Sarah Kipfer, Staatsanwältin, Kantonspolizei Bern, Studiengangsleitung CAS Kriminalistik der Universität Luzern, die meine Recherche beherzt begleitet hat.

Marcel Inauen, Seepolizei der Stadt Zürich.
Jörg Arnold, Stv. Chef Forensisches Institut Zürich.
Thomas Süsli, Postenchef der Seepolizei Kanton Zürich.

Professor Roland Hausmann, Chefarzt und Leiter des Rechtsmedizinischen Instituts Sankt Gallen.

Lena Kobel und Lilly Van de Venn vom *Institut for Molecular Health Science* der ETH Zürich. Danke auch für die Führung durch das Labor am Hönggerberg. Und Professor Jacob Corn für das freundliche Vermitteln der passenden Fachpersonen.

Marc Dusseiller, Open Source Biological Art, Hackteria.

Dr. jur. Matthias Till Bürgin, Leiter Rechtssetzung Fortpflanzungsmedizin des Bundesamtes für Gesundheit.

Der Dokumentarfilm *Human Nature* von Adam Bolt und Bücher wie *Hacking Darwin* von Jamie Metzel, *Biohacking, Gentechnik aus der Garage* von Hanno Charisius, Richard Friebe und Sascha Karberg, *Eingriff in die Evolution* von Jennifer Doudna und *Das Gen – Eine sehr persönliche Geschichte* von Siddhartha Mukherjee haben mir viele nützliche Informationen geliefert.

Ebenso *Gattaca* von Andrew Niccol, ein Film, der mehr als 25 Jahre nach seinem Erscheinen nicht nur ein Sci-Fi-Klassiker ist, sondern auch das cineastische Standardwerk zum Thema Genetik.

Der Zürcher Schriftsteller Kurt Guggenheim hat seine Streifzüge durch die Stadt im vergangenen Jahrhundert in dem epochalen Romanwerk *Alles in Allem* verewigt, das mich durch die engen Gassen des Niederdorfs begleitet.

Rosa liest im Roman *Como agua para chocolate (Bittersüße Schokolade)* von Laura Esquivel, deren Gedanken über die Küche und das Kochen mich schon früh fasziniert haben, ebenso wie später *Aphrodite* von Isabel Allende und Lily Priors *La Cucina Siciliana oder Rosas Erwachen*. Nicht zuletzt schwebt über Rosas Gemüsegarten der Geist von Nigel Slaters Küchentagebüchern.

In seinem Buch *Deep Sea – eine Abenteuererzählung à la Jules Verne* nahm mich James Nestor mit auf eine Reise in die Tiefe, die mich verzaubert, seit ich als kleines Kind zum ersten Mal die Verfilmung von 20 000 *Meilen unter dem Meer* gesehen habe.

Tina Schmid hat mir mit ihrem *Züribadibuch* eine neue Welt vor der eigenen Haustüre eröffnet, die Eingang in die Erzählung gefunden hat.

Ich danke der Mutabor Märchenstiftung für das Bewahren zahlreicher Sagen, auch jener vom Schwarzen Garten.